SACCAGES

Chrystine Brouillet

Saccages

la courte échelle

Les éditions de la courte échelle inc.
160, rue Saint-Viateur Est, bureau 404
Montréal (Québec) H2T 1A8
www.courteechelle.com

Dépôt légal, 2e trimestre 2013
Bibliothèque nationale du Québec

La courte échelle reconnaît l'aide financière du gouvernement du Canada par l'entremise du Fonds du livre du Canada pour ses activités d'édition. La courte échelle est aussi inscrite au programme de subvention globale du Conseil des arts du Canada et reçoit l'appui du gouvernement du Québec par l'intermédiaire de la SODEC.

La courte échelle bénéficie également du Programme de crédit d'impôt pour l'édition de livres — Gestion SODEC — du gouvernement du Québec.

Catalogage avant publication de Bibliothèque et Archives nationales du Québec et Bibliothèque et Archives Canada

Brouillet, Chrystine
Saccages
ISBN 978-2-89695-289-2
I. Titre.

PS8553.R684S22 2013 C843'.54 C2012-942863-9
PS9553.R684S22 2013

Imprimé au Canada

Pour leur aide précieuse et amicale,
l'auteure tient à remercier Lucie Allard,
Johanne Blais, Hélène Derome, Lise Duquette,
Jacques Gagné, Danielle Gervais, Antoine Gratton,
François Julien, Gilles Langlois, Liette Tremblay
et toute l'équipe de la courte échelle.

À Bruno Pelletier,
avec mon affection.

Chapitre 1

Québec, jeudi 15 novembre 2012

Le vent ululait dans la cheminée et Maud Graham s'approcha de l'âtre, froissa du papier journal, le glissa sous les pattes de la grille de métal, déposa des languettes de bois par-dessus, ajouta deux bûches et frotta une allumette. Les flammes vacillèrent durant quelques secondes puis dévorèrent le papier avant de s'attaquer au bois. Graham se releva, posa une main sur sa hanche en grimaçant.

— Je vieillis, dit-elle à Léa Boyer. Ce n'est pas drôle d'avoir cinquante ans.

— C'est à cause du bois que vous avez cordé hier. Tu as fait travailler les muscles qui en ont moins l'habitude. Ce sera la même chose pour moi quand je recommencerai à skier. J'espère qu'il va neiger.

— Non ! protesta Maud. Je ne veux pas qu'Alain revienne de Montréal dans une tempête. J'aimerais tellement que le laboratoire des sciences judiciaires soit à Québec. Je déteste qu'il prenne la route.

— Tu t'angoisses toujours pour rien, tu ne changeras jamais !

Maud appuya sur l'interrupteur de la lampe posée sur la table basse du salon.

— Il n'est même pas 16 h et on est obligé d'éclairer la maison. Le mois de novembre est le pire de l'année.

— Personne n'aime ce mois. C'est gris, triste. Ma fille est insupportable.

— Tu te plains le ventre plein, maugréa Maud. Sandrine est un modèle de sagesse…

Elle soupira en songeant à sa dernière prise de bec avec Maxime.

— Je ne veux pas qu'il prenne l'habitude de traîner jusqu'aux petites heures du matin. Il est en période d'examens. Et il a toujours son travail à mi-temps au supermarché. C'est seulement deux jours par semaine, mais il faut qu'il soit en forme.

— Maxime est majeur, rappela Léa.

— Je sais, mais il est vraiment désagréable depuis que Michaël a une blonde. Il se sent mis de côté.

— C'est passager.

— J'espère que tu as raison. Ce serait triste que Maxime et Michaël cessent de se voir.

— Tu dramatises encore ! la taquina Léa.

Maud jeta un coup d'œil à sa montre.

— Est-il trop tôt pour boire un verre ?

— On s'en fout.

Léa suivit Maud à la cuisine, hésita entre le pinot gris et le chardonnay américain qu'elle lui proposait.

— J'ai froid, mais j'ai envie d'un peu de blanc.

Maud remplit son verre, se servit, sortit les crudités du réfrigérateur, attrapa le sac de craquelins à l'oignon grillé et la purée de fèves edamame à l'ail qu'elle avait préparée la veille en prévision de ce souper avec sa meilleure amie. Elles mangeraient ensuite une soupe de crevettes à la noix de coco et un poulet tandoori qui marinait depuis l'aube dans un mélange d'épices et de yogourt.

Elles retournèrent au salon, s'assirent sur le canapé. Après la première gorgée de vin, Maud se confessa : elle n'avait pas su, la veille, garder son calme avec Maxime.

— Je suis trop impatiente. Je ne me corrigerai jamais…

— Tu n'es pourtant pas si impulsive lorsque tu enquêtes, sinon tu n'obtiendrais pas d'aussi bons résultats et…

— Quand j'enquête ? ricana Graham. Ça fait des semaines qu'il ne se passe rien !

— Tu t'ennuies. Comme les enfants.

Maud Graham inclina la tête. Il y avait bien cette fraude sur laquelle Joubert et Nguyen travaillaient, ce viol à Limoilou et ces vols chez des personnes âgées — dont des voisins de ses parents — qui l'avaient occupée ces dernières semaines, mais, oui, elle s'ennuyait d'une scène de crime plus complexe et se culpabilisait : était-elle dénaturée pour regretter ces instants particuliers vécus autour d'un corps ? En sachant de plus qu'au moment où elle se penchait sur un cadavre, elle ressentait toujours une immense tristesse ? Était-elle masochiste ?

— Non, la rassura Léa, tu aimes simplement les défis. Il faut que ce soit compliqué pour te garder en alerte. Tes parents vont mieux ?

— Ils vieillissent. Mon père a dû renoncer à sa voiture à cause de tous ces médicaments qu'il prend pour combattre l'hypertension. Il est trop souvent étourdi. Il n'a pas encore accepté d'être privé de son auto et c'est ma mère qui doit supporter sa mauvaise humeur. Heureusement qu'elle est occupée avec son bénévolat. Elle adore l'aide aux devoirs. Je crois que je l'ai frustrée lorsque j'étudiais. Je ne lui ai jamais rien demandé. Je voulais me débrouiller toute seule.

— Tu n'as pas beaucoup changé, la taquina Léa. Tes parents ont été vraiment effrayés par le cambriolage chez leurs voisins.

— Oui. Mon père prétend le contraire. Il dit qu'il aurait affronté les jeunes qui ont pénétré par effraction chez les Théberge, mais ma mère m'a confié qu'il dormait mal. Une chance qu'on a arrêté les coupables. Ils n'ont même pas quinze ans ! Ils faisaient ça pour s'amuser. S'amuser à tout casser, à terroriser des personnes âgées. Ils vont se retrouver dans un centre pour combien de temps ?

— Et le violeur que vous avez appréhendé, a-t-il eu sa sentence ?

— Non. Et j'aime mieux ne pas la connaître quand le verdict tombera. Ce n'est jamais assez sévère. J'ai cependant réussi à convaincre la victime de témoigner.

— Je ne sais pas si j'en aurais le courage, avança Léa.

— C'est essentiel !

— Tu admets toi-même que les violeurs s'en tirent trop bien. Toi, tu serais prête à aller en cour pour raconter, revivre l'agression ?

— Ça se passe mieux qu'avant, affirma Graham en esquivant la question.

Elle vida son verre trop vite, mais Léa eut la sagesse de ne pas insister pour obtenir une vraie réponse. Elle connaissait Maud depuis plus de trente ans et, pourtant, elle ignorait comment son amie réagirait dans un cas d'agression sexuelle. Témoignerait-elle contre son violeur pour faciliter le travail de la justice ou préférerait-elle se taire pour éviter qu'on la considère comme une victime ? Que le regard de ses collègues sur elle se modifie ? Elle soupira, chassant ces idées noires et vaines.

— Je suis plus... sensible... depuis qu'une de mes étudiantes... depuis que Mélanie est morte. Je ne peux pas croire qu'on n'ait rien pu faire pour la sauver de son anorexie. Si tu m'avais entendue, hier matin, lorsque Sandrine a parlé d'un régime aux pamplemousses qu'elle voulait essayer ! Le pire, c'est que mon discours aura l'effet contraire. Elle voudra vraiment tester ce régime débile.

— On a suivi toutes les deux un régime à l'ananas, rappela Maud à Léa. L'année de nos seize ans.

— Nous étions un peu idiotes, non ?

Elles se regardèrent, se sourirent.

— Mais on était heureuses.

— Toi. Pas moi, la corrigea Graham. J'avais tellement hâte d'être majeure, de décider de ma vie. J'ai eu l'impression d'être dans une salle d'attente toute mon adolescence. Heureusement que tu étais là. Tu m'épatais par ton aisance à discuter avec tout le monde.

— Et toi, tu me rassurais. Comparées à Mélanie, nous n'avions pas de problèmes.

— On s'occupe du souper ?

***

Charlesbourg, septembre 2000

Rebecca n'avait jamais remarqué que la peinture s'écaillait sur la moulure du coin gauche du plafond. Elle fixait la tache sombre faite par le bois, la peinture blanche tout autour. La tache ressemblait à une île perdue dans une mer blanche. Elle aurait voulu être cette île perdue. Non, elle aurait voulu couler dans la mer blanche. Couler jusqu'aux plus profonds abysses. Comme le *Titanic*. Mais elle n'était pas un paquebot. Elle était une fille. Si elle n'avait pas été une fille, est-ce que M. Carmichaël serait resté dans sa chambre ? Elle continuait à fixer la tache, car elle avait l'impression qu'elle s'effriterait, que son corps se disloquerait si elle cessait de regarder la tache, si elle faisait le moindre mouvement. La pièce s'était assombrie depuis le départ de M. Carmichaël. Rebecca savait que la lune était pleine et éclairait maintenant le bras du fauteuil bleu dans le coin droit de sa chambre, mais elle ne tournerait pas la tête pour vérifier si elle avait raison ou pas. Elle devait rester immobile encore un moment. Le temps que son corps se réunisse, que ses jambes soient assez solides pour la porter jusqu'à la salle de bain. Et là, elle prendrait une douche. Elle se brosserait les dents. Fixer la tache. Ne pas penser à l'haleine de genièvre de M. Carmichaël. L'odeur du gin. Elle avait goûté à son cocktail quand il lui avait dit que sa mère adorait les gin tonics, qu'elle en buvait lors de l'épluchette de blé d'Inde annuelle.

— Les voisines s'allongeaient sur le bord de la piscine pendant que je préparais les cocktails. Ta mère aimait aussi les Negroni.

C'est ce que M. Carmichaël avait dit après avoir commandé son apéro au serveur du restaurant chic où il l'avait invitée à souper. Elle avait attendu qu'il déplie sa serviette blanche pour l'imiter ; elle n'avait jamais vu une serviette aussi grande. Elle lui couvrait entièrement les genoux. C'était ridicule, mais elle aurait préféré la mettre sur ses épaules car elle avait un peu froid. Elle portait la robe à manches courtes que lui avait achetée Alex, son beau-père. Elle l'avait étrennée lorsqu'elle avait assisté au spectacle de ses amis, au Festival d'été de Québec. Ils étaient allés parler aux musiciens à la fin du spectacle. La trompettiste avait l'air d'apprécier Alex ; elle avait dit que personne n'avait fait d'aussi bonnes photos d'elle. Et qu'en plus il connaissait vraiment le jazz. Le pianiste s'était intéressé à Rebecca ; aimait-elle la musique autant que son beau-père ?

Oui ! Évidemment ! Elle serait auteure-interprète plus tard. Elle suivait des cours de musique depuis qu'elle avait cinq ans. Sa mère avait insisté pour qu'elle ait une formation classique, mais, depuis son départ, Alex l'initiait au jazz. Il y avait eu un silence comme toutes les fois où on évoquait la mort de Nina. Puis le pianiste l'avait prise par la main, l'avait entraînée vers le piano qu'on avait repoussé au fond de la scène. Ils s'étaient assis côte à côte et il lui avait dit de le suivre, qu'ils allaient jouer ensemble.

Et ils avaient joué. Rebecca avait d'abord copié Pete, puis elle s'était mise à improviser en contrepoint tout en fredonnant la mélodie. Il avait dit : « *Good, very good, it's cool, baby.* » Elle avait alors pensé que c'était la première soirée depuis la mort de sa mère où elle se sentait légère, presque joyeuse. Anne-Marie Ouellet, la psy chez qui Nina l'avait emmenée lorsqu'elle était petite et qu'elle avait revue après le décès de Nina, lui avait juré qu'elle serait à nouveau heureuse, qu'il était vrai que le temps arrangerait les choses et qu'elle avait de la chance d'aimer autant la musique et d'y trouver un réconfort. Peut-être qu'elle avait raison ? Elle aimait la mélodie entraînante qu'avait composée Pete, on aurait dit qu'elle lui donnait des ailes. Elle avait parfois de drôles d'idées... Alex les avait rejoints et leur avait souri, mais s'était vite détourné pour discuter avec le batteur. Rebecca s'était demandé si elle avait joué trop longtemps avec Pete, s'il trouvait qu'elle exagérait. Si Alex s'impatientait. Elle avait laissé glisser ses mains sur ses genoux quelques minutes plus tard, avait remercié Pete, s'était rapidement dirigée vers Alex qui l'avait interrogée. Avait-elle faim ? Avait-elle envie de manger une pizza avant de rentrer à la maison ? Elle avait hoché la tête, soulagée ; Alex n'était pas fâché contre elle, elle s'était inquiétée pour rien. Elle n'avait jamais aimé Alex, mais, depuis la mort de Nina, elle craignait qu'il l'abandonne. Elle savait pourtant que c'était Nina qui avait payé la maison où ils habitaient et qu'Alex y résidait parce qu'il était son tuteur, parce que des gens avaient décidé qu'on évitait ainsi un traumatisme supplémentaire à l'orpheline.

Rebecca n'avait pas connu son père biologique. Anton était retourné vivre en Russie l'année de sa naissance. Il y était mort dans un accident ferroviaire. Nina lui avait toujours dit que c'était un musicien exceptionnel, mais un homme trop tourmenté pour vivre avec une femme et élever un enfant. Rebecca avait hérité de ses cheveux noirs, avec une pointe qui s'avançait sur son front, qui dessinait un cœur. Nina l'appelait souvent « mon cœur », lui disait qu'elle avait aussi les yeux bleus de son père, et quand Rebecca scrutait les photos où il apparaissait, elle ressentait un certain décalage entre cette évidente parenté et le bel étranger qui souriait à l'objectif. Elle s'étonnait aussi qu'Alex ressemble à Anton. Il avait le regard clair, la chevelure sombre. Il arrivait souvent qu'on la prenne pour sa fille. Ils ne corrigeaient jamais les gens qui commettaient cette erreur. Nina souriait chaque fois qu'une personne se méprenait ainsi ; elle leur faisait un clin d'œil, ils formaient une vraie famille, on en avait si souvent la preuve. Elle prenait le bel Alex d'un bras, Rebecca de l'autre, répétait qu'elle était la plus chanceuse des femmes avec un amoureux tel que lui et une fille si adorable. Alex la taquinait ; elle l'aimait parce qu'il était un cordon-bleu, qu'il préparait les repas quotidiens. Elle souriait ; bien sûr qu'elle appréciait que le souper soit prêt quand elle rentrait du cabinet d'avocats où elle était associée. Qui n'aimerait pas revenir dans une maison remplie d'arômes appétissants ? Elle était contente qu'il soit là pour Rebecca après l'école. Elle devait souvent rester tard au bureau. Et elle partait régulièrement en voyage d'affaires. Elle prétendait qu'elle n'aimait pas ces voyages, mais Rebecca en doutait; Nina avait trop d'entrain quand elle bouclait sa valise. Elle était contente de se promener à travers le monde; elle n'avait pas choisi le droit international sans raison. Rebecca aussi voyagerait lorsqu'elle serait plus vieille. Elle serait une vedette. Elle chanterait sur toutes les scènes de la planète. Alex souriait quand elle évoquait son rêve avant de lui rappeler que l'univers du disque était impitoyable, qu'il y avait beaucoup d'appelés mais peu d'élus. Et Nina répétait qu'elle devait bien travailler en classe, se choisir un vrai métier au cas où…

Elle n'aurait pas dû mettre sa robe à manches courtes. Il faisait chaud quand ils étaient partis au restaurant, mais les soirées de septembre étaient trop fraîches pour sortir bras nus. Jean-Louis Carmichael avait dit qu'il avait constaté qu'elle avait froid quand il avait deviné la pointe de ses seins sous le tissu de sa robe verte. Malgré le soutien-gorge. Son premier soutien-gorge. Il lui avait prêté son veston, mais il n'avait plus été capable de penser à autre chose qu'à ses petits seins qui pointaient vers lui. Comme s'ils avaient appelé ses caresses. Ne l'avait-elle pas senti ? Ne savait-elle pas à quel point elle était désirable ? Elle avait bien perçu qu'il se passait quelque chose entre eux, elle aussi ?

Non.

Elle croyait que leur voisin l'avait invitée au restaurant par gentillesse. Parce que sa mère était morte. Parce que son beau-père faisait des photos de mariage, ce soir-là. Parce que son fils Jérôme avait un tournoi d'échecs. Parce qu'il était seul. Et qu'elle était seule. Et qu'ils s'étaient croisés au dépanneur. Qu'ils avaient jasé ensemble. Qu'il avait eu l'idée de l'inviter à souper.

Pourquoi pas ? Elle pouvait même venir se baigner chez eux avant d'aller au restaurant.

— Tu viens quand tu veux. Même si Jérôme n'est pas là. Mon fils est un vrai sportif ! Entre le volley et les échecs, il a moins le temps de se baigner. Mais toi, quand il fait aussi chaud, n'hésite pas à venir chez nous. Tu n'useras pas notre piscine ! C'est d'accord pour ce soir ?

Elle avait acquiescé tout en se demandant de quoi ils pourraient bien jaser durant toute une soirée.

Au début, elle s'était sentie intimidée par l'élégance du restaurant, mais M. Carmichaël l'avait mise à l'aise en discutant de musique avec elle. Il l'entendait, l'été, quand les fenêtres restaient ouvertes. Lui-même avait étudié le piano quand il avait son âge. Il avait cessé depuis, il le regrettait.

— Tu ne dois pas commettre la même erreur que moi, avait-il dit en lui tapotant la main. Mais tu n'arrêteras pas, tu es trop douée.

— C'est Alex qui vous l'a dit ?

— Non, ça s'entend, c'est évident. Et tutoie-moi, voyons. Ce n'est pas la première fois que je te le demande. Sinon j'aurai l'impression d'être un vieux croûton. Trouves-tu que j'ai l'air si vieux ?

Elle avait protesté ; il ne semblait pas plus âgé qu'Alex, mais sa mère lui avait expliqué qu'elle devait vouvoyer ses aînés.

— Nina t'a bien élevée, mais c'est moi qui te propose de me tutoyer. On est voisins depuis assez longtemps… Je me souviens du premier barbecue dans votre jardin. J'ai su tout de suite que Jérôme et toi seriez amis, même s'il est plus vieux que toi. Il paraît qu'il t'a montré à jouer aux échecs ? Je n'ai jamais été très bon à ce jeu-là.

— Moi non plus, avait avoué Rebecca. J'aime mieux le piano.

— Tu as un tempérament d'artiste, avait poursuivi Jean-Louis Carmichaël. Et la maturité pour comprendre la musique. Sais-tu que tu parais plus vieille que ton âge ? Ce n'est pas seulement une question d'apparence physique. Tu es plus réfléchie, plus adulte.

Rebecca avait rougi de contentement. Enfin quelqu'un qui ne la traitait pas comme une gamine ! Elle avait eu raison d'accepter cette invitation à souper. C'était si différent de ce qu'elle faisait habituellement.

Si différent.

Elle avait eu tort de suivre son voisin au restaurant.

Il l'avait raccompagnée. Alex n'était pas encore rentré. Un mot sur la table la prévenait qu'il ne serait pas là avant minuit.

Jean-Louis Carmichaël avait dit qu'il ne pouvait pas la laisser seule.

Qu'elle pouvait se coucher, qu'il veillerait sur elle.

Pourquoi l'avait-elle cru ?

***

Québec, vendredi 16 novembre 2012

Maud Graham reposa le téléphone avec une pointe de culpabilité. Elle n'aurait pas dû se plaindre devant Léa, lui confier qu'elle s'ennuyait un peu, même si elle n'avait pas vraiment souhaité qu'il y ait un meurtre à Québec. Elle ne pouvait pas désirer ce genre de choses, se disait-elle en tentant de refouler l'excitation qui montait en elle. Elle s'éloigna de son bureau pour répéter à Tiffany McEwen et à Michel Joubert ce qu'Andy Nguyen lui avait appris.

— Un homme, la cinquantaine, découvert mort chez lui par son fils. Des plaies au visage, sur le corps.

— À l'arme blanche ? demanda Joubert.

— Oui. D'après Nguyen, qui est sur la scène de crime, il y a beaucoup de sang.

— L'arme ? suggéra Joubert.

— On ne l'a pas encore trouvée. La victime s'appelle Jean-Louis Carmichaël. Son fils, Jérôme.

— Je regarde si on a quelque chose sur lui dans les banques de données, dit McEwen.

— Et son fils ? s'enquit Joubert.

— Il est sous le choc. Il s'est réfugié chez une voisine et un patrouilleur s'occupe de lui. Il a un peu de sang sur ses vêtements. C'est normal puisqu'il s'est penché sur le corps de son père.

— Ou s'il l'a tué. C'est lui qui nous a prévenus ?

— Non, c'est la voisine qui a appelé nos services après l'avoir recueilli.

— Cette femme est-elle entrée dans la résidence ? questionna McEwen.

— Avec Nguyen quand il est arrivé sur place. Pour confirmer que c'était bien son voisin qui avait été tué. Le fils était trop bouleversé. La scène n'a pas l'air d'avoir été trop contaminée, on en jugera sur place. Nous ne tarderons pas à voir s'attrouper les curieux. Et la presse.

Maud Graham haussa les épaules ; que pouvait-on y faire ? Elle enfila son Kanuk, fourra son béret dans une poche et tapota ses gants dans l'autre après avoir ouvert le tiroir où elle conservait des calepins neufs. Elle en glissa un dans la poche supérieure de sa veste avant de remonter la fermeture éclair du manteau. Nouveau calepin, nouvelle enquête. Combien en avait-elle rempli au cours de sa carrière ? Elle les conservait au sous-sol de sa résidence dans une boîte à chaussures qu'elle n'ouvrait jamais. À côté des cadres où elle avait épinglé des insectes. Et des piles de photos qu'elle se promettait de trier un jour.

— C'est à Neufchâtel, une petite rue tranquille d'après l'agent Lévesque.

— J'avise les spécialistes en scène de crime, l'assura Joubert.

Une neige fine tourbillonnait sous les réverbères quand les enquêteurs arrivèrent sur les lieux. Quelques enfants jouaient dehors depuis qu'ils avaient fini de souper et leurs parents s'approchaient du périmètre de sécurité, posant des questions qui restaient sans réponse, s'interrogeant les uns les autres : que se passait-il chez les Carmichaël ? Et chez Suzanne Boutet ?

Quand Maud Graham se dirigea vers la maison, elle sentit leurs regards qui la suivaient jusqu'à la porte d'entrée. Elle laisserait à Joubert, plus tard, le soin de s'entretenir avec les curieux. Elle se tourna brusquement vers lui.

— Si tu t'occupais du fils qui est chez la voisine d'en face ? Prends McEwen avec toi.

Michel Joubert acquiesça ; il fallait cueillir à chaud le récit du principal témoin, tenter d'évaluer s'il mentait ou non. Et pourquoi. Il pouvait très bien inventer une histoire même s'il n'était pas l'auteur du crime. Des gens racontaient les choses d'une manière particulière pour éviter de donner une mauvaise image d'eux-mêmes. Pourquoi Jérôme Carmichaël était-il venu chez son père ? Avait-il une raison précise, une demande à formuler ou était-ce une visite amicale ? Quels étaient leurs liens ?

Joubert échangea un sourire de connivence avec Tiffany McEwen en regardant Graham monter les trois marches du perron des Carmichaël. Les silhouettes de Nguyen et d'un patrouilleur se détachaient en ombres chinoises dans la pièce avant, probablement le salon.

— Graham aime mieux être toute seule pour voir le corps, fit-il. J'espère que Nguyen gardera sa distance le temps nécessaire.

— On ne la changera pas à son âge.

— Tais-toi ! Elle pourrait t'entendre. Ne lui parle jamais de son âge !

— Je ne ferai pas cette bêtise ! Elle est obsédée par ses six ans de différence avec Alain. C'est ridicule. Elle n'a pas l'air plus vieille que son amoureux. Elle ne fait vraiment pas ses cinquante ans. Toi, tu es plus vieux que Grégoire et tu n'en parles pas tout le temps.

— Peut-être que je préfère ne pas y penser, répondit Joubert avant de saluer le patrouilleur posté devant la porte principale de la demeure de Suzanne Boutet.

Celui-ci s'écarta pour les laisser entrer. Ils s'empressèrent d'ôter leurs bottes pour ne pas salir le plancher. L'agent qui avait accompagné le fils chez la voisine se leva en reconnaissant Michel Joubert qui le pria de rester en face de la maison de la victime pour aider à contenir la masse des curieux.

— Ce n'était pas nécessaire d'enlever vos bottes, dit Suzanne Boutet. Ce n'est pas important. Pas aujourd'hui. Jérôme, lui, est arrivé ici en chaussettes. Dans la panique…

Elle désignait un homme dans la vingtaine, recroquevillé dans un fauteuil. Il y avait un verre vide devant lui à côté d'une bouteille de scotch.

— Il s'est un peu calmé. Je l'ai fait boire un bon coup pour l'aider à se ressaisir. Je n'aurais peut-être pas dû ?

Tiffany McEwen la rassura avant de l'interroger : que pouvait-elle leur raconter ?

— J'ai entendu hurler. Je suis sortie dehors. Jérôme criait comme un fou. Il s'est rué ici, il avait du sang sur lui. Je pensais qu'il était blessé, mais il n'arrêtait pas de parler de Jean-Louis, disait qu'il était couché par terre, qu'on l'avait tué. Je vous ai appelés. On n'a pas bougé depuis. Sauf quand je suis allée voir Jean-Louis avec l'agent… Nguyen, c'est ça son nom. Un agent très poli.

— Vous avez agi avec sang-froid.

— J'étais infirmière, la vue du sang ne m'impressionne pas. C'est celui de Jean-Louis qui est sur Jérôme. Il l'a touché pour savoir s'il était encore vivant.

Michel Joubert s'était avancé lentement vers Jérôme Carmichaël. Il s'était assis dans le fauteuil voisin et, tout en lui présentant ses condoléances, il regardait la chemise tachée sous le veston. Il nota qu'il était effectivement en chaussettes. Qu'elles étaient mouillées.

— Vous pouvez me raconter ce que vous avez vu ? Voulez-vous un verre d'eau ? Un café ?

La voix grave de Joubert parut apaiser Jérôme Carmichaël, qui se tourna vers lui en disant qu'il avait rejoint son père à 19 h pour un apéro. Ils avaient réservé une table au Saint-Amour pour 20 h.

— Au Saint-Amour, répéta Joubert. C'est un très beau restaurant. Vous aviez quelque chose à célébrer ?

— Je viens de m'associer au cabinet Pratt et Samson, spécialistes en droit fiscal.

Il fronça les sourcils ; il devait prévenir immédiatement ses associés.

— Avant qu'ils apprennent ça par les journaux !

— Qu'est-ce qui s'est passé ?

— Je suis entré. J'ai la clé de la maison, mais la porte n'était pas verrouillée. J'ai enlevé mes bottes, j'ai appelé mon père, je me suis dit qu'il ne répondait pas parce qu'il ne m'entendait pas. Il écoute Radio-Classique toute la journée. Je me suis rendu dans le salon. Et là… je pense que j'ai vu le sang en premier. Je n'ai pas compris tout de suite que c'était mon père qui était couché par terre.

Jérôme fit une pause tandis que Joubert le détaillait ; d'épais cheveux auburn, des yeux noisette, un nez fort et un léger embonpoint qui le faisait paraître un peu plus vieux que son âge. Ses mains étaient posées sur les bras du fauteuil. Les doigts se crispaient par instants comme s'ils cherchaient à vérifier la solidité du meuble, sa tangibilité ; comme si le fauteuil était la seule chose réelle et ferme sur laquelle il pouvait compter.

— Avez-vous de la famille ? s'informa Tiffany McEwen. Des frères et sœurs ? Des gens qu'on pourrait prévenir ?

— Je suis fils unique. Ma mère est décédée quand j'étais petit.

— Votre père avait quelqu'un dans sa vie ?

— Non, il était divorcé depuis longtemps. J'avertirai son ex, même s'ils ne se parlaient plus depuis des années. Patricia a toujours été gentille avec moi...

— Des amis ?

— Qui s'occupe de mon père ? s'inquiéta Jérôme.

— Notre équipe. Nous sommes là pour vous aider.

Jérôme se leva dans un brusque élan ; il voulait voir son père.

— Pour le moment, c'est impossible, dit doucement Joubert. On doit photographier la scène du crime, chercher des indices, faire notre travail. Vous le reverrez plus tard, je vous le promets.

Jérôme fixa Joubert puis interrogea Suzanne Boutet du regard ; elle hocha la tête en signe d'acquiescement. Elle se rapprocha d'eux, questionna à son tour l'enquêteur ; pouvait-elle prêter à Jérôme un chandail de son mari ?

— Il... irait peut-être un peu mieux s'il se changeait...

— Bientôt. On doit prendre des photos de Jérôme. Il fait, d'une certaine manière, partie de la scène... il a étreint son père. Vous comprenez ?

— Et on doit relever ses empreintes, ajouta McEwen.

— Pour la même raison, nous devrons récupérer vos vêtements, dit Joubert. Vous n'avez pas de manteau ?

— Non. Oui. Il est resté chez mon père avec mes bottes.

— On a envahi votre domicile, madame Boutet, s'excusa Joubert.

Elle protesta aussitôt ; on ne la dérangeait pas. Elle était heureuse de pouvoir aider les Carmichaël qui avaient toujours été de bons voisins pour elle.

— On vit dans une rue sans histoire, chacun respecte l'autre. Nous avons beaucoup de chance.

Jusqu'à maintenant, songea Tiffany McEwen.

— Je monte chercher un chandail.

— Je reste ici avec vous, reprit McEwen, tandis que mon collègue ira aux nouvelles. Il pourra nous dire où ils en sont. Mais auparavant, Jérôme, nous aimerions savoir si vous avez entendu quelque chose de suspect quand vous êtes entré chez votre père ?

Jérôme leva les sourcils ; quel genre de chose, à part la musique ?

— Un bruit de pas, de porte, de fenêtre. Votre maison est grande. Se peut-il qu'il y ait eu quelqu'un chez votre père à ce moment-là ? Quelqu'un qui serait parti à votre arrivée ?

Jérôme secoua la tête ; si l'assassin était présent, il n'avait pu l'entendre à cause de la musique qui jouait très fort.

— Savez-vous si votre père avait des inquiétudes ? insista Joubert. Vous aurait-il raconté…

— Non, le coupa Jérôme Carmichaël d'un ton véhément. On allait souper ensemble au Saint-Amour. Du côté de la verrière, la nuit, c'est encore plus beau. Il m'avait même dit qu'il mangerait de l'agneau. Il était allé voir le menu sur le site Internet du restaurant. Je… je ne comprends pas que… Ça n'a aucun bon sens !

Jérôme s'agitait de plus en plus. Il tapota sa montre en s'écriant qu'à cette heure son père et lui devraient être en train de déguster un saint-estèphe.

— Ça n'a pas de sens, martela-t-il. Pas de sens ! Pas…

Il s'interrompit, dévisagea Joubert : et si ce n'était pas son père qui était allongé par terre ? S'il s'était trompé ?

— Vous l'avez bien vu, pourtant, dit McEwen, en l'invitant à se rasseoir. Mme Boutet également. Vous êtes sous le choc.

— Et c'est normal, renchérit Joubert.

— Non ! cria Jérôme. Ce n'est pas normal ! Mon père m'attendait pour souper et là… Je veux savoir ce qui s'est passé !

— Les policiers sont là pour ça, Jérôme, dit Suzanne Boutet en revenant et en déposant un chandail sur le bras d'un fauteuil.

Elle devait être une bonne infirmière, rassurante pour ses patients, douée d'une autorité naturelle, pensa McEwen en voyant Jérôme se calmer. Elle s'adressa à elle.

— Et vous, aviez-vous discuté avec votre voisin au cours de la journée ?

— Non, l'hiver, on se voit moins. On se salue de loin quand on sort prendre le courrier. Et j'étais au centre commercial jusqu'à la fin de l'après-midi.

Elle fit une pause, précisa qu'elle discutait surtout avec Jérôme. Ils avaient une passion pour les romans policiers ; ils échangeaient les livres qu'ils aimaient même si Jérôme avait quitté Neufchâtel pour vivre dans le quartier Montcalm. Ils continuaient à se voir.

— Je ne sais pas si on lira autant d'histoires de meurtres maintenant…

Suzanne Boutet frissonna, se remémorant l'image du corps de Jean-Louis Carmichaël.

— Que faisait votre père ? demanda McEwen.

— Il est comptable. Il gère également ses cinq immeubles. Il les loue. Il a très bien réussi dans la vie.

— Qui aurait pu lui en vouloir ? questionna Joubert.

Jérôme protesta : personne ne détestait son père. Puis il détourna les yeux en fixant la sculpture de bois devant lui.

Tiffany McEwen se dit à cet instant précis que Jérôme avait répondu trop vite. Et qu'il avait évité de croiser leur regard. Joubert avait-il noté aussi ce détail ? Depuis qu'ils étaient entrés chez Suzanne Boutet, c'était la première fois qu'elle avait l'impression que l'homme mentait. Elle ne savait pas si c'était un assassin, il était bien trop tôt pour le dire, mais elle était persuadée que Jérôme ne leur avait pas tout révélé sur Jean-Louis Carmichaël. Qu'y avait-il de louche dans sa vie ? Avait-il fraudé des clients ? Est-ce qu'un locataire avait une dent contre lui ? Au point de le trucider ? Est-ce que ses affaires étaient toutes légales ?

— Je vais voir comment les choses progressent, dit Joubert. On met sur pied l'enquête de proximité. Je devrai sûrement parler aux journalistes. Je reviens dès que je peux avec un photographe.

Et des sacs pour récupérer les vêtements tachés de sang. Le récit des faits tenait la route. Les premières constatations indiquaient que le meurtre avait eu lieu en début d'après-midi et il était fort possible que Jérôme ait prévu de souper avec son père au restaurant, qu'il ait découvert le meurtre, qu'il se soit penché sur le corps de Jean-Louis Carmichaël. Jérôme paraissait sincère, mais Joubert attendait la confirmation de son alibi. Il songeait à l'arme du crime ; si Jérôme était l'assassin, il avait eu tout le temps de la cacher. Il pouvait être revenu ensuite pour faire semblant de découvrir le corps. Hypothèse. Hypothèse.

Joubert, en chaussant ses bottes, demanda à Suzanne Boutet de lui répéter ce qu'elle avait fait après avoir entendu les cris de Jérôme.

— Je l'ai vu traverser la rue, courir jusqu'ici. Il avait laissé la porte de chez eux grande ouverte. J'ai tout de suite saisi qu'il s'était passé quelque chose de grave. J'ai cru que Jean-Louis avait eu une attaque, que Jérôme venait me chercher parce que j'étais infirmière. Mais quand j'ai vu des taches sur sa chemise, j'ai su que c'était pire que ce que j'avais imaginé. Jérôme a crié que son père avait été tué et il s'est effondré, à genoux devant l'entrée du garage. Je l'ai aidé à se relever, on est entrés dans la maison, j'ai appelé la police, puis j'ai versé un scotch à Jérôme. J'en ai bu aussi un peu.

— Il est venu directement ici ? s'assura Joubert.

— C'est ça. Il n'a même pas regardé avant de traverser la rue. Il était paniqué, il n'arrivait pas à parler.

— Il a vraiment eu de la chance que vous soyez là.

— Moi aussi.

Devant l'air étonné de Joubert, Suzanne Boutet précisa que Jérôme était un homme prévenant. Elle se sentait seule depuis la mort de son mari, mais la présence de Jérôme l'avait beaucoup aidée. Sa fille unique vivait à l'étranger ; échanger des livres avec son voisin lui avait permis de tisser des liens amicaux avec un jeune.

— Je ne veux pas devenir une vieille qui radote. Jérôme et moi sortons une fois par mois. Au théâtre, au cinéma, au resto. Il m'offre même des fleurs à mon anniversaire. Vous savez, il a perdu sa mère quand il était bébé. Je suppose que je remplace cette figure maternelle. Et je m'en réjouis.

Est-ce que cette affection pouvait troubler son jugement sur Jérôme ? La pousser à le protéger plus qu'il ne le fallait ?

Joubert la remercia d'être aussi disponible avant de fermer la porte derrière lui.

Chapitre 2

Août 2005

La pluie cinglait le visage de Rebecca qui gardait la tête penchée vers l'arrière pour goûter les pincements glacés. Elle avait l'impression de respirer pour la première fois depuis des mois. Des années. Elle se tenait immobile devant les murs de ce centre de réadaptation où elle avait vécu ces dernières années. Elle était enfin majeure. Plus personne ne prendrait de décisions pour elle.

On klaxonna derrière elle ; c'était Alex. Elle souleva sa valise et adressa un signe à son beau-père : elle se chargeait de la mettre dans le coffre. Il sortit pourtant de la voiture, la contourna pour serrer Rebecca dans ses bras.

— Je suis tellement content !

— Sûrement pas autant que moi !

Il l'observa tandis qu'elle pouffait d'un rire nerveux ; elle plaisantait, elle ne pouvait pas deviner à quel point il était anxieux. Elle se glissa sur le siège avant, ouvrit la boîte à gants et saisit les CD qui s'y trouvaient.

— As-tu envie d'écouter Metheny ?

— Comme dans le temps ?

— Comme dans le temps.

— Heureusement que tu n'as pas arrêté la musique.

Rebecca dévisagea Alex; comment aurait-elle pu cesser de jouer, de composer, de chanter? C'est la musique qui l'avait sauvée. Du Grand Voleur, de la dope, de la connerie de certains surveillants, de l'agressivité des filles du centre, de la dépression, du suicide, de ses petits rituels décoratifs. Elle ne s'était plus coupée depuis... des mois. Oui, des mois. Plus d'entailles sur ses mollets, sur son ventre. Pas la moindre petite éraflure. Elle en avait eu envie, bien sûr. Tellement envie. Mais si elle avait pu survivre au Grand Voleur, elle pouvait réussir à cesser de se mutiler. Elle pouvait tout réussir. Elle était une guerrière. Son avocat, Philippe Migneault, avait dit qu'il n'avait jamais rencontré quelqu'un d'aussi têtu qu'elle. Macha, l'intervenante qu'elle avait le moins détestée au cours de ses années au centre de réadaptation, avait souvent parlé de sa résilience. Et Nathalie, sa merveilleuse prof de français, l'avait assurée que sa force irradiait dans ses textes, qu'elle pouvait l'utiliser pour devenir celle qu'elle désirait. Se libérer et grandir par l'écriture.

Une puissante guerrière résiliente. Voilà ce qu'elle devait être. Utiliser les souvenirs de son adolescence ruinée pour ses chansons tout en restant juste à la bonne distance de sa douleur. Elle ne la quitterait jamais, Rebecca avait fait le deuil de nuits sans cauchemar. Elle n'oublierait rien. Mais cette ombre qui pesait sur son âme, elle pouvait l'utiliser. Comme du compost pour sa musique, pour ses textes. Compost, composer. Le compost était le résultat de la pourriture. Ses chansons seraient bien nourries, elles ne manqueraient jamais de rien.

Rebecca tapotait le boîtier du CD, pianotait en suivant la pièce de Pat Metheny, envoûtante, aérienne et dense à la fois.

— Mouvement circulaire, dit-elle.
— Circulaire ?
— La musique revient sur elle-même.
— Si tu le dis.
— Je le dis.

Alex adressa un sourire incertain à la jeune femme, mais elle ne le vit pas. Elle avait fermé les yeux, se laissait pénétrer par la mélodie. C'était aussi bien. Il ne savait pas quoi lui dire. Qu'est-ce qu'on raconte à une fille qui sort d'un centre ? Devait-il lui proposer une sortie ? Un restaurant ? Un film ?

Alex fixa la route ; le mouvement des essuie-glaces, le chuintement sur la vitre l'apaisaient. Ils iraient d'abord à la maison. On verrait ensuite. Rebecca exprimerait un désir ou un autre. L'important était qu'elle soit contente de rentrer chez elle. Il avait fait le ménage afin que tout soit parfait. Elle était venue à plusieurs reprises pour de longues fins de semaine, mais c'était différent cette fois-ci : elle resterait. Elle occuperait de nouveau sa chambre. Tandis que lui dormirait dans celle qu'il avait occupée avec Nina. Avant sa mort. Après sa mort. Avant que Rebecca mette le feu chez les Carmichaël. Avant qu'elle parte au centre de réadaptation. Cinq ans déjà. Il n'aurait su dire si ces années s'étaient écoulées lentement ou rapidement. Le temps est une notion étrange, élastique, à la limite de l'absurde.

Est-ce que Rebecca regarderait souvent par la fenêtre de sa chambre l'ancienne résidence des Carmichaël ? L'incendie n'avait pas détruit la maison, mais elle avait été abîmée par les jets d'eau et d'importantes rénovations avaient été faites avant sa vente. Ni Jean-Louis ni Jérôme Carmichaël n'étaient revenus dans le quartier. Les nouveaux propriétaires étaient discrets. Peut-être que les Cook leur avaient appris qu'une adolescente avait mis le feu à l'ancienne demeure, mais ils n'avaient jamais évoqué l'événement avec Alex. Peut-être qu'ils s'en fichaient. Qu'ils n'étaient pas comme les Martineau qui avaient demandé à Alex si c'était une bonne chose que Rebecca revienne vivre dans son ancien quartier. Ils étaient persuadés qu'elle était schizophrène et Alex ne leur avait jamais expliqué qu'ils se trompaient. Il n'avait jamais cru à cette psychose. Rebecca prétendait avoir entendu des voix. Des voix ? Subitement ? Qui lui avaient ordonné de mettre le feu ?

Que serait-il arrivé si Jérôme n'était pas revenu de son camp d'entraînement plus tôt, s'il n'avait pas été malade, s'il était resté avec son équipe ? Jean-Louis Carmichaël serait mort asphyxié. Ou brûlé vif.

Rebecca n'avait même pas tenté de nier sa responsabilité. Ses vêtements sentaient l'essence, il y avait des allumettes dans la poche de son jeans quand les pompiers étaient arrivés pour éteindre le feu. Elle était debout devant la maison et contemplait les flammes qui léchaient le bois des fenêtres, qui gagnaient le toit. Elle avait fixé Jean-Louis Carmichaël lorsqu'il était passé devant elle en s'appuyant sur le bras d'un pompier. Il avait si vite tourné la tête que le pompier s'était interrogé sur cette adolescente étrange aux cheveux noirs et aux yeux presque aussi pâles que ceux d'un husky, en long tee-shirt, qui ne semblait pas avoir froid malgré la fraîcheur de la nuit. Elle n'avait pas bougé quand ils étaient descendus du camion rouge. L'un d'entre eux l'avait repoussée en lui disant de ne pas rester là. Elle s'était immobilisée à l'endroit où on l'avait fait reculer.

Rebecca ouvrit les yeux alors qu'ils s'approchaient de la maison. Plus que deux feux de circulation, puis ils tourneraient à droite et à gauche. Elle descendrait de la voiture, utiliserait sa clé pour entrer. Dans sa maison.

— Est-ce qu'on pourrait aller à Expo-Québec demain ?

— Dans les manèges ? s'étonna Alex Marceau.

— J'ai toujours aimé ça. J'ai écrit une chanson sur les montagnes russes.

— Ça parle de quoi ?

— De ma vie en montagnes russes. C'est assez drôle.

— Drôle ?

— J'avoue que ce n'est pas le mot qui convient, dit Rebecca. Ma prof de français, Nathalie, prétend que j'ai un style baroque, original.

— Baroque ?

— Bizarre. Je suis contente des paroles de cette chanson, mais il faut que je retravaille la musique. À l'école, je pouvais me servir du piano, mais au centre je me contentais de ma guitare. Ce n'était pas l'idéal... Il y avait toujours du monde autour de moi. Je vais enfin être tranquille pour jouer.

Alex annonça fièrement qu'il avait fait accorder le piano la semaine précédente. Il avait deviné qu'elle serait heureuse de retrouver son vieux Steinway.

— Il avait coûté cher à ta mère, mais elle a eu raison d'acheter un vrai bon piano. Il a un son magnifique.

Parler de musique, c'était la solution pour les premières heures. La musique avait toujours été leur lien. Il se rappela qu'un trio qui s'était illustré au Festival de jazz de Montréal allait jouer dans quelques jours au Petit Champlain.

Est-ce que Rebecca avait envie qu'il achète des billets ?

— Pas pour ce soir, en tout cas. Je n'ai pas vraiment le goût de sortir. Je veux rester dans ma maison.

Ma maison. Pas notre maison. Avait-elle dit ma maison sans réfléchir ou voulait-elle lui envoyer un message ? Lui rappeler qu'il habitait chez elle maintenant ? Qu'elle était majeure et qu'elle n'avait plus besoin de lui comme pseudo-tuteur ou comme colocataire ? Il était pourtant allé la visiter régulièrement. Avait toujours acheté, apporté ce qu'elle voulait. Il avait préparé ses plats préférés quand elle quittait le centre de réadaptation les fins de semaine. Et aujourd'hui. Il y avait un plat de macaronis à la viande gratinés qui n'attendait qu'à être réchauffé. Et un gâteau des anges avec de la crème fouettée. Tout ce qu'elle aimait. Le menu de ses anniversaires.

Dix-huit ans. Majeure. Héritière de la maison. Aimait-elle encore les macaronis à la viande ? Elle avait tellement changé au cours des dernières années. Comment cohabiteraient-ils ? Comment le percevait-elle aujourd'hui ? Elle ne lui avait jamais adressé de reproches, mais peut-être estimait-elle qu'il aurait dû mieux la défendre. Que savait-elle au juste ?

Rebecca fit lentement le tour des pièces comme si elle redécouvrait la maison, alors qu'elle y était revenue fréquemment. Que signifiait ce tour du propriétaire ? La réponse tenait dans ce dernier mot : propriétaire. Était-ce à son nouveau statut qu'elle pensait en circulant d'une pièce à l'autre ? En s'assoyant dans un fauteuil, en se penchant à la fenêtre du salon, en laissant glisser sa main sur les touches du piano, en ouvrant le réfrigérateur sans rien y prendre ?

— Tu voudrais quelque chose en particulier ? s'empressa Alex. J'ai acheté du jus de canneberge parce que je sais que...

— Une bière ferait plus mon affaire. Je suis majeure.

Elle avait déjà dit deux fois qu'elle était majeure. Un autre signal à son intention ? À quoi songeait-elle ? Qu'avait-elle envisagé tandis qu'elle vivait ses dernières nuits au centre ? Il ne voulait pas, ne pouvait pas quitter cette demeure ; il n'aurait jamais les moyens de louer un appartement aussi confortable que la maison. Il s'était répété toutes ces années qu'il devait moins jouer, mais il aurait fallu qu'il renonce à se changer les idées après des heures à photographier de stupides mariés. Même les gamines qui posaient pour des photos destinées à des acheteurs particuliers finissaient par le lasser. Le poker était le seul moyen de se vider l'esprit.

Rebecca retourna vers une des fenêtres, vit la porte du garage des voisins s'ouvrir, une voiture grise reculer vers la rue.

— Je gage qu'ils vont à la pépinière. Ils s'occupent beaucoup de leur terrain. Il n'y a pas une cour aussi fleurie que la leur. C'était plus terne du temps des Carmic...

Alex pinça les lèvres ; qu'avait-il besoin d'évoquer leurs anciens voisins ?

— Je ne vais pas perdre conscience parce que tu prononces leur nom, assura Rebecca. L'important, c'est qu'ils ne soient plus là.

— Tu as raison. Veux-tu que je fasse réchauffer les pâtes ?

— Après la bière que tu ne m'as pas encore offerte.

— Tu as raison, excuse-moi, je suis un peu... maladroit. Je ne suis plus habitué à vivre avec quelqu'un.

— Moi, c'est le contraire. Je me suis habituée à vivre avec plein de monde.

Il y eut un silence qu'elle rompit en se corrigeant : c'était faux, elle ne s'était jamais accoutumée à vivre en groupe, à manger à la cafétéria, à partager les longs corridors, la cour, les aires communes du centre. Tout ce monde autour d'elle, constamment. Même chose à l'école ; les élèves, les profs. Heureusement qu'elle avait connu Nathalie qui l'avait aidée et poussée à écrire. Elle avait aimé chaque heure de cours, même si elle s'était un peu ennuyée à lire Sartre. Elle préférait nettement

Camus ou Kafka, mais elle approuvait le commentaire de Sartre : l'enfer, c'est les autres. Tout à fait juste. Elle resterait chez elle durant des jours à jouir de la paix retrouvée. Son seul regret était que la maison d'en face soit toujours là ; elle aurait aimé qu'elle soit rasée. Où était Jean-Louis Carmichaël aujourd'hui ? Près d'une jeune voisine qui connaîtrait le même sort qu'elle ?

— Où ont-ils déménagé ?

— Qui ?

— Tu sais de qui il est question.

— Je ne le sais pas. On en a déjà parlé.

— Je crois que tu me mens. Tu as appris où ils habitent et tu refuses de me le dire. Mais tu n'as pas à t'inquiéter, je n'irai pas incendier leur nouvelle maison. Je suis guérie aujourd'hui, les psys l'ont dit. Je me suis restructurée.

Elle grimaçait en prononçant ce mot comme s'il était acide.

Alex se dirigea vers la cuisine, ouvrit le réfrigérateur, sortit un grand verre et rapporta deux bières au salon.

— Veux-tu des chips ? Aneth et crème sure…

— Comment résister ?

Rebecca sourit quand il revint avec un bol rempli de croustilles et il sourit à son tour, se détendant légèrement, lorsqu'elle plongea sa main dans le bol avec enthousiasme. Pourquoi s'inquiétait-il autant ?

— Je dois tenir ça de mon père, le goût pour les chips. Maman n'en mangeait jamais.

— Tu lui ressembles pourtant en vieillissant. Tu bouges comme elle. Mais tu es un peu plus grande.

Rebecca leva son verre de bière en esquissant un toast à la mémoire de sa mère et le vida d'un trait. Alex fronça les sourcils, mais se força à plaisanter ; elle avait vraiment soif.

— J'en prendrais une autre.

— On devrait peut-être manger un peu.

— Non. Je veux boire. Est-ce qu'il y a du vin pour accompagner les macaronis ?

— Oui, mais...

— Mais quoi, Alex ? Je n'ai plus douze ans. Je suis majeure. Si je veux boire, il n'y a personne qui m'en empêchera. Plus personne ne peut me donner d'ordres maintenant. J'ai fini d'obéir. Est-ce que ça te pose un problème ?

Il fit aussitôt marche arrière ; elle pouvait boire une caisse de bière si elle en avait envie. S'il avait hésité à lui apporter une autre bière, c'était simplement parce qu'il se demandait si elle n'avait pas faim, vu la manière dont elle s'était ruée sur les croustilles.

— Et parce que je regrette de ne pas avoir acheté une bouteille de champagne. On n'a pas tous les jours dix-huit ans. C'est une date qui compte.

— C'est une bonne idée. Va en chercher une pendant que je range mes affaires.

— Cool. C'est cool. J'espère qu'il y aura des bouteilles dans le frigo à la SAQ.

Il se leva sans savoir s'il était inquiet de laisser Rebecca seule à la maison ou soulagé d'en sortir, de ne plus chercher un sujet de conversation qui ne soit pas miné.

Qu'allaient-ils devenir ?

Chose certaine, il continuerait à prétendre qu'il ignorait où Jean-Louis Carmichaël avait déménagé.

***

Québec, vendredi16 novembre 2012

Les spots installés par le photographe pour éclairer la scène de crime dessinaient une arête de lumière sur le canapé du salon éclaboussé de sang et la netteté de cette ligne donnait à Maud Graham l'impression d'être entrée dans un tableau hyperréaliste. Les taches pourpres s'épanouissaient en fleurs morbides sur le tapis gris pâle et chaque mouvement des spécialistes autour du corps était reproduit sur les murs en ombres gigantesques, presque menaçantes, alors que le chuintement des combinaisons de plastique avait quelque chose d'un peu enfantin.

— J'ai de bonnes photos des traces de pas du fils quand il a marché dans le sang autour du corps et vers la porte.

— Ses bottes sont dans l'entrée, précisa un technicien. Il doit être sorti en chaussettes après avoir découvert le corps de son père.

— On a des résidus de terre près du corps, précisa Nguyen en s'approchant de Maud Graham qui se relevait après avoir observé les blessures de la victime. Si le peu de neige qui est tombé cette nuit n'avait pas fondu, on aurait pu relever des pistes, mais il est mort depuis quelques heures. Tout s'est évanoui.

— Il n'y a pas de traces apparentes d'effraction, ajouta l'agent Lévesque. La porte d'entrée n'était pas verrouillée. On n'a pas forcé la porte de la cuisine ni les fenêtres pour pénétrer dans la maison.

— M. Carmichaël aurait donc ouvert sa porte à quelqu'un qu'il connaissait ?

— Ou qui s'est fait passer pour un vendeur itinérant, suggéra Nguyen. Chez nous, des jeunes sonnent régulièrement pour nous proposer du chocolat ou des calendriers pour leur camp d'été. Ou des gens quêtent pour des organismes. Et c'est toujours à l'heure du souper !

— L'assassin devait bien avoir une raison pour agresser Carmichaël. Et pour lui donner autant de coups de couteau. Il voulait s'assurer qu'il meure ou se soulager de sa colère.

Qu'avait bien pu faire Carmichaël pour s'attirer tant de haine ? songea Maud Graham. Les attaques à l'arme blanche trahissent souvent une intimité entre la victime et son bourreau. Une raison très personnelle, profonde, chargée d'émotion. Graham avait vu peu de meurtres commis avec un couteau dans des histoires d'argent, de règlements de comptes, de drogue, à moins que l'assassin n'ait été dans un état second ou paniqué. Les lames supposaient une vraie proximité avec l'ennemi détesté.

— Son portefeuille était sur le comptoir de la cuisine, rappela Nguyen. Ce n'est pas un voyou qui en voulait à son argent.

— On pourra peut-être relever des fibres, des cheveux ? espéra Graham. Ils se sont inévitablement touchés. Probablement très vite. Vous avez trouvé les lunettes de Carmichaël par terre dans l'entrée. L'assassin doit l'avoir bousculé, poussé vers le salon où il l'a poignardé.

— Carmichaël doit s'être agrippé aux bras ou au dossier du canapé pendant qu'il s'acharnait sur lui.

— C'est le mot, Nguyen. Acharnement. À qui Carmichaël a-t-il causé du tort ?

Maud Graham retourna vers le corps, compta les plaies apparentes ; peut-être y en avait-il aussi dans le dos, elle le saurait dans peu de temps. Le photographe en avait terminé avec cette série de clichés. On pourrait déplacer le cadavre.

— Le couteau peut-il provenir de la cuisine ? s'informa Joubert en les rejoignant.

— Pas du bloc de couteaux de cuisine, précisa Nguyen, mais il y a un support aimanté où il y a un couteau à filet et une spatule.

— Son fils pourra peut-être nous dire s'il reconnaît le couteau que vous venez de trouver.

— Derrière la haie, à un mètre de la maison. Un bon couteau...

— J'imagine... Trois des plaies sont larges, profondes. L'assassin n'a pas hésité à enfoncer la lame. Les autres plaies, superficielles, aux mains et aux avant-bras ont dû être faites quand la victime tentait de se défendre.

— Il fallait que le meurtrier soit vraiment décidé, fit remarquer Nguyen. Ce n'est pas si facile de tuer quelqu'un.

— Déterminé ou habitué à manier le couteau, rétorqua Graham. Un boucher. Un chasseur. Ou alors il n'en est pas à sa première victime. Est-ce qu'il a tout prémédité ?

— Un professionnel ? suggéra Lévesque.

Maud Graham soupira en repoussant cette idée d'un geste de la main : il était prématuré d'imaginer que Carmichaël avait été victime d'un tueur à gages. Encore moins d'un tueur en série. Elle privilégiait la vengeance personnelle : on avait puni Carmichaël. Pour quelle raison ?

— Il y a une histoire entre son meurtrier et lui.

— Il était comptable, dit Joubert. Il était peut-être mêlé à une fraude.

— Un Earl Jones de banlieue ?

La maison était cossue, certes, mais ce n'était pas la résidence d'un millionnaire. Il y avait bien un spa dans la cour, une grande terrasse. Comme dans les cours de nombreux voisins. Un bon revenu. Sans extravagance.

Graham jeta un dernier coup d'œil au corps de Carmichaël, puis entraîna Nguyen et Lévesque.

— Il faut fouiller toutes les pièces de la maison. Lévesque, tu te charges de l'opération. Nguyen, tu t'occuperas de l'enquête de proximité. Peut-être qu'un voisin a remarqué un détail… Moi, je dois rencontrer le fils.

À mi-chemin entre la maison de la victime et celle de la voisine, elle s'arrêta pour écouter Joubert lui faire un résumé de leur entretien avec le fils Carmichaël, auprès duquel McEwen était restée.

— Quand le photographe en aura fini avec le corps, il devra prendre des photos du fils.

— Et nous devrons parler bientôt aux journalistes… Je vais demander à McEwen de s'en occuper.

— Bonne idée.

— Ils vont l'aimer, fit Graham en désignant les curieux qui se massaient derrière le cordon de sécurité. McEwen est plus patiente que moi.

Graham se dirigea vers la maison de Suzanne Boutet qui lui ouvrit aussitôt.

— La procédure suit son cours, rapporta Joubert. Les techniciens ont pris des clichés, relevé des indices.

— Nous avons vraiment besoin de vous, dit Graham en s'approchant de Jérôme Carmichaël. Vous voulez bien nous aider ?

Jérôme dévisagea Maud Graham : quelle question !

— On doit savoir si votre père avait des ennemis.

— Des ennemis ? Mon père était comptable. Et propriétaire de quelques immeubles. Il ne vivait pas dangereusement. Ce qui lui importait, c'était d'écouter de l'opéra et boire de grands crus.

— Pourtant, quelqu'un lui en voulait, reprit Joubert sans quitter Jérôme des yeux, notant pour la seconde fois que celui-ci fixait le haut de son front sans le regarder réellement.

— Reprenons depuis le début, dit Maud en s'assoyant à côté de son collègue. Qu'avez-vous fait aujourd'hui ?

— J'étais au cabinet toute la journée. Vous pouvez vérifier.

— Vous êtes avocat ?

— En droit fiscal.

— Jérôme vient d'être nommé associé chez Pratt & Samson. À vingt-huit ans ! précisa Suzanne Boutet avec une intonation de fierté dans la voix qui indiqua à Maud Graham que leurs rapports dépassaient le cadre du simple voisinage.

— Félicitations ! Vous avez sûrement beaucoup travaillé pour en arriver là à votre âge.

— J'ai toujours dit qu'il irait loin !

— Mes associés ! la coupa Jérôme. Je dois les appeler !

Il sortit son téléphone de sa poche et s'éloigna pour composer le numéro. Graham sourit à Suzanne Boutet avant de lui demander si on devait s'inquiéter pour Jérôme.

— Il est sous le choc. Mais quand il retournera chez son père et qu'il reverra la scène du crime, ce sera autre chose.

— Je l'accompagnerai chez Jean-Louis.

— Vous êtes très attachée à lui.

— Jérôme a toujours été gentil avec moi. C'est un jeune homme sérieux. C'est sûrement un excellent fiscaliste. Il a toujours été brillant, il disputait des tournois d'échecs…

Suzanne Boutet frémit, frappée par l'image qui s'imposait à elle, qu'elle avait réussi à repousser jusqu'à maintenant, alors qu'elle mettait toutes ses énergies à protéger Jérôme du choc.

— C'est insensé, murmura-t-elle.

— C'est toujours insensé, acquiesça Maud Graham. Vous ne connaissiez pas d'ennemis à Jean-Louis Carmichaël ?

Suzanne Boutet protesta ; son voisin était un homme tranquille, sans histoire, qui s'occupait bien de sa maison. De son terrain. Qui aimait l'opéra.

— Il est allé au Metropolitan, ce printemps.

— Seul ?

— Oui.

— Il n'a personne dans sa vie ?

— La mère de Jérôme est morte depuis longtemps. Jean-Louis a ensuite vécu avec une certaine Patricia, il y a plusieurs années. Il s'est finalement installé ici. Je crois qu'il appréciait la paix par-dessus tout. C'est ce qu'on aime dans ce quartier, la paix.

— Ce sera différent pour les prochains jours. Les journalistes voudront vous parler.

— Qu'est-ce que je pourrais leur dire ? Je ne sais rien. J'étais en train de lire quand j'ai entendu crier Jérôme et que je l'ai vu traverser la rue.

— Dans la journée, rien n'a attiré votre attention ?

Suzanne Boutet secoua la tête ; elle n'était rentrée chez elle qu'en fin d'après-midi, épuisée par sa vaine recherche de chaussures au centre commercial.

— Il y a du monde dehors, déclara Jérôme en regardant par la fenêtre du salon, à travers les rideaux de dentelle.

— Oui. Ma collègue fera une déclaration dans quelques minutes. Nous n'avons pas le choix. Voulez-vous prévenir quelqu'un d'autre ? Quelqu'un chez qui vous pourriez vous réfugier quand nous aurons fini d'enregistrer votre témoignage ?

— Il restera ici, décréta Suzanne Boutet.

— Vous n'aurez pas une minute de paix, fit Graham en allant ouvrir au photographe.

Elle demanda à Jérôme Carmichaël de se placer devant un mur en l'assurant que le spécialiste travaillerait vite.

— Nous savons à quel point c'est pénible pour vous. Mais c'est essentiel pour trier les indices que nous récolterons.

L'homme poussa un long soupir avant d'obéir aux indications du photographe. Il semblait résigné.

— Il y a trop de gens, reprit-il. Je ne peux pas leur parler. Je ne peux pas retourner dans la maison. Mais je ne veux pas que mon père reste là…

— Nous emmènerons votre père à Montréal, dit Michel Joubert. C'est nécessaire. On doit découvrir la nature de ses blessures. Chacune d'entre elles a son secret.

Jérôme Carmichaël ferma les yeux, imaginant son père couché sur une table dans une salle d'autopsie. Sous les néons. Sous le scalpel du pathologiste ou de son assistant. Il chancela, s'appuya contre le mur au moment où crépitait le flash de l'appareil photo.

Suzanne s'élança vers lui pour le soutenir, mais il s'était déjà ressaisi.

— C'est vraiment indispensable d'emmener… Jean-Louis à Montréal ?

— Quand il y a un crime, c'est toujours au laboratoire des sciences judiciaires qu'ont lieu les autopsies. Tous les spécialistes sont sur place. Ils feront le maximum pour découvrir ce qui est arrivé à M. Carmichaël.

Le photographe rangea son appareil tandis que Michel Joubert sortait un sac en plastique de la trousse qu'il avait apportée avec lui.

— On doit relever vos empreintes. Vous pouvez enlever votre chemise, maintenant.

Maud Graham apporta le chandail qui avait appartenu à l'époux de Suzanne Boutet. Jérôme tremblait, mais Graham ignorait si c'était dû au froid, au choc ou à la peur de ce qu'ils allaient découvrir.

Michel Joubert s'exécuta rapidement. À première vue, il n'y avait que du sang sous les ongles du fils de la victime.

— C'est fini, lui dit-il.

Il savait bien qu'il mentait. Que tout commençait.

***

Limoilou, 17 novembre 2012

L'odeur du café emplissait la cuisinette. Alex prit une tasse dans l'armoire, y versa le breuvage brûlant. Il avait besoin de se réchauffer. Il était rentré à pied du studio du Vieux-Québec qu'il partageait avec deux autres photographes. Trente minutes de marche sous une neige fondante. Les flocons se diluaient dès qu'ils touchaient sa veste de cuir. À la même vitesse que ses économies. Il avait pressé le pas, il avait hâte de s'affaler sur le futon de la salle de séjour avec un bon café.

Il but lentement les premières gorgées en repensant à la nouvelle qui avait alimenté les conversations à son travail. Il espérait avoir su conserver un air naturel devant Marc-André et Émile quand il avait vu la première page du *Journal de Québec. Un comptable sauvagement assassiné* en gros titre, devant une image de la maison de Jean-Louis Carmichaël.

Jean-Louis Carmichaël était mort ? Vraiment mort ?

Alex avait attendu jusqu'à midi pour lire le reportage concernant ce meurtre. Il devait éviter de montrer trop de curiosité, mais il avait passé la matinée à se demander qui avait tué son ancien voisin. Et là, de retour à son appartement, il songeait qu'il avait bien besoin du réconfort d'un bon café. Jean-Louis Carmichaël ne pourrait plus lui verser sa pension mensuelle. Où trouverait-il cet argent ? Il maudit l'assassin en gémissant sur son sort. Il n'avait jamais eu de chance ! Il avait d'abord perdu Nina. Puis il avait dû s'occuper seul, pendant plus d'un an, de Rebecca. Qui ne lui avait pas témoigné tellement de gratitude. Il avait cru que les choses s'arrangeraient quand il avait rencontré Mylène, mais celle-ci était repartie vivre en France sans lui demander de la suivre. Alors qu'elle avait un grand appartement là-bas. Dans les hauteurs de Montmartre. Qui appartenait à sa famille depuis des générations. Où ils auraient été très bien. Pourquoi l'avait-elle laissé en plan ? Et maintenant, Carmichaël qui levait les pattes !

***

Sillery, avril 2011

Rebecca observait Nicolas dans son sommeil. Il dormait sur le dos, bras et jambes écartés, confiant, comme s'il s'offrait à la vie. Ou à elle. Même quand il était inconscient. Malgré l'agression au couteau dont il avait été victime au Mexique et qui lui avait laissé cette cicatrice au visage. Il prétendait n'avoir peur que d'une seule chose : la perdre. Il lui répétait souvent qu'elle était trop jolie, qu'on voudrait la lui enlever.

Nicolas n'avait pas à s'inquiéter pour ça. Elle ne quitterait jamais cet homme qui l'aidait à se reconstruire. Le premier à qui elle avait raconté comment elle s'était dissociée, évadée de son corps quand on abusait d'elle. Sa colère ensuite. Si intense qu'elle brûlait sous sa peau. Si puissante qu'elle n'avait eu d'autre choix que de se libérer de ce feu en le chassant d'elle-même, en le déplaçant, en incendiant la maison de son tortionnaire, de l'homme qui lui avait pris son âme. Si tenace qu'elle avait dû faire couler son sang, se taillader les cuisses pour diminuer la pression qu'elle ressentait. Si pernicieuse qu'elle l'avait dirigée vers les hommes qui croisaient son chemin. Des proies qu'elle voulait blesser. Des proies qui s'étaient succédé lors de son voyage en Europe. Puis le dégoût de la vie avait pris le pas sur la rage. Elle s'était rappelé l'existence d'Anne-Marie Ouellet, son cabinet de psychiatre si rassurant où Nina l'avait emmenée lorsque, à sept ou huit ans, elle était en proie à des terreurs nocturnes. Elle avait souvent pensé à elle, avait failli l'appeler quand elle était au centre, mais ne s'était décidée qu'à son retour de voyage. Quand elle avait compris que la fuite n'était pas une solution. Qu'elle devait demander de l'aide pour éviter une deuxième tentative de suicide. Nicolas savait tout cela.

Elle lui avait tout raconté. Sauf le nom de son bourreau. Par crainte qu'il ne veuille le rencontrer pour s'en prendre à lui. Ou qu'il n'insiste pour qu'elle l'accuse, qu'elle le fasse payer pour ses abus. Elle préférait que Nicolas le croie mort. Seule sa psychiatre, Anne-Marie Ouellet, savait qu'il était vivant, mais elle ignorait son nom. Rebecca avait baptisé Jean-Louis Carmichaël le Grand Voleur quand elle l'évoquait dans le cabinet d'Anne-Marie, quand celle-ci écoutait sa détresse, sa rage, sa honte pour l'aider à ressusciter. À faire confiance à nouveau. Même à un homme. À Nicolas. Si doux. Si solide. Si patient. Qui l'avait attendue longtemps. Qui l'avait libérée de son sentiment d'ambivalence envers Alex ; sans Nicolas, aurait-elle été capable de se débarrasser de la culpabilité qu'elle ressentait à l'égard de son beau-père après l'avoir mis à la porte de chez elle ?

À sa sortie du centre de réadaptation, elle était retournée vivre avec Alex Marceau, mais cette cohabitation n'avait pas été harmonieuse. Il cherchait à la contrôler, ne voyait pas qu'il n'avait plus d'autorité sur elle. Elle lui en voulait peut-être aussi, elle le comprendrait plus tard en thérapie, de ne pas avoir deviné ce qui se passait avec Jean-Louis Carmichaël, de ne pas l'avoir protégée. Il ne pouvait pas, elle en était certaine, ne pas avoir remarqué qu'elle avait changé l'année de ses treize ans. Après l'incendie, il avait posé quelques questions, comme tous ceux qui étaient intervenus dans ce dossier, mais il s'était contenté des mensonges qu'elle avait proférés. Elle avait prétendu n'avoir pu résister à une pulsion inexplicable, un besoin impératif d'allumer un feu. Comme si une voix l'avait poussée à agir ainsi, téléguidée par un sentiment d'urgence. On lui avait beaucoup parlé de cette voix, par la suite, et Rebecca avait confié qu'elle avait l'impression de perdre la tête, de se dédoubler. Ce qui était vrai, mais pas parce qu'elle souffrait de schizophrénie. Elle avait inventé cette voix à qui elle affirmait obéir pour cacher les motifs qui l'avaient animée alors qu'elle craquait une allumette. Vengeance et purification.

Elle était honnête en avouant qu'elle craignait de devenir folle. Après l'incendie, le soulagement tant espéré ne s'était pas concrétisé et cette désillusion l'avait plongée dans un état quasi apathique. Elle avait peu de souvenirs des semaines passées à l'hôpital où on devait évaluer sa condition mentale, peu de souvenirs des premiers mois au centre de réadaptation, de sa tentative de suicide. Tout s'était noyé dans l'eau qu'elle avalait avec toutes ses pilules.

Elle écrirait un jour une chanson sur un zombie. Non, pas un zombie. Les zombies sont des êtres malfaisants. Ils reviennent comme elle d'outre-tombe, mais elle n'était une menace pour personne sauf elle-même. Que serait-elle devenue sans la musique ? C'est en entendant Claudie jouer du piano, au centre, qu'elle avait émergé de sa léthargie. Claudie qui organisait des beuveries chez ses richissimes parents quand ils partaient en voyage. Claudie qui avait vendu de l'ecstasy au collège privé d'où elle avait été renvoyée, malgré l'insistance de son père à payer pour faire changer d'idée la directrice de l'établissement. Pour la première fois de sa vie, son argent n'avait pu régler leurs problèmes familiaux. Claudie et elle étaient devenues amies, avaient appris l'une de l'autre, joué souvent ensemble. Elles s'étaient juré de se revoir quand elles quitteraient le centre, mais elles ne s'étaient appelées qu'à leurs anniversaires et à Noël. Elles voulaient effacer ces années et se retrouver ne les y aurait guère aidées.

Alex ne l'avait pas encouragée à revoir Claudie. Ni à ça, ni à autre chose. Alex n'était pas une personne motivante. Enfant, elle n'avait pas perçu la mollesse d'Alex, mais il l'avait vite agacée avec sa prétendue lucidité qui masquait sa propre lâcheté. Il sapait ses rêves parce qu'il n'avait pu réaliser les siens. Il n'avait jamais été qu'un musicien raté. Il avait essayé, sans succès, de percer comme D. J. Aux dernières nouvelles, il était toujours photographe. Pourquoi n'avait-il pas pris davantage de clichés de Nina ? Elle aurait tant voulu les regarder. « Tu chantes très bien, lui concédait Alex, mais tu n'es pas la seule. Il faut être très solide pour faire son chemin dans cet univers-là. » Qu'en savait-il, avait-elle fini par lui demander. Il n'avait justement pas fait sa vie dans le monde merveilleux de la musique. Il avait photographié des tas de musiciens, c'est vrai, il connaissait le jazz, mais il n'avait jamais vécu dans ce milieu de l'intérieur. Alex soutenait qu'il voulait la protéger, qu'elle avait eu assez de coups durs dans l'existence sans avoir à vivre les inévitables désillusions qui la fragiliseraient davantage. Elle devait penser à sa santé mentale. Que savait-il de sa santé mentale ? Elle se protégerait toute seule.

Alex répétait qu'elle ne survivrait pas à un échec, qu'il valait mieux qu'elle chante seulement pour son plaisir. Mais elle ne chantait pas *pour* son plaisir, elle chantait *avec* plaisir et *pour* son salut.

Ne comprenait-il pas qu'elle préservait ainsi son équilibre ? En composant. En mettant sa colère, sa détresse en mots. Ses chansons étaient thérapeutiques. Des exorcismes. Elle n'avait rien à perdre à essayer de percer dans l'univers de la musique. N'avait-elle pas déjà tout perdu ?

Alex était trop lâche pour lui demander ce qu'elle voulait dire quand elle soutenait avoir tout perdu. Pourquoi était-il si peu curieux ? Parce qu'il n'avait pas envie de la voir s'agiter. Ni pleurer. Ou qu'il ne voulait pas se sentir coupable de n'avoir rien deviné. Ou peut-être qu'il avait tout deviné mais n'avait pas voulu agir. Cette pensée, la pire, effleurait son esprit de façon sporadique, mais elle s'efforçait de la repousser au plus loin de son cerveau.

— Il ne t'aide pas, avait dit Nicolas après avoir rencontré Alex à trois reprises. Arnaud a raison : il voudrait que tu n'aies pas grandi. Il affirme qu'il connaît des gens dans le monde du spectacle, mais ce sont des chums de gambling. Ou des artistes qu'il a photographiés. On ne parle pas de relations réelles et productives ! Il ne fera rien pour toi. Sans sa belle petite gueule, il ne serait rien… S'il ne plaisait pas autant aux femmes…

— Pas à moi. en tout cas, avait protesté Rebecca.

— Tu endures Alex en mémoire de ta mère, mais c'est un loser. Un boulet. Moi, je vais t'inscrire aux concours. J'ai ce qu'il faut pour réaliser une maquette. On enverra notre démo partout ! Je ne te promets rien, je ne sais pas si ça intéressera une maison de production, mais on doit essayer !

— On verra, avait dit Rebecca.

Elle s'était demandé si Nicolas était honnête, s'il lui mentait pour l'amadouer. Ou s'il était rêveur. Et si cette cicatrice qui traversait toute sa joue gauche le faisait encore souffrir. Elle n'avait pas osé poser la question à Arnaud, le meilleur ami de Nicolas. Arnaud qu'elle avait retrouvé sur Facebook le soir de ses vingt ans. Elle s'était étonnée elle-même d'avoir cherché à le revoir, avait compris ensuite qu'elle était venue vers Arnaud parce qu'elle se souvenait qu'on riait de lui à l'école à cause de son homosexualité. Elle avait pensé qu'entre stigmatisés les relations seraient naturelles. Arnaud avait été très surpris qu'elle lui écrive et le lui avait dit quand ils avaient bu une bière chez Edgar.

— Je ne te connais pas, au fond... Tu restais toujours dans ton coin au secondaire. Tu ne m'as jamais parlé.

Il avait marqué une pause avant d'ajouter qu'elle ne s'était jamais moqué de lui. C'était pour cette raison qu'il se souvenait d'elle. Et parce qu'elle avait quitté brusquement le collège.

— Ça fait combien d'années qu'on ne s'est pas vus ?

— Depuis que je suis partie du collège.

— Après avoir mis le feu chez tes voisins.

Cette franchise avait estomaqué Rebecca. Elle avait dévisagé Arnaud qui s'était contenté de hausser les épaules.

— Moi aussi, j'ai déjà eu envie de mettre le feu chez quelqu'un.

Rebecca lui avait posé quelques questions sur les élèves du collège, mais il n'en avait revu aucun. Il était parti vivre à Vancouver, puis à Montréal.

— Pourquoi es-tu revenu ?

— À cause de ma mère. Elle est malade. Et toi ?

— Long voyage en Europe. Je suis aussi allée voir l'endroit où mon père est mort, en Russie.

La mère d'Arnaud, elle, était décédée quelques mois après les retrouvailles de Rebecca et Arnaud, qui étaient devenus colocataires. C'était Arnaud qui lui avait présenté Nicolas, qui travaillait dans les bars entre deux contrats de régie de spectacle. Ils étaient allés voir plusieurs shows tous les trois. Arnaud avait dit à Rebecca que Nicolas était amoureux d'elle, mais elle l'avait arrêté aussitôt. Elle voulait que les choses restent comme elles étaient ; ils étaient trois amis qui sortaient ensemble. Un trio.

— Moi, si j'étais à ta place…

— Tu n'es pas à ma place.

— C'est à cause de sa cicatrice ? Je le trouve beau quand même. C'est plate que Nicolas soit *straight*.

— Ne mêle pas tout.

— C'est toi qui es mêlée. D'un autre côté, c'est peut-être pour ça que tu fais de si bonnes chansons.

Rebecca regarda de nouveau Nicolas qui se retournait dans le lit. Heureusement, elle avait changé d'idée à son sujet et avait succombé à son charme unique. Avec lui, elle déposait les armes. Enfin, presque. Elle fixait encore le plafond, mais réussissait à se concentrer sur les étoiles, les galaxies que Nicolas y avait collées. Elle repérait la Grande Ourse, se laissait hypnotiser par ces infimes constellations, se disait que tout était différent. Que tout allait changer. Qu'elle n'était plus aussi mêlée qu'au moment où elle avait rencontré Nicolas. Encore un peu, oui. Mais moins qu'hier. Qu'avant-hier, que le mois dernier, que l'an passé. Qu'avant. Qu'après le Grand Voleur.

Ne plus y penser, se répéta Rebecca en quittant la chambre.

Penser à la maquette ! Penser au frisson de bonheur quand elle avait entendu résonner sa voix dans les écouteurs. On aurait dit qu'il s'agissait de quelqu'un d'autre, mais c'était en même temps l'inverse du phénomène de dédoublement qu'elle avait ressenti lorsque le Voleur l'avait saccagée. Elle avait la sensation grisante de se réunir, de ramasser tous ces morceaux d'elle-même qui lui échappaient depuis si longtemps.

Penser à cette voix qui était la sienne. Il fallait qu'elle laisse cette joie se propager en elle, se prolonger jusqu'à la nuit afin d'être heureuse avec Nicolas. Il était vraiment délicat avec elle, mais il devinait qu'une partie d'elle-même s'absentait lorsqu'ils faisaient l'amour. Elle désirait pourtant cette relation, voulait plus que tout être une femme comme les autres. Elle était persuadée qu'elle finirait par se laver de toute cette saleté qu'avait introduite en elle le Voleur. Elle y arriverait en écoutant sa voix. Elle faisait l'expérience du pur plaisir quand elle chantait. Il faudrait que ce plaisir l'habite en dehors du studio, de la scène.

Elle avait hâte d'être seule sous les projecteurs. Elle aimait l'intensité des faisceaux. Ils n'étaient pas encore dirigés sur elle, mais ça ne tarderait pas. Et toute cette lumière blanche écarterait les sales ténèbres de son passé, toute cette brillance les balaierait, les anéantirait. Elle participerait au festival de Granby. Et à celui de Petite-Vallée. Nicolas était persuadé que sa chanson aurait du succès. Même si elle était sombre. Elle ne pouvait écrire autre chose maintenant. Plus tard, peut-être.

— C'est dur, mais c'est ce qu'on aime, affirmait Nicolas. C'est du rock ! Du vrai ! Ta voix n'est pas destinée aux ritournelles.

Rebecca sourit en répétant ce mot à mi-voix ; Nicolas employait des expressions inusitées. Qui parlait de ritournelles aujourd'hui ? Qui aurait pu qualifier ses souvenirs du Grand Voleur de délétères ? Il avait parlé à l'inverse de jubilation, d'allégresse lorsqu'ils étaient sortis du studio où ils avaient enregistré sa première chanson *Faire l'ange*. Elle s'était jetée dans ses bras si spontanément, portée par le bonheur qu'elle venait de vivre, que Nicolas en avait eu les larmes aux yeux. C'était la première fois qu'elle se serrait contre lui avec une sorte de passion, de désir.

Avait-il raison ? Est-ce qu'elle écouterait sa chanson jouer dans toutes les stations de radio ? Est-ce que les médias sociaux s'enthousiasmeraient pour *Faire l'ange*? Ou pour *Saccages*? Pouvait-elle espérer qu'ils aiment les deux ? Et toutes celles qu'elle avait écrites et mises en musique ?

Elle venait de se laisser tomber sur le canapé lorsqu'elle eut subitement envie d'une boisson chaude. Il faisait bien trop froid pour penser que le mois d'avril annonçait le printemps. Elle tira sur la veste de laine de Nicolas, coincée entre les coussins du sofa, pour s'en couvrir les épaules. Le mouvement brusque fit rouler un DVD sur le sol. Elle se pencha pour le ramasser et recula en lisant le mot *Incendies* sur le boîtier.

Incendies.

Elle avait refusé de voir ce film. Nicolas n'avait pas insisté, mais un ami devait lui avoir prêté le DVD. Il l'avait caché sous les coussins. Mais pas assez bien.

Incendies.

Incendie. Décevant. Le feu ne l'avait pas soulagée.

À son retour de voyage, après avoir lu des dizaines de témoignages sur Internet de filles victimes d'abus, elle s'était décidée à rappeler Anne-Marie Ouellet. La rare qualité d'écoute de la psychiatre l'avait réconfortée. Guidée vers elle-même. Lui avait permis d'affronter un retour sur le passé.

Rebecca recommençait à respirer normalement, sans pouvoir quitter des yeux le DVD tombé sur le sol. Elle devrait le ramasser, le dissimuler sous les coussins, sinon Nicolas saurait qu'elle l'avait vu et s'excuserait. Elle ne voulait pas qu'il s'excuse d'avoir envie de voir un film qui avait été encensé par la critique et le public. Il était normal qu'il éprouve de la curiosité pour cette œuvre. Nicolas était normal.

Mais pas elle. Non.

Penser au studio. À sa voix. À l'avenir. Oublier le passé.

Chapitre 3

Québec, mardi 20 novembre 2012

Le ciel était sale, de la même couleur que les autoroutes de la ville. Maud Graham, qui vantait toujours la beauté de Québec, n'aurait pu prétendre que sa cité était attirante en cette mi-novembre. Les maisons du quartier où elle habitait semblaient drapées d'un voile gris lugubre, comme si elles étaient en deuil, et quand elle arriva à la centrale de police, les murs de l'établissement lui parurent encore plus sombres que d'habitude. Elle suspendit son manteau après l'avoir secoué, même s'il n'avait pas plu, comme si elle cherchait à le débarrasser de cette chape de mélancolie qui engluait la matinée, comme si elle redoutait que ce temps chagrin déteigne sur son humeur.

Elle reconnut les voix de Rouaix, McEwen et Nguyen qui étaient déjà installés dans la salle de réunion pour le premier briefing. Est-ce que Joubert était là aussi ? Buvant son café froid à petites gorgées ? Grégoire, qui vivait maintenant avec Joubert, taquinait ce dernier sur ce goût douteux. Comment pouvait-il ingurgiter le café du poste de police, alors qu'il avait mis tant de soin à choisir une machine à espresso pour leur cuisine ? Pour être certain d'obtenir un parfait *ristretto*? Graham sourit en songeant au couple harmonieux que formaient son protégé Grégoire et son collègue. Elle aimait la confiance que Michel Joubert insufflait à Grégoire et savait que celui-ci apportait un brin de fantaisie bienvenu dans l'univers du policier. Elle n'avait jamais vu Grégoire aussi bien dans sa peau. Le temps des nuits noires où il errait dans la ville lui semblait si loin aujourd'hui !

Elle sortit de sa serviette les notes qu'elle avait prises sur les lieux du crime et celles qu'elle avait écrites la veille, lorsqu'elle s'était entretenue avec le directeur de la banque où Jean-Louis Carmichaël avait ses comptes. Il fallait vérifier à quoi correspondaient les entrées et les sorties d'argent, fouiller dans ses dossiers, consulter les factures, trouver à quoi elles étaient reliées. Il y avait eu, depuis 2006, des retraits d'un montant de 1 250 $ au début de chaque mois.

« Mille deux cent cinquante dollars », dit-elle à ses collègues. Pourquoi Jean-Louis Carmichaël retirait-il cette somme le premier du mois ? Qui payait-il ? Pour quels services ? Et pourquoi ne rétribuait-il pas cette personne ou cet organisme avec un chèque ? Ou une carte de crédit ? Ou par Internet ? Qui paie encore en liquide aujourd'hui ?

— Les gens qui ne veulent pas laisser de traces de certaines opérations, avança Joubert avant d'interroger Balthazar qui avait analysé les éléments contenus dans l'ordinateur de Carmichaël.

— Les dossiers de ses clients sont parfaitement classés, expliqua l'expert en informatique. Carmichaël a établi deux comptabilités. D'abord celle qui concerne ses clients. Certains l'engagent une fois par année pour leur déclaration de revenus, d'autres lui confient la gestion de leurs comptes personnels, d'entreprise, de leurs relations avec une banque. Il fait affaire surtout avec la RBC.

— Et l'autre comptabilité ? s'informa Graham.

— Tout ce qui a trait aux immeubles qu'il possède. Cinq immeubles, cinquante locataires.

— Cinquante ? s'écria McEwen. Ça devait lui rapporter gros.

— Effectivement, approuva Balthazar, il a un compte en banque très confortable.

— Ce sont des studios, de grands appartements ? Quel standing ? reprit Rouaix assis au bout de la grande table.

Elle se réjouissait qu'il dirige les briefings quotidiens, qu'il soit toujours parmi eux.

— Du studio au cinq et demi, répondit Balthazar. Le moins cher est à quatre cents dollars par mois. Le plus cher à mille deux cents. À part l'étrange sortie de 1 250 $ par mois depuis quatre ans, il n'y a aucun autre mouvement significatif dans sa comptabilité.

— Est-ce qu'il jouait en ligne ? demanda Joubert.

— Non. Pas de passion pour le jeu. Mais il visitait des sites pour les amateurs de vins et achetait souvent en importation privée, précisa Balthazar.

— Avez-vous remarqué son cellier ? fit Graham. Il a fait installer un cadenas, mais j'ai pu lire quelques étiquettes à travers la vitre. Je peux vous dire qu'Alain serait jaloux ! Du Cristal, des Philipponnat, des Puligny-Montrachet, un Léoville Barton, un Château Malartic…

— Arrête ! fit Rouaix. C'est cruel de nous énumérer tout ça ! Tu dis que le cellier était verrouillé ?

— Oui. J'ai posé la question à son fils, répondit Graham. Je l'ai rappelé pour préciser deux ou trois détails de notre entretien. D'après lui, son père se méfiait des femmes de ménage. Il en a changé trois fois depuis qu'il est installé à Neufchâtel. L'argenterie est aussi dans un tiroir fermé à clé.

— Mais il avait un tableau de prix au mur du salon ?

— Il devait croire que des domestiques n'ont pas assez de culture pour apprécier l'art, persifla Nguyen.

— Il y a plus intéressant que ses achats de bouteilles, dit Balthazar. Carmichaël naviguait sur des sites pornos.

— Avec certaines prédilections ?

— Les très jeunes filles.

— Des vraies ?

Joubert cherchait à savoir s'il s'agissait de mineures ou de femmes qui s'habillaient, se maquillaient de manière à ressembler à des gamines.

— Difficile à dire, les images viennent de partout dans le monde, mais elles sont sur un site qui existe depuis longtemps, qui n'a jamais été relié officiellement à la cybercriminalité, à la pédophilie. Cependant, il a tenté de se connecter à d'autres réseaux plus *hards*. Toujours autour du thème de l'ado à peine pubère.

— Tenté ?

— Il a renoncé. Ou échoué.

— Explique-toi, fit Graham en essayant de cacher son impatience.

Balthazar était leur meilleur informaticien, mais il fallait lui arracher les renseignements un à un, comme s'il cherchait à ménager ses effets.

— Il a pu trouver à se satisfaire ailleurs, avança Balthazar. Il a établi des contacts partout dans le monde avec des gens reliés à l'univers de la cyberpornographie. Des gens qui sont déjà dans la mire des services policiers.

— Mais qui n'ont pas encore été appréhendés ? Faute de preuves ? s'enquit Michel Joubert.

— Un peu de tout ça.

— Tu peux en découvrir plus sur ses contacts? demanda Rouaix. Aurait-il pu verser ces quelques mille deux cent cinquante dollars à un producteur de films, par exemple?

— Ou à un fournisseur de chair fraîche?

— Il fallait que ça en vaille la peine. Si on multiplie ces mille deux cent cinquante dollars par douze mois, c'est quinze mille par année!

— Des fillettes bien réelles, laissa tomber Rouaix dans un soupir. Ça ne finira jamais... Rappelez vos contacts. Il faut qu'on sache s'il y a un nouveau fournisseur à Québec. Montréal. Toronto. New York.

— N'importe qui peut filmer n'importe quoi n'importe où et envoyer ça à toute la planète, maugréa Nguyen.

— Tu nous remontes le moral, merci, dit McEwen.

— Il a raison, le défendit Joubert. Ça va trop vite avec l'informatique. On dirait que tout m'échappe. Je ne suis pourtant pas sénile!

— Et son fils Jérôme? fit Rouaix. Qu'est-ce qu'on a appris de plus sur lui?

— Il était bien au bureau toute la journée, il n'est même pas sorti pour le lunch. Il a quitté le cabinet pour se rendre directement chez la victime.

— On situe la mort en début d'après-midi. Carmichaël a salué un voisin vers midi. Jérôme s'est pointé chez son père à l'heure de l'apéro. Les traces de sang avaient commencé à sécher. En touchant au corps, Jérôme Carmichaël les a brouillées et imprimées sur lui. La peau que Gagnon a trouvée sous les ongles de la victime à l'autopsie n'est pas celle de Jérôme Carmichaël. Et l'ADN de ces résidus n'existe pas dans nos banques de données.

— Jean-Louis Carmichaël a été poignardé de face, rappela Graham. Connaissait-il son agresseur? Lui a-t-il ouvert sa porte?

— Et un vol ? Si l'assassin avait été surpris ? demanda Joubert. Est-ce qu'une discussion a dégénéré ? Pour quel motif ? Jérôme nous a dit qu'il avait l'impression qu'une toile avait disparu, une marine de Wilson Morris. Quand nous sommes retournés à la maison, après qu'on eut emporté le corps, Jérôme Carmichaël a fait le tour des pièces avec McEwen et moi. La toile n'était pas dans la chambre de son père.

— D'après Jérôme, il serait étonnant que son père l'ait vendue, dit McEwen en jouant avec le bracelet qu'elle avait confectionné avec des métaux recyclés et des bouts de tissu.

Graham lui enviait ce talent à réaliser des bijoux originaux avec des matières récupérées. Tiffany prétendait qu'elle faisait ces colliers et ces bagues pour se vider l'esprit en rentrant chez elle et qu'elle n'oserait pas en vendre, mais Graham trouvait qu'elle avait tort. Ses créations étaient vraiment originales, joyeuses, lumineuses. Elle-même qui n'avait pas l'habitude de porter des bijoux un peu excentriques aimait beaucoup le collier que Tiffany lui avait offert pour ses cinquante ans.

— On sait qu'il s'est rendu à un de ses immeubles pour rencontrer le plombier dans la matinée, fit Joubert. Il est revenu ensuite chez lui, a pu déranger le cambrioleur qui a paniqué et l'a zigouillé.

— Ça se tient, convint Graham. Mais…

— Mais quoi ?

Elle haussa les épaules ; les plaies étaient nombreuses et profondes.

— Rageuses. L'assassin a enfoncé le couteau plusieurs fois, profondément. Est-ce que les voleurs de tableaux que nous avons arrêtés jusqu'à maintenant ont ce type de comportement ? Ils travaillent davantage avec des exactos. Pour découper des toiles. Mais là, notre meurtrier n'a pas découpé la toile qui a peut-être été volée. On aurait retrouvé le cadre. Il s'est acharné sur sa victime. S'il a été surpris en plein travail, il aurait dû se contenter de l'assommer. Pas se précipiter à la cuisine pour saisir un couteau et tuer Carmichaël.

— On n'est pas encore certains que l'arme était sur le support aimanté, rappela Nguyen.

— On connaît ta théorie de l'intimité de l'arme blanche, dit Rouaix. Mais supposons que Jean-Louis Carmichaël ait renonnu le voleur et que celui-ci l'ait tué pour éviter d'être dénoncé.

— C'est peut-être un familier des Carmichaël, déclara McEwen. Mais personne n'a remarqué quoi que ce soit d'inhabituel. Notre enquête de proximité se réduit à zéro. Tout le monde était au travail, sauf ce voisin qui a salué Carmichaël avant de rentrer chez lui et de se coucher parce qu'il était grippé. Il n'a rien noté de particulier. On a beaucoup de jeunes couples dans cette rue. Mme Boutet et Jean-Louis Carmichaël en sont même les doyens. Les couples étaient tous au boulot et ne sont rentrés qu'en fin d'après-midi pour la plupart d'entre eux, après avoir fait des courses ou récupéré leurs enfants à la garderie.

— On n'a même pas eu droit à l'habituel promeneur de chien, fit Nguyen. Il n'y a personne dans les rues ces jours-ci, tant que nous n'aurons pas une vraie bordée de neige…

— Elle arrivera bien assez vite, maugréa Rouaix.

— Ne te plains pas, tu n'as pas à quitter ton bureau, dit Joubert. Tu restes au chaud, maintenant que tu as pris la place de Gagné.

— Je n'ai pas choisi ce poste, protesta Rouaix.

— Il te taquine, s'interposa Graham. Nous savons tous que ce n'est pas par plaisir que tu remplaces le patron. Est-ce que les nouvelles sont meilleures ?

Rouaix fit une moue découragée : Jean-Jacques Gagné peinait à se remettre d'un triple pontage et il ne reviendrait pas de sitôt.

— Je suis allé le voir au centre de convalescence, dit Joubert. Il a perdu au moins trente livres.

— Il fait pitié, renchérit Graham en s'efforçant de dissimuler sa satisfaction

Rouaix avait promis de retarder son départ à la retraite tant que ce serait nécessaire. Même s'il ne travaillait plus sur le terrain avec elle, elle était heureuse de le retrouver en arrivant au poste. Elle avait noué des liens d'amitié avec Joubert et McEwen, mais Rouaix restait celui avec qui elle avait mené ses premières enquêtes.

— Bon, dit ce dernier, vous continuez à chercher parmi les proches de Carmichaël. Collègues, locataires, clients, amis, famille...

— Il n'avait que Jérôme, résuma Graham. Ni frère ni sœur. Je dois rencontrer son ex à midi. Patricia Lauzon habite à Sainte-Anne-de-Beaupré mais travaille au complexe G.

— Ils sont séparés depuis longtemps ?

— Des années. Elle n'était pas très enthousiaste à l'idée de discuter avec moi de son ancien conjoint. J'ai l'impression que leur séparation n'a pas été très harmonieuse.

— Tant mieux, elle n'aura pas à respecter la mémoire de la victime.

Maud Graham sourit à McEwen qui avait pensé la même chose qu'elle : elle n'avait pas envie d'entendre vanter les mérites de Jean-Louis Carmichaël, ses amis s'en chargeraient. Elle préférait apprendre ce qu'il avait à cacher ; une ex-épouse connaît bien des secrets. Et même si Patricia Lauzon n'avait pas de révélations intéressantes à lui faire, elle se rappellerait leurs fréquentations.

Jérôme leur avait déjà fourni une liste de gens qui gravitaient autour de son père, Nguyen et Joubert avaient trouvé son carnet d'adresses et l'épluchaient systématiquement, mais il était possible que Patricia Lauzon leur donne d'autres noms.

— Je suis d'accord avec Graham pour l'intimité de l'arme, la colère que laissent supposer les plaies, déclara subitement McEwen. Ça ressemble à une vengeance.

— Ou à une exécution mûrement réfléchie ? suggéra Rouaix.

— Et pourtant très émotive, compléta Joubert. Le meurtrier aurait perdu le contrôle ?

Il y eut un silence lourd autour de la grande table avant que Graham indique le point suivant au tableau noir.

— Revenons-en au fils. Que révèlent ses comptes ?

— Pas de sorties de mille deux cent cinquante dollars dans son cas, fit Joubert qui s'était chargé d'une première enquête sur Jérôme Carmichaël. Ni d'entrées de la même somme. Il a des revenus qui correspondent à son statut social, un portefeuille bien géré, très prudent pour un homme de son âge.

— Prudent ?

— Des obligations d'épargne du Canada à des taux garantis, de l'épargne Placements Québec… Des marges de risque de l'ordre de 8 %. Il n'est pas très téméraire. C'est un peu étonnant pour quelqu'un qui est si loin de la retraite. Et qui travaille en droit fiscal. Il devrait pouvoir courir quelques risques…

— Il m'a fait l'effet bizarre d'avoir le double de son âge, confessa Graham. Une âme âgée dans un corps jeune. Et je ne parle pas d'une vieille âme avec l'idée de sagesse qu'on y accole habituellement. Je pense à une âme trop stricte, trop rigide. Comme s'il retenait quelque chose…

— Quoi ?

Graham eut un geste d'impuissance. Elle répéta seulement que Jérôme lui avait laissé une impression étrange. À la fois paniqué et lucide, calme et agité, confus puis très calme, cérébral.

— Ce qui peut être normal, dit-elle. Il était sous le choc. Quand il me fixait, on aurait dit qu'il me voyait durant un moment puis que je disparaissais. Comme s'il regardait dans le vide.

— Est-ce qu'il aurait pu vouloir hériter de son père ?

— Faut-il payer pour faire partie d'un prestigieux cabinet ? demanda Nguyen.

— On vérifie tout ça, mais nous n'avons aucune raison de le soupçonner d'être mêlé à la mort de son père, conclut Rouaix. Hormis le fait que la plupart du temps, les gens sont assassinés par un proche. Et que Jérôme est celui à qui le crime profite. Il est le seul héritier, c'est bien ce que le notaire a dit ?

Nguyen et Joubert hochèrent la tête en même temps.

— Vous retournez sur le terrain. Vous revoyez tous les voisins, les amis, les collègues, les locataires. D'éventuelles copines. Y a-t-il eu des femmes entre son divorce et aujourd'hui ? On suit aussi la piste de la porno. Au travail !

— Je vous reparlerai de l'ex-épouse dès que je l'aurai vue, promit Graham.

Chapitre 4

Neufchâtel, mardi 20 novembre 2012

— Tabarnouche, siffla Michel Joubert en descendant les marches du perron des Prudhomme. Je n'ai jamais vu une enfant aussi maigre !

— Elle est anorexique, c'est sûr, dit Marcotte qui l'accompagnait pour revoir tous les voisins de Jean-Louis Carmichaël. C'est grave. L'amie de ma plus vieille a été hospitalisée. Je ne voudrais pas que cela arrive à une de mes filles.

— Les parents n'aimaient pas trop qu'on lui parle…

— Elle a dû être choquée par le meurtre de leur voisin. Ça impressionne lorsqu'on est adulte, imagine enfant. Et si en plus elle est mal dans sa peau…

— Éric Prudhomme n'appréciait pas non plus qu'on discute avec l'aînée.

— Et la mère tentait de répondre à leur place. Ça arrive souvent…

— Éloïse est pourtant assez vieille pour avoir son opinion. Prudhomme se retenait de nous mettre à la porte. Il était assez sec quand il nous a dit qu'il n'avait rien à ajouter aux déclarations qu'il avait faites le soir du meurtre. Je veux bien croire qu'il n'était pas ami avec

Carmichaël, mais de là à n'avoir strictement rien à nous dire à son sujet… Il ne quittait pas ses filles des yeux.

— On a tendance à surprotéger nos enfants, admit Marcotte. Si des inconnus débarquaient chez moi pour poser des questions à ma famille, je serais très vigilant.

— Mais tu es enquêteur, s'étonna Joubert.

— Père avant tout. Ma femme trouve que je couve trop nos filles, mais avec ce qu'on voit dans notre travail, j'ai toujours peur qu'il leur arrive quelque chose. Graham est pareille. Quand elle a recueilli Grégoire, elle a passé bien des nuits blanches. Et avec Maxime, au début, elle paniquait souvent. Je n'en reviens pas qu'il soit majeur, aujourd'hui. Le temps passe trop vite. Mes filles ont tellement grandi.

— Et tu les couves toujours…

— Oui, ça ne changera jamais.

— L'autre voisin, Catellier, dit Joubert, semble bien surveiller sa fille quand il en a la garde. Ce n'est pas évident de leur poser des questions sans en dire trop… On ne peut pas leur demander carrément si Carmichaël a eu des gestes déplacés envers elles. Nos questions doivent rester vagues, mais… Il nous en reste combien à voir avant midi ? Je commence à avoir faim.

— Moi aussi. Mais nous n'avons pas fini, loin de là. Pour l'instant, en tout cas, ni Prudhomme ni Catellier ne nous ont fourni de bons alibis. Mais ils sont les seuls à avoir des filles de l'âge qui pouvait intéresser Carmichaël, si on accepte la thèse de la pédophilie. Orientée vers des gamines d'une douzaine d'années…

— Je ne comprendrai jamais ça.

— Moi non plus, fit Marcotte. Qu'est-ce qu'ils ont dans le cœur ?

***

Québec, mardi 20 novembre 2012

Maud Graham s'assit en frissonnant dans sa voiture, se reprocha d'avoir encore oublié ses gants en posant les mains sur le volant glacé ; était-ce une illusion ou devenait-elle de plus en plus frileuse avec l'âge ? Elle se demanda si Patricia Lauzon était dans la cinquantaine comme son ex-conjoint. À quoi pouvait-elle ressembler ?

À une mousmé, ou à l'idée que Maud Graham se faisait d'une jeune Japonaise telle qu'elle en avait vu au cinéma ou à la télévision. Ses yeux bruns en amande indiquaient une mère asiatique, tout comme ses cheveux noirs coupés au carré qui encadraient son visage. Maud Graham songea à la figure d'un chat oriental, à sa forme triangulaire, à ses membres si fins. Patricia Lauzon mesurait à peine un mètre soixante et ne devait pas peser plus de cinquante kilos. La robe pourpre très ajustée qu'elle portait accentuait sa fragilité et gênait Maud Graham pour évaluer son âge. Sûrement pas cinquante. Peut-être quarante. Et de bons gènes. Et elle devait faire partie de ces femmes qui entretiennent très bien leur corps. Qui usent matin et soir de crèmes de beauté, ce qu'oubliait Graham un jour sur deux.

— Merci d'avoir accepté de me rencontrer, dit-elle à Patricia Lauzon en lui tendant la main.

— Je ne sais pas trop à quoi vous vous attendez, murmura Patricia Lauzon en entraînant Maud Graham au fond du café où elles s'étaient donné rendez-vous.

Elles s'assirent en silence, échangèrent des banalités en attendant l'arrivée du serveur. Dès qu'il s'éloigna, Maud Graham questionna Patricia Lauzon ; avait-elle été surprise d'apprendre la mort de Jean-Louis Carmichaël ?

Son interlocutrice fronça les sourcils ; évidemment !

— Jean-Louis n'était pas vieux.

— L'âge n'a rien à voir avec sa mort, allégua Graham.

— Je sais, mais… je ne m'y attendais pas.

— C'est Jérôme qui vous a appris la nouvelle ?

Elle hocha la tête, se rappelant sa stupeur en entendant la voix du jeune homme qu'elle n'avait pas vu depuis plusieurs années.

— Il nous a parlé de vous en termes affectueux, fit Maud Graham.

— Nous nous sommes toujours bien entendus. Je n'ai jamais joué à la mère avec lui. Ce n'était pas à moi de décider de son éducation, il n'était plus un enfant.

— Il s'entendait bien avec son père ?

— Jean-Louis travaillait beaucoup. Trop. Il était souvent absent. Peut-être que Jérôme aurait préféré que son père soit plus présent, mais il n'y avait pas de conflits ouverts entre eux. Pas de disputes. Jérôme avait ses propres activités, les échecs, le volley. C'était un jeune plutôt sérieux.

— Trop ?

Patricia convint qu'il ne ressemblait pas aux jeunes de son âge.

— Avait-il des amis ?

— Pourquoi parle-t-on de Jérôme ? la coupa Patricia. Il n'est pas mêlé à… enfin… pas responsable de…

— Non, il n'est pas accusé. J'essaie seulement de me faire une idée générale de la famille. Pour mieux comprendre comment Jean-Louis Carmichaël aurait pu offenser quelqu'un… Une personne qu'il connaissait probablement. Nous n'avons pas relevé de traces d'effraction à son domicile.

Patricia écarquilla les yeux : Graham croyait-elle vraiment qu'un proche des Carmichaël était le meurtrier ?

— C'est souvent le cas. Jean-Louis Carmichaël avait-il des ennemis ?

Patricia Lauzon secoua la tête.

— Personne ne le détestait ?

— Il y avait sûrement des gens qui ne l'aimaient pas. On ne peut pas plaire à tout le monde.

Cette phrase était si banale qu'elle interpella Maud Graham. Elle fixa Patricia Lauzon en l'interrogeant sur sa rupture avec Jean-Louis Carmichaël.

— Comment vous êtes-vous quittés ?

— Si vous pensez que j'ai quelque chose à voir avec sa mort, dit aussitôt Patricia, l'air presque soulagé, vous vous trompez. Je suis rentrée de Montréal en fin de soirée vendredi dernier. En fait, je venais de poser ma valise quand Jérôme m'a téléphoné.

— Pourquoi avez-vous rompu ?

— Pour les raisons habituelles.

Pourquoi était-elle si réticente à évoquer cette relation qui remontait à des années ?

— Je ne l'aimais plus, laissa tomber Patricia, agacée par le regard insistant de Maud Graham.

— Subitement ?

— Oui. Non, se reprit-elle. Je ne comprends pas trop où vous voulez en venir.

— Je veux savoir qui était vraiment Jean-Louis Carmichaël.

— Je ne l'ai jamais su.

Graham respecta le silence qui suivit ces cinq mots si lourds de sens, vit Patricia parcourir la salle d'un regard anxieux, comme si elle cherchait une réponse à l'une des tables voisines.

— C'est pour cette raison que je suis partie. J'avais l'impression qu'il n'était pas avec moi. Qu'il voulait que je sois quelqu'un d'autre.

— Comme qui ?

Elle haussa les épaules, raconta que ses amies avaient tenté de la dissuader de quitter Jean-Louis. Il était agréable, cultivé, plutôt bel homme, très à l'aise. Que voulait-elle de plus ?

— Vous n'aimiez pas qu'il vous estime ?

— Il ne m'estimait pas. Il était simplement fier de me montrer. C'était mon apparence qui lui plaisait, mon enveloppe. Il ne m'achetait pas des robes pour me faire plaisir. Il habillait sa poupée pour l'exhiber.

Elle se tapota le cœur et esquissa une moue en disant que ce qu'elle ressentait n'intéressait pas Jean-Louis Carmichaël.

— De quoi parliez-vous lorsque vous étiez ensemble ? Il a tout de même su vous séduire…

— J'étais en peine d'amour quand il m'a abordée à l'opéra. Ou en peine d'orgueil. J'ai voulu me prouver que je pouvais encore plaire. Et nous partagions cette passion pour l'opéra. Pour répondre à votre question, nous parlions de musique quand nous étions ensemble.

Maud Graham se retint de soupirer. Comment cette femme qui était jolie et encore jeune au moment où elle avait rencontré Carmichaël pouvait-elle douter de ses charmes ?

— C'était une relation stérile. De façade. Comme si on était en représentation. Comme au théâtre.

Patricia se reprit : non, au théâtre, il y avait de vraies émotions.

— Vous avez été ensemble longtemps ?

— Trois ans. Mais je ne savais rien de lui après ces trois ans. Sauf qu'il était très secret.

— Une autre femme ?

Patricia rejeta cette idée catégoriquement.

— Je ne l'ai jamais vu observer une autre femme quand nous étions ensemble. Il ne les voyait pas. Il les voyait si peu que je me suis même demandé s'il était gay. Si j'étais une sorte de couverture.

— Et vous en êtes venue à quelle conclusion ?

— À aucune. Je l'aurais laissé de toute manière. Il n'avait pas assez de temps pour moi. Pour nous. Encore heureux qu'il ait assisté à l'occasion aux matchs que disputait Jérôme. Ou à ses tournois d'échecs. Il prétendait aimer sortir en famille, il insistait pour que nous soupions tous les vendredis soirs au restaurant, mais c'était surtout pour éviter d'être en relation intime avec nous, pour éviter de nous regarder vraiment. Comment va Jérôme ?

— Assez bien, dans les circonstances. Il est sous le choc, évidemment.

— J'irai peut-être à l'enterrement.

Le ton de sa voix indiquait néanmoins le contraire.

— Et les autres enfants, comment les regardait-il ? insista Graham.

— Les autres enfants ?

Patricia Lauzon avait répété la question d'une voix plus aiguë.

— Ceux qu'il croisait lors des activités familiales.

— Je ne sais pas.

Son visage s'était aussitôt fermé et Graham comprit qu'elle n'en apprendrait pas davantage ce jour-là, mais l'attitude de Patricia trahissait ses doutes ; elle se taisait peut-être aujourd'hui parce qu'elle ne voulait pas évoquer une vérité qui l'avait trop gênée quand elle avait autrefois effleuré son esprit.

Ou parce qu'elle connaissait la vérité, mais n'avait rien fait pour confronter Jean-Louis Carmichaël ? Au risque de le laisser s'approcher d'un enfant…

Patricia Lauzon se sentait-elle coupable ? Ou s'étaitelle convaincue qu'elle imaginait tout cela ? Ou qu'elle devait protéger Jérôme ? Mais Jérôme ne pouvaitil pas lui aussi être victime de son père si Jean-Louis Carmichaël était vraiment pédophile ?

À quoi avait pensé cette femme en décidant de quitter Carmichaël ?

À elle, probablement. N'avait-elle pas mis du temps à lui demander des nouvelles de Jérôme ? Sa jolie petite personne lui importait peut-être plus que tout. Graham la remercia en lui promettant de la rappeler pour la tenir au courant des progrès de l'enquête. Patricia Lauzon l'arrêta d'un geste ; elle n'était pas curieuse. Jean-Louis Carmichaël faisait partie de son passé. Elle avait un nouvel amoureux et n'avait pas envie de ressasser ce temps-là.

Elle sortait son portefeuille pour signifier que leur entretien était terminé. Maud Graham protesta, elle offrait les cafés.

— C'est bien le moins pour vous remercier.

Les sourires qu'elles échangèrent étaient dénués de sincérité.

***

Limoilou, mardi 20 novembre 2012

Alex Marceau avait mangé distraitement l'orange qu'il avait pelée. La page 3 du *Journal de Québec* monopolisait son attention. L'article intitulé *Aucun témoin ?* rapportait que l'enquêteur Joubert n'avait rien ajouté aux déclarations que sa collègue McEwen avait faites quelques jours plus tôt, au moment du meurtre de Jean-Louis Carmichaël. Les voisins avaient tous été interrogés dans le cadre de cette enquête, mais aucun, semblait-il, n'avait remarqué quoi que ce soit d'anormal dans le quartier. La plupart étaient absents lorsque leur regretté voisin avait été tué. Les commentaires étaient unanimes à son sujet. C'était un homme aimable, poli, très actif. Il faisait beaucoup de vélo, jusque tard dans la saison, et jouait au golf. Il s'impliquait dans les événements locaux, s'était même chargé de la campagne de financement du camp d'été des jeunes. Il était l'un des organisateurs de l'immense épluchette de blé d'Inde qui avait lieu à la fin de l'été pour les résidants du quartier.

Encore une autre épluchette de blé d'Inde ? À laquelle participaient les petites familles des environs ? Tiens, tiens... Jean-Louis Carmichaël avait-il continué à y repérer des proies ?

Alex croqua un quartier d'orange, cracha le pépin en songeant qu'il assisterait discrètement à l'enterrement de Carmichaël ; ce serait peut-être instructif. Il jeta un coup d'œil à sa montre Cartier. Il n'avait aucune envie de la vendre, mais il y serait probablement obligé. Il n'avait pas réussi à faire suffisamment de photos de charme pour payer ses dettes de jeu. Il s'étira pour repousser cette idée ; il devait aller s'entraîner au lieu de se morfondre, entretenir ce corps qui pouvait encore séduire. Il espéra avoir pris une bonne décision en changeant de centre sportif et en payant la cotisation annuelle qui lui permettrait, à partir de la semaine prochaine, de nager dans la piscine du Château Frontenac. Pour garder la forme. Et faire des rencontres. Il n'avait plus le choix.

Alex attrapa le dernier quartier de fruit avant de quitter son appartement, regarda un instant la une du journal représentant les ambulanciers qui emportaient le corps de Carmichaël. Comment Rebecca avait-elle réagi à la mort de leur ancien voisin ? Alex lui avait téléphoné, mais il avait raccroché en reconnaissant la voix de Nicolas. Avait juré ; il était toujours là. Il avait eu tort de ne pas le prendre plus au sérieux quand il était entré dans la vie de Rebecca.

Il avait eu tort également de ne pas avoir insisté davantage pour épouser Nina. S'il avait été le beau-père officiel de Rebecca, les choses se seraient passées différemment.

Il claqua la porte en se répétant qu'il fallait que sa vie change ! Maintenant ! Il devait quitter cet appartement minable.

***

Québec, mercredi 21 novembre 2012

Rebecca contemplait le fleuve depuis le balcon de son appartement. Elle ne se lasserait jamais de regarder le Saint-Laurent, s'étonnait d'avoir vécu si longtemps sans savoir à quel point il était reposant d'observer les mouvements de cette masse polymorphe, constellée de voiliers l'été, criblée de glace en hiver. Jamais la même couleur. Métallique ou mate, noire, bleue, brune, calme ou agitée.

Elle ressemblait au fleuve ; quiète et excitée à la fois. Elle inspira et chercha à se libérer de cette vieille image des ambulanciers couchant Jean-Louis Carmichaël sur une civière après l'incendie. Cette fois-ci, il ne se relèverait pas. Le fourgon était parti pour la morgue.

Elle ne devait plus penser à lui ! C'était inutilement angoissant. Elle ne pouvait cependant s'empêcher de se demander pourquoi sa mort ne la réjouissait pas davantage. Elle aurait dû avoir envie de féliciter celui qui avait débarrassé la terre de son bourreau, elle aurait dû jubiler, fêter, célébrer ce crime. Mais elle n'y arrivait pas. Elle ressentait seulement un grand vide. Comment pouvait-elle éprouver ce sentiment de vide ? Jean-Louis Carmichaël ne pouvait pas lui manquer !

Avait-elle peur qu'on découvre ce qui s'était passé entre eux ? C'était pourtant impossible ! C'était impensable que Jean-Louis Carmichaël ait parlé d'elle à qui que ce soit. Il s'était tu après l'incendie. Comment aurait-il pu révéler la raison pour laquelle Rebecca avait voulu le voir brûler vif ? Il n'avait jamais rien dit. Elle n'avait jamais rien dit. Personne n'avait su le nom de l'homme qui avait abusé d'elle. Alors pourquoi était-elle aussi angoissée ? Elle inspira en fixant le fleuve ; elle devait impérativement se calmer, cesser d'imaginer toutes ces folies. C'était derrière elle, maintenant. Ça devait le rester. Elle se félicita de n'avoir jamais révélé le nom du Grand Voleur à Nicolas. Ni à sa thérapeute. Personne ne devait se douter de ce qu'elle vivait cette semaine.

Tandis que le soir effaçait le fleuve à l'horizon, Rebecca poussa la porte-fenêtre, rentra à l'intérieur, légèrement rassérénée. Elle avait pensé prendre rendez-vous avec Anne-Marie, mais elle n'en était plus aussi certaine : avait-elle vraiment besoin de recommencer à avaler des pilules ? Elle attendrait la semaine prochaine. Les choses se tasseraient après l'enterrement de Jean-Louis Carmichaël. Il pourrirait six pieds sous terre avec leur secret. Elle retournerait à son quotidien. Au calme. Au plaisir de jouer. Elle effacerait Carmichaël de sa mémoire.

Qui avait bien pu lui en vouloir autant qu'elle ? Il avait été poignardé à plusieurs reprises. Sept, avait-on écrit dans le journal. Le nombre était tristement ironique ; il l'avait agressée sept fois. Avait-il agi de même avec une autre ? Qui le détestait assez pour enfoncer une lame, la ressortir, la plonger de nouveau et recommencer encore et encore… Est-ce que la meurtrière avait éprouvé du plaisir en voyant gicler le sang, en sachant que la vie s'échappait par toutes ces plaies, en entendant Carmichaël la supplier, gémir, en savourant le bruit sourd du corps qui chutait sur le sol ? Est-ce que la meurtrière était restée sur les lieux pour être bien certaine que Carmichaël était mort ? Dix minutes ? Vingt ? Une heure ? Non, probablement que non. Pas en plein jour. D'après le dernier reportage qu'elle avait lu, le Grand Voleur avait été tué en début d'après-midi. Personne n'avait rien vu. Elle était contente qu'aucun voisin ne puisse décrire la criminelle ; elle ne méritait pas d'être arrêtée et condamnée. Et si c'était un homme ? Est-ce que Carmichaël agressait indifféremment les gars et les filles ?

Quel que soit l'assassin, Rebecca lui aurait volontiers remis une médaille.

***

Québec, jeudi 22 novembre 2012

La maison était plongée dans le noir lorsque Graham rentra chez elle. Maxime était-il au sous-sol devant la télé ou n'était-il pas encore rentré ?

En ouvrant la porte, elle poussa son pied gauche vers l'avant, comme elle le faisait du vivant de Léo, qui avait l'habitude de frotter son museau sur le bout de son soulier pour la saluer. Il lui manquait vraiment. Quand Maxime et Alain étaient absents au moment où elle revenait à la maison, elle la trouvait trop silencieuse. Son vieil ami était disparu avec ses ronronnements, ses miaulements, ses poils gris sur le canapé, ses oreilles froides, sa queue qui trahissait toutes ses émotions. Maud Graham se rappelait comme il détestait le mois de novembre. Quand tombaient les premiers flocons, il se roulait en boule dans son fauteuil préféré comme s'il souhaitait hiberner et oublier cette chose glacée, cette humide intruse qui recouvrirait sa cour.

Graham entendit des bruits de pas, sourit, soulagée. Maxime était là. Elle n'avait pas envie de souper seule.

— Qu'est-ce qu'on mange ?

— Je vais regarder ce qu'il y a dans le frigo.

— Quasiment rien, l'avertit Maxime. On devrait commander une pizza.

— D'accord.

Maxime fut si surpris de la réponse de Maud qu'il resta bouche bée. Elle aurait dû lui rappeler qu'ils en avaient mangé deux jours plus tôt et qu'un repas avec des légumes serait préférable. Il en conclut que son enquête n'avançait pas comme elle le désirait, mais il se réjouit à l'idée d'une pizza dégoulinante de fromage.

— Avec extra pepperoni ?

— Comme tu veux. Je vais me changer.

— Je mets la table. Alain a téléphoné tantôt. Il te rappellera plus tard. Il a essayé de te joindre sur ton cellulaire.

— J'ai oublié de le recharger, avoua-t-elle. Qu'est-ce qu'il voulait ?

— Rien de spécial. Ou ça concernait ton enquête et il n'a pas voulu m'en parler. Vous avez vos petits secrets…

— Toi aussi, fit-elle en souriant à Maxime qui mit une fraction de seconde à lui rendre ce sourire.

— Il faut toujours que tu saches tout, hein ?

Elle refusa de le suivre sur ce terrain-là. Elle n'allait pas lui redire qu'elle s'intéressait à ce qu'il vivait parce qu'elle s'inquiétait pour lui. Que c'était son rôle.

— Je me douche en attendant la pizza.

— J'ouvre une bouteille de vin ?

— On verra ça plus tard.

Elle savait très bien que Maxime était tout prêt à siroter un verre de vin et elle souhaitait qu'il apprenne à boire à la maison. Elle avait discuté avec Alain, Léa et Rouaix des conseils à donner à un jeune adulte, mais agissait-elle correctement ? Était-elle trop stricte ? Maxime avait dix-huit ans, après tout... Elle n'avait commencé à boire de l'alcool qu'après avoir réussi ses examens d'admission au sein du corps policier. Elle tentait de comprendre Maxime, mais il était si différent d'elle-même ! Lorsqu'elle se rappelait ce qu'elle était à la veille de sa majorité, deux mots s'imposaient à elle : ennui et impatience. Elle aurait pu faire des bêtises pour tromper l'un et l'autre, mais elle était déterminée, déjà à quatorze ans, à devenir enquêtrice. Il n'était pas question d'imiter France, au collège, qui volait dans les centres commerciaux et s'en vantait. Ou Céline, sa voisine qui vendait du hasch. Heureusement qu'il y avait eu Léa dans sa vie. Léa qui était plus fantaisiste qu'elle, qui l'avait empêchée de devenir trop dure, de juger trop rapidement les gens, qui pensait que c'était normal de faire des bêtises, des erreurs, de dévier du droit chemin. À condition que les conséquences ne soient pas funestes. Si elle n'avait pas rencontré Léa, elle n'aurait pas su écouter les témoins et les suspects, elle les aurait étiquetés, catégorisés trop vite parce qu'elle-même s'était imposé une vie plutôt stricte. Sans Léa, elle aurait été trop sévère avec Maxime.

Comment aurait-elle réagi, au cégep, si Léa l'avait oubliée pour un flirt ? Elle se serait sentie mise de côté. Comme Maxime délaissé par Michaël. Maud Graham se répéta que c'était une bonne chose qu'il soit obligé de nouer d'autres liens. Elle regrettait parfois de n'avoir qu'une seule vraie amie. Même si elle s'attachait de plus en plus à Tiffany McEwen, personne ne pouvait remplacer Léa dans son cœur. Elle regrettait aussi de ne pas avoir réussi à partager quoi que ce soit avec sa sœur. Non, c'était faux ; depuis que les voisins de leurs parents avaient été victimes d'un vol, elles échangeaient leurs inquiétudes. Elles étaient unies dans un même sentiment de crainte. Et pour la première fois de leur vie, son aînée semblait croire qu'elle était mieux placée qu'elle pour aider leurs parents. Nancy lui avait confié qu'elle était contente qu'elle soit policière, que ça la rassurait. Maud Graham était encore surprise de ce changement d'attitude après toutes ces années où sa sœur se moquait de son uniforme et lui prédisait qu'elle finirait ses jours vieille fille. Elle avait été bien forcée de modifier son opinion avec l'arrivée d'Alain et celle de Maxime dans sa vie, mais elle n'aurait pas admis pour tout l'or du monde qu'elle avait mal jugé sa cadette si leurs parents n'avaient pas eu besoin d'être protégés.

En sortant de la douche, Maud se demandait si elle devait inviter sa sœur à souper. Puis elle se rappela à quel point son beau-frère l'exaspérait et elle décida qu'il valait mieux qu'elles se retrouvent toutes les deux. Oui, elle inviterait son aînée au restaurant Chez l'Autre. Nancy adorait les moules et le décor en noir et blanc de ce bistrot. Maud, elle, appréciait le service décontracté mais attentif. Elles se rappelleraient leur enfance quand leur père les emmenait patiner au carré d'Youville. Quand l'enquête sur Jean-Louis Carmichaël serait terminée.

Ça pourrait prendre du temps. L'autopsie n'avait pas apporté de nouveaux éléments, l'enquête de proximité n'avait encore rien donné jusqu'à ce jour. La seule piste valable semblait être cet hypothétique penchant de la victime pour les très jeunes filles, mais Graham n'avait trouvé personne pour lui confirmer cette intuition. Elle n'avait que les traces de visite sur des sites pornographiques repérées par Balthazar et l'impression que l'ex-compagne de Carmichaël s'était elle aussi posé des questions sur les préférences sexuelles de ce dernier.

Elle enfila un vieux survêtement, se dirigea vers la cuisine. Maxime avait disposé leurs couverts sur la petite table où ils prenaient leurs repas lorsqu'ils n'étaient que tous les deux. Il avait déposé une bouteille de vin, sorti le limonadier et deux ballons. Elle hésita durant quelques secondes, mais céda. Elle n'avait pas envie d'argumenter avec Maxime. Elle lui servirait un verre, un seul. Elle espérait qu'il serait assez futé pour ne pas en réclamer un second et éviter une discussion qui leur déplairait.

— On attend la pizza pour ouvrir le vin, déclara-t-elle.

— Je l'ai commandée.

Elle esquissa un sourire avant d'appeler Alain. Il était attablé au Continental, rue St-Denis.

— Laisse-moi deviner, le taquina-t-elle. Tu as choisi le carpaccio de bœuf et les calmars frits. Avec un Saint-Nicolas-de-Bourgueil.

— Tu es une redoutable enquêtrice.

— Je me souviens surtout du délicieux goût du carpaccio avec la petite sauce aux câpres. Tu es seul ?

Pourquoi se sentait-elle toujours ridicule lorsqu'elle lui posait cette question si banale ?

— Non, la petite nouvelle est avec moi. Et son amoureux doit nous rejoindre. On n'a rien de neuf pour toi, désolé.

— Je ne m'y attendais pas, fit Graham même si elle avait espéré le contraire.

— Carmichaël ne s'est pas beaucoup défendu. Les marques aux avant-bras ne sont pas très nombreuses. Il a griffé son agresseur, mais il s'est vite effondré. Trois des sept plaies sont mortelles. Il a été touché au foie, au cœur, au poumon droit. J'ai fini mon travail, mais peut-être que les résidus trouvés sous les ongles t'aideront. Ou le cheveu prélevé sur la victime. Je devrais arriver tôt demain.

Elle sourit. Il disait cela chaque semaine, mais était rarement à la maison avant le début de la soirée.

Même si Alain ne lui avait apporté aucune nouvelle information, elle se sentait pourtant plus joyeuse en reposant le combiné.

— Il t'embrasse, dit-elle à Maxime. Il a oublié de te demander tantôt si vous aviez joué un bon match.

— On a perdu. 3-2. Mais j'ai compté un but.

Graham s'exclama : pourquoi ne s'en était-il pas vanté plus tôt ?

— C'est juste une partie de hockey entre nous, Biscuit. Pas les séries de la Coupe Stanley. Laurent a compté l'autre but. Il est cool, Laurent.

— Cool ?

— Oui, cool.

Pourquoi avait-elle imaginé que Maxime lui dresserait un portrait précis de ce Laurent ? La sonnette retentit. Elle alla payer le livreur de pizza et déposa la boîte de carton sur le comptoir de la cuisine. Maxime était déjà en train d'ouvrir la bouteille.

Elle fut émue en le voyant imiter Alain en humant le vin, en prenant la première gorgée ; il voulait tant lui ressembler !

— Il est bon, décréta-t-il après avoir déposé le verre.

Elle goûta le Clos du Jaugueyron à son tour, fit tinter son verre contre celui de Maxime et approuva.

— Le père de Laurent est musicien. Il connaît le batteur du groupe qui donne le show au Colisée.

— Comme ton père ?

Maxime dévisagea Maud, but une trop longue gorgée de vin avant de secouer la tête.

— Bruno enseigne la guitare. Il ne joue pas dans un groupe.

— C'est tout de même de la musique, protesta Graham.

Elle savait que les sentiments de Maxime envers son père étaient confus. Il le voyait rarement, soutenait-il, parce qu'il habitait au Saguenay, mais Graham voyait bien qu'il était de plus en plus critique envers lui. Elle avait remarqué qu'il ne l'appelait plus papa lorsqu'il lui téléphonait, mais Bruno.

— S'il avait été un vrai musicien, ma mère ne serait peut-être pas partie.

Ce fut au tour de Graham de tremper ses lèvres dans son verre, le temps de trouver une réponse intelligente, mais rien ne lui vint à l'esprit. Comme toutes les fois, les très rares fois où Maxime évoquait sa mère.

— Tu... tu crois ? bredouilla-t-elle.

— On ne le saura jamais.

— Et la mère de Laurent ?

— Elle travaille dans le cinéma.

— Est-ce qu'il a des frères, des sœurs ?

— Une sœur jumelle. Coralie. Ils se ressemblent.

— Aurais-tu aimé avoir une sœur ?

— Pas plus que toi.

Graham protesta ; elle n'était pas en conflit avec Nancy, mais elles menaient des vies si différentes qu'elles se voyaient rarement.

— Laurent et Coralie s'entendent très bien.

— Ça doit être étrange d'avoir une jumelle. Est-ce qu'elle est jolie ?

Maxime haussa les épaules trop vite, se releva trop brusquement pour se servir une autre pointe de pizza. Graham se retint de sourire, persuadée d'avoir vu Maxime rougir.

— En veux-tu encore ? finit-il par dire.

Elle repoussa son assiette, se leva à son tour, reboucha la bouteille en se demandant si elle rencontrerait un jour cette Coralie. Si Maxime était déjà amoureux d'elle.

Elle se jurait à l'avance de ne pas submerger cette fille de questions comme elle en avait trop souvent l'habitude. Elle espérait que Maxime vivrait une belle histoire d'amour, que l'abandon de sa mère ne l'avait pas rendu trop méfiant envers les femmes, qu'elle avait réussi à lui redonner une certaine confiance en elles. Elle songea subitement à Jérôme Carmichaël qui avait aussi vécu sans sa mère. Qui ne semblait pas avoir de femmes dans sa vie. Ni d'homme. Quand elle lui avait demandé si on pouvait prévenir quelqu'un pour lui apporter un soutien moral, il avait décliné son offre.

Parce que Suzanne Boutet paraissait prête à tenir ce rôle de mère ?

Aurait-elle aimé être la seconde Mme Carmichaël ? Avait-elle espéré avoir une place officielle dans la vie de ses voisins ? Et si Carmichaël l'avait repoussée ? Elle semblait trop frêle pour asséner de tels coups, mais la rage décuple les forces, rend possible le pire.

Où était Suzanne Boutet au moment du meurtre ?

Au centre commercial. Pas facile à vérifier.

Chapitre 5

Limoilou, jeudi 22 novembre 2012

Le blanc des photographies avait un peu jauni même si elles avaient été conservées à l'abri de la lumière et les contrastes étaient, semblait-il à Alex Marceau, moins frappants. La tête de lit en bois sombre se découpait encore contre le mur de la chambre, mais les cheveux de Rebecca se détachaient moins nettement qu'avant sur les draps blancs. Il détailla ses seins naissants, la courbe de son ventre, ses fesses et les mains de Jean-Louis Carmichaël sur son corps. Il se rappelait sa surprise, à l'époque, d'avoir réussi avec un zoom à photographier sa montre.

Le regard de Rebecca était vraiment étrange sur une des rares photos où elle n'avait pas les yeux fermés. Que pouvait-elle bien fixer ? Elle était vraiment jolie, avec une grâce particulière, on aurait même pu croire qu'elle avait étudié le ballet plutôt que la musique, mais Alex ne comprenait pas qu'un homme ait envie d'une gamine. Lui aimait les vraies femmes aux hanches pleines, aux longues cuisses. Des femmes qui ressemblaient à Joanie, l'épouse de Daniel Linteau, qui portait toujours des robes moulantes à l'épluchette de blé d'Inde organisée par Jean-Louis Carmichaël. C'était d'ailleurs à l'épluchette qu'Alex avait remarqué que leur voisin regardait souvent Rebecca. Qu'il avait posé sa main sur son épaule dans un geste de prédateur. Sur le moment, Alex n'avait pas trop réagi. Mais lorsque Rebecca avait changé de comportement quelques semaines plus tard, il s'était interrogé. Au début, il avait cru à des problèmes à l'école et s'était convaincu que tout rentrerait dans l'ordre. Puis Rebecca et lui avaient croisé Jean-Louis Carmichaël au supermarché. Il avait senti l'adolescente se crisper à côté de lui et il avait repensé à l'épluchette, au regard que posait Carmichaël sur Rebecca. Il avait épié Jean-Louis et avait eu la certitude qu'il désirait Rebecca. Qu'il l'avait peut-être déjà séduite. Où ? Chez lui ? Chez eux ? Quand ?

C'était facile à deviner. Lorsqu'il s'absentait pour faire des photos de mariage. Il s'était même plaint à Jean-Louis Carmichaël : il n'aurait jamais accepté de bosser à Place Laurier si le studio n'avait pas appartenu à son oncle. Les photos d'enfants braillards, de baptême ou de mariage étaient si ennuyantes à réaliser.

— Mon oncle m'a demandé de l'aider. Il ne peut pas s'occuper de tout.

— Tu reprendras son commerce quand il sera trop âgé pour le gérer ?

— Peut-être. C'est assommant de faire des photos de famille, mais la photo d'art, c'est plus risqué. Un créateur n'est pas toujours reconnu rapidement. Et je ne ferais pas ça Place Laurier, j'aurais besoin d'un cadre plus inspirant. Je cherche d'ailleurs un loft dans Montcalm ou le Vieux-Québec. Ou dans le Vieux-Port, avec de grandes fenêtres, de la lumière.

Alex n'avait pas ajouté qu'il y avait cependant beaucoup de passage au centre commercial, et bien des filles qui rêvaient de devenir mannequins, qui s'informaient sur les tarifs pour réaliser un *book*. Qu'il y avait là matière à réflexion.

— Pourrais-tu prendre des photos de l'épluchette annuelle ? avait demandé Jean-Louis Carmichaël. L'an dernier, Jérôme s'en est chargé, mais il en a raté la moitié. Ça ne l'intéresse pas. Je te paierais bien. J'aimerais ça avoir des photos de tout le monde.

Jean-Louis Carmichaël l'avait effectivement très bien rémunéré. Puis il l'avait invité à l'occasion à boire un verre chez lui, discutant du passé, de sa vie avec Nina et du présent. Alex avait avoué qu'il ne savait pas comment agir avec Rebecca, qu'il était presque content de quitter la maison pour aller faire des photos, content de fuir l'atmosphère lugubre qui y régnait.

— Rebecca est difficile depuis la mort de sa mère. Et comme elle ne m'a jamais aimé…

— C'est pour ça que tu rentres tard le soir ?

— J'ai besoin de prendre un verre et de décompresser à une table de poker. Après des photos de mariage, je me vide l'esprit.

— Et les poches ?

— Ça dépend des soirs. J'ai gagné la semaine dernière.

Il avait omis de dire qu'il avait perdu les trois précédentes semaines et s'était interrogé sur les possibilités de jouer avec Carmichaël.

— Toi, tu ne joues jamais ?

— Je n'ai pas de talent.

— Tu es pourtant comptable. Tu dois être bon en calcul de probabilités.

— J'aime mieux calculer comment faire fructifier de l'argent. Si ça te tente, confie-moi une petite somme. Je te jure que tu auras des bénéfices d'ici un mois ou deux. Sinon, je te rembourserai.

Alex s'était étonné de cette proposition, mais l'avait acceptée. Carmichaël lui avait remis cent dollars quatre semaines plus tard en lui promettant qu'il aurait d'autres surprises. Il pouvait jouer au poker tant qu'il voudrait ; même s'il perdait, il se renflouerait sans problème.

Il était cependant resté à la maison un jeudi de novembre. Pour vérifier si son intuition était juste. Il n'avait rien décidé à ce moment-là ; il voulait simplement savoir s'il avait raison de croire que Carmichaël s'intéressait à Rebecca. Et ce qu'il devrait faire de cette information.

Il s'était caché dans sa chambre, avait attendu que Carmichaël pénètre dans celle de Rebecca. Il l'avait entendu lui remettre un cadeau avant de lui jurer qu'il l'aimait réellement mais que personne ne le croirait, qu'elle devait garder le silence sur leur histoire. Aimait-elle son cadeau ? Pourquoi ne disait-elle rien ?

Dès qu'il avait entendu des gémissements, Alex s'était avancé autant qu'il l'avait pu vers la chambre, avait mitraillé les corps enlacés sans vraiment se concentrer, trop troublé par sa propre culpabilité. Il n'aurait pas dû être là à regarder Rebecca écrasée par Jean-Louis Carmichaël, il n'aurait pas dû les photographier. Il s'était replié en vitesse vers la cuisine, avait fui par la cour. Il avait enfourché son vélo pour s'éloigner au plus vite de la maison ; il avait besoin d'un verre. Besoin de rencontrer du monde. De se distraire. D'effacer les images qu'il avait vues. Il s'était persuadé que Jean-Louis Carmichaël ne faisait pas de mal à Rebecca, sinon il l'aurait entendue crier, protester. Et il ne faisait rien de vraiment mal s'il n'utilisait pas les photos. Peut-être qu'elles étaient ratées. Il avait appuyé sur le déclencheur sans réfléchir. C'était naturel chez lui de tout photographier. Son appareil pendait en tout temps à son cou. Et il y avait quand même une notion d'art dans les photos de nus. Il avait décidé de tout oublier pour le moment. Et d'ailleurs, il avait mis des années avant d'envoyer un premier cliché à Jean-Louis. Des années… Mais la vie n'avait pas été juste avec lui. Rien ne serait arrivé si Nina lui avait laissé une part de l'héritage au lieu de tout léguer à Rebecca. Qui avait vendu leur maison. L'avait mis à la porte. Comme un malpropre. Lui ! Lui qui s'était retenu d'utiliser les photos. Elle ne lui avait pas donné le choix, en le jetant à la rue.

Il fallait bien trouver du fric quelque part.

Tout avait commencé avec Rebecca. Puis il y avait eu ces books avec des gamines paumées pour payer des dettes. Récemment, à la gare d'autobus, alors qu'il effectuait son habituel repérage, il avait eu l'impression d'être observé tandis qu'il complimentait une adolescente sur sa chevelure blonde. Personne ne l'avait abordé, aucun policier n'était venu frapper à la porte de son minable appartement pour lui poser des questions, mais il ne voulait plus continuer à faire ce genre de photos. Il devrait rembourser ses dettes de jeu autrement, expliquer à son créancier qu'il refuserait dorénavant ce genre d'arrangements. Être mêlé, même de loin, aux activités d'un groupe criminel lui pesait trop. Il n'attendrait pas qu'on l'épie de nouveau à la gare ou au centre commercial, qu'on le suive et qu'on l'arrête pour l'interroger.

Tout aurait été si simple si Rebecca ne s'était pas entêtée à vendre leur résidence. Elle prétendait qu'elle ne s'y sentait plus à son aise depuis le décès de Nina, mais il était certain qu'elle l'avait forcé à déménager parce qu'elle le détestait.

***

Québec, lundi 26 novembre 2012

Les journalistes avaient fini par le laisser en paix ; les funérailles les avaient rassasiés, ils avaient leurs photos, des commentaires des voisins, sa propre déclaration pour leur article. Ils se détourneraient enfin de lui. Il pourrait retourner à son anonymat et jouir enfin de cette paix tant espérée. Son père était enterré. Il n'avait plus à craindre qu'une fille se plaigne à ses parents du comportement de M. Carmichaël, qu'il soit dénoncé. Traîné en justice. Que serait-il devenu si son père avait été accusé de pédophilie ? Il s'était posé la question durant des années. Il pouvait enfin respirer. Respirer ! Personne ne pouvait savoir à quel point le meurtre de son père le soulageait. Il n'aurait plus à se soucier que ses vilains secrets fassent surface, dorénavant.

À moins que l'assassin n'avoue son geste…

Ou plutôt la meurtrière. Rebecca Delage avait déjà tenté de tuer son père. Quand elle avait quitté le centre de réadaptation, Jérôme avait redouté qu'elle veuille tout révéler et salir leur nom, mais elle ne s'était pas manifestée. Il ne l'avait pas revue depuis l'incendie.

Il en avait souvent eu envie, mais l'image de son père enserrant Rebecca le dégoûtait trop. Il ne les avait vus qu'une fois ensemble. Il avait cru pouvoir enfouir cette image au fond de sa mémoire, mais, avec l'assassinat de son père, Rebecca s'imposait à son esprit. Rebecca qu'il considérait comme sa petite sœur. Dès qu'il l'avait vue, il était tombé sous son charme. Il lui aurait tout donné. Elle était si adorable avec ses longues tresses noires. Elle disait qu'elle aurait aimé avoir un grand frère comme lui.

Savait-elle qu'il les avait aperçus ensemble ? Elle avait dû comprendre qu'il avait tout deviné, sinon il n'y aurait pas eu cette cassure entre eux. Elle avait subitement cessé de le regarder dans les yeux. Ils s'étaient mis à s'éviter. Le malaise était là, glacial, entre eux. Terrifiant. Il avait perdu sa mère, voilà qu'il perdait sa petite sœur. À cause de son père. Mais que pouvait-il faire ? Un fils ne dénonce pas son père. Que serait-il devenu ? Et si elle l'avait vraiment détesté, elle aurait incendié leur maison durant la nuit, quand il était là, lui aussi.

Le vrai responsable de tout ce gâchis, c'était Alex Marceau. Il aurait dû mieux s'occuper de Rebecca.

Avait-elle ou non de nouveau pété les plombs ? Qu'est-ce qui avait déclenché cette rage ? Cette fureur qui lui avait donné la force nécessaire pour poignarder son père à sept reprises. Pourquoi sept ? Était-ce le nombre des abus qu'elle avait subis ? Était-ce davantage ? Il ne voulait surtout pas le savoir.

À quoi ressemblait-elle aujourd'hui ? Il avait appris par d'anciens voisins qu'elle était revenue vivre dans leur quartier en quittant le centre de réadaptation, mais qu'elle avait rapidement vendu la maison. On ignorait où elle avait déménagé.

Jérôme Carmichaël entendit sonner des cloches au loin. Il n'était que 15 h. La journée ne finirait donc jamais... Il dérogea à ses habitudes et se servit une tequila. Après l'enterrement, Michel Joubert et Maud Graham, qui y avaient assisté, lui avaient juré qu'ils continuaient à chercher l'assassin de son père avec la même énergie qu'au premier jour.

— De votre côté, tâchez de repenser à ses ennemis potentiels.

Avait-il raison ou non de penser que ce Joubert n'avait cessé de l'observer tandis que sa collègue s'entretenait avec lui ?

Des ennemis ? Il n'était pas question qu'il évoque Rebecca Delage. Au fond, elle lui avait rendu service.

Il ne la dénoncerait certainement pas aux autorités. Faire semblant de ne rien savoir était la meilleure tactique. À condition, évidemment, que Rebecca demeure silencieuse.

Jérôme Carmichaël vida son verre d'un trait, se rappela la dernière fois où il avait siroté une tequila ; les plages du Mexique lui manquaient soudainement. Il faillit surfer sur Internet pour acheter un billet, mais il devait attendre encore un peu avant d'aller se reposer au soleil. Attendre de voir si Rebecca se manifestait... De s'expliquer avec elle comme il avait toujours souhaité le faire pendant qu'elle était au centre de réadaptation. Les derniers événements lui montraient à quel point elle lui avait manqué. Toutes ces années sans sa petite sœur. Il se rappelait la poupée qu'il lui avait donnée pour Noël. Rebecca lui avait sauté au cou. Pour la première fois de sa vie, il comptait pour quelqu'un. Avait-elle beaucoup changé ? Où était-elle maintenant ?

Il avait besoin de la revoir.

Il avait cru reconnaître son beau-père à l'église, mais il ne l'avait pas revu en sortant sur le parvis à la fin de la cérémonie. Pourquoi serait-il venu aux funérailles ? Représentait-il sa belle-fille ?

D'après leurs anciens voisins, il l'avait visitée au centre toutes les fins de semaine et il avait peu apprécié qu'elle vende ensuite la maison de Nina où il aurait voulu rester. Après toutes ces années...

Jérôme, lui, avait été ravi de quitter leur quartier après l'incendie. Si Rebecca avait révélé pourquoi elle avait incendié leur demeure, il serait devenu « le fils du pédophile ». Sa vie aurait été ruinée.

Mais elle n'avait rien dit. Pourquoi ? Parce qu'elle avait peur qu'on la traite de menteuse.

Ou parce qu'elle s'était juré de finir le boulot ?

Jérôme Carmichaël sourit. Il était persuadé d'avoir deviné ce qui avait poussé Rebecca à se taire : la vengeance. Et peut-être aussi un peu d'affection pour lui. Il revoyait son regard lorsque les policiers l'avaient emmenée. Il y avait lu de la tendresse teintée d'un certain regret ; il avait tout gâché en revenant trop tôt à la maison. Elle avait esquissé un sourire et il avait alors eu l'impression que c'était elle l'aînée, qu'elle avait pris la bonne décision pour eux et qu'il avait tout fait foirer.

***

Neufchâtel, jeudi 29 novembre 2012

Caroline Falardeau fut la première à entendre les gémissements de Sybelle, mais son mari se réveilla quelques secondes plus tard et se glissa hors du lit.

— J'y vais avant qu'Éloïse se réveille aussi. Il faut qu'elle dorme, elle a une séance de photos demain.

— Elle a maigri aussi, non ? L'agence de mannequins la félicitera, mais ça ne doit pas continuer... Il y a assez de Sybelle qui a des problèmes... Il faut qu'on consulte un médecin pour son anorexie.

— Après les fêtes. Les vacances en Jamaïque nous feront du bien. On prendra une distance avec toute cette merde.

— Souhaitons-le, murmura Caroline en redressant ses oreillers.

Elle en doutait. Sybelle faisait des cauchemars depuis presque un an, mais Éric et elle n'avaient appris que tout récemment pourquoi leur cadette n'arrivait plus à dormir. Au début de novembre, Sybelle avait fini par confier à sa sœur Éloïse qu'elle avait été victime d'une agression des mois plus tôt. L'homme qui avait abusé d'elle l'avait menacée de s'en prendre à sa mère, malade, clouée dans un fauteuil roulant. Éloïse avait réussi à trouver le nom d'un des organisateurs de la Grande Fête d'hiver et elle avait tout rapporté à leur père. Éric avait demandé à Sybelle et à Éloïse de garder le secret sur ce drame. Car jamais il ne se reproduirait, les filles avaient sa parole.

« Est-ce que c'est lui qui a tué Carmichaël ? » s'interrogeait Caroline en écoutant Éric rassurer Sybelle. Caroline s'était posé cent fois la question. Son époux était un homme bon, droit, probe. Il s'attendait à ce que les gens autour de lui soient honnêtes. Il avait cru que Jean-Louis Carmichaël était un brave type. Ils avaient œuvré ensemble à la réussite de la Grande Fête d'hiver. Ils avaient ri, bien travaillé pour que les gens du quartier aient une fête mémorable. Éric avait fait confiance à leur voisin. Il avait lui-même emmené Sybelle à la fête. Il devait avoir pris sa décision au moment où Éloïse leur avait rapporté les révélations de Sybelle. Si Caroline pouvait en vouloir à Éric, c'était d'avoir agi sans la consulter. Car, au fond, si elle était sincère avec elle-même, elle devait admettre que si Éric était bien le meurtrier de Carmichaël, elle l'admirait d'avoir débarrassé la terre de cette pourriture qui avait souillé leur fille. Et probablement d'autres avant elle. Mais, en même temps, il avait mis leur famille en péril. Que deviendraient-ils si des enquêteurs frappaient à leur porte pour l'accuser de meurtre ? Éric pouvait-il vraiment être condamné à une longue peine de prison, alors que ce cardiologue qui avait massacré ses deux enfants avait été déclaré irresponsable ? Il n'aurait qu'à imiter ce médecin et plaider la folie passagère. Qui ne comprendrait pas qu'un homme qui venait d'apprendre que sa fille avait été agressée ait perdu la tête ? Mais était-ce bien lui ?

Caroline avait lu les journaux, surfé sur Internet d'une manière compulsive, guettant le moindre article qui aurait pu faire état de nouveaux éléments dans l'enquête concernant le meurtre de Jean-Louis Carmichaël. Mais Dieu qui avait eu autre chose à faire quand on abusait de Sybelle devait s'être senti coupable de sa défection et avait dû approuver le geste d'Éric, car l'enquête n'avançait pas. Pas du tout. Personne n'était revenu sonner à leur porte depuis la dernière visite de deux policiers qui leur avaient posé des questions sur leurs rapports avec Jean-Louis Carmichaël. « C'est la routine, avait expliqué le plus âgé. On fait le tour du quartier. On rencontre les jeunes et les parents qui participaient aux mêmes activités pour avoir une idée de la personnalité de la victime. »

Ils partiraient comme prévu en Jamaïque. Tâcheraient de tout oublier. Caroline avait beaucoup lu sur les agressions. Ils avaient eu la bonne attitude avec Sybelle, ils l'avaient crue. Et maintenant, ils devaient l'aider à redevenir celle qu'elle était puisque quelqu'un s'était chargé de son agresseur. Éric n'avait rien dit quand il avait appris la nouvelle. Caroline ne l'avait pas questionné.

Au bout du couloir, dans sa chambre, Éloïse avait appuyé son front contre la vitre glacée de la fenêtre. Pour geler ses pensées. Elle n'aurait jamais dû révéler le nom de l'agresseur de Sybelle à leur père. Mais elle ne pouvait pas se taire non plus !

Est-ce que c'était vraiment son père qui avait tué Jean-Louis Carmichaël ? C'était un homme habitué à prendre des décisions, à s'y tenir. Quand il avait promis à Sybelle que jamais plus Carmichaël ne poserait ses mains sur elle, Éloïse avait bien lu la détermination sauvage dans l'œil de son père. Et lorsqu'elle avait appris en regardant le journal télévisé que Jean-Louis Carmichaël avait été assassiné, elle avait tenté de repousser très loin dans son cerveau l'idée de la responsabilité de son père. Elle essayait de toutes ses forces de se convaincre que d'autres victimes le maudissaient. Mais en voyant sa mère feuilleter les quotidiens avec une attention inhabituelle, ses doutes s'étaient amplifiés. Dorénavant, chaque matin, en se levant, Éloïse s'inquiétait: la directrice du collège la ferait-elle venir à son bureau pour lui annoncer qu'elle devait rentrer chez elle, qu'il s'était passé quelque chose de grave, que des policiers l'attendaient pour la ramener à la maison ? Elle n'avait pas réussi à étudier, ces dernières semaines. Elle aurait tout de même la moyenne parce qu'elle était une excellente élève. Mais elle se foutait de ses notes. Du shooting, et même du défilé. Tout ce qui importait, c'était que personne ne vienne arrêter son père. Que les policiers ne reviennent jamais chez eux. Elle avait détesté leurs questions, leur manière de l'observer. Elle avait soigneusement évité de regarder son père. Elle ne voulait pas le trahir. Si c'était lui. Mais ce n'était peut-être pas lui ? Connaissait-elle si bien son père, au fond ? Elle pouvait se tromper. Tout le monde se trompe sur tout le monde. Ses parents pensaient la connaître, mais Éloïse savait tout ce qu'elle parvenait à leur cacher.

Elle entendit son père regagner sa chambre après avoir calmé Sybelle. Elle se recoucha en songeant qu'elle aussi aurait eu besoin d'être rassurée. Qui pouvait la renseigner sur l'enquête, lui garantir qu'elle n'avait pas à s'inquiéter, que les policiers ne reviendraient jamais leur demander leur avis sur Jean-Louis Carmichaël ?

Ça pouvait être un autre père ; les prédateurs sexuels ne devaient pas se limiter à une victime. Oui. Cette hypothèse était valable. Un autre père en colère. Elle devait se concentrer sur cette hypothèse réconfortante qui lui permettrait de se rendormir.

***

D'obscure et presque triste, la cour enneigée était maintenant lumineuse et Maud Graham admira les arabesques de givre dans les fenêtres de la cuisine. Plus tard, bien sûr, elle pesterait contre les froids sibériens, mais novembre s'achevait et elle aimait décembre, un mois doux, feutré, qui sentait bon l'ozone dès la chute des premiers flocons. Elle distingua de fines pistes dans la neige, crut pendant une fraction de seconde que c'était Léo qui avait traversé la cour, sourit en se rappelant comme il levait très haut les pattes en espérant les mouiller le moins possible dans cette glaciale étendue qu'il détestait tant. Il sortait presque tous les matins pour vérifier si des intrus avaient osé pénétrer sur son territoire, mais il rentrait dès qu'il avait effectué sa ronde et ne ressortait plus de toute la journée.

Quel chat s'était promené sur le territoire déserté ?

Le sifflement de la bouilloire tira Graham de sa nostalgie. Elle ébouillanta le Kabusecha de Uji après avoir mis deux tranches de pain à griller. Elle avait une heure devant elle pour relire ses notes avant son départ pour la centrale de police. Elle s'était endormie avec l'impression qu'un détail lui échappait et voulait le retrouver. Avant Noël. Il fallait qu'on arrête le meurtrier de Jean-Louis Carmichaël avant les fêtes !

Elle se remémora sa deuxième visite au fils de la victime, sa conviction qu'il lui cachait quelque chose. Mais on avait scruté à la loupe les comptes bancaires de Jean-Louis Carmichaël et aucune irrégularité n'avait été décelée, même si on s'interrogeait toujours sur ces sorties de mille deux cent cinquante dollars. Cette somme dont son fils prétendait tout ignorer. Graham avait insisté ; son père avait-il pu acquérir un bien qu'il aurait payé par mensualités ?

— À qui ? avait répondu Jérôme.

— Votre père versait de l'argent comptant à cette personne. Peut-être qu'il aidait quelqu'un ?

Jérôme avait haussé les épaules ; son père n'avait jamais laissé entendre quoi que ce soit de cet ordre. Il n'avait pas la moindre idée de ce que pouvaient signifier ces retraits de mille deux cent cinquante dollars.

— Aurait-il pu payer une pension ?

— De quinze mille dollars par année ? À qui ?

— À un enfant… qu'il n'aurait pas reconnu officiellement.

— Non, je l'aurais su.

— Une personne à qui il aurait fait du tort ?

Jérome avait fixé Graham quelques secondes avant de balayer cette hypothèse, mais elle avait senti que cette idée l'avait interpellé. Et gêné. Il avait d'ailleurs cherché à dissiper cet embarras en confessant qu'il ne voyait pas souvent son père, qu'il n'était pas au courant de sa vie privée.

— On soupait ensemble une fois par mois. Nos relations se résumaient à cela.

— De quoi parliez-vous ? avait demandé Joubert qui accompagnait Graham.

— De quoi parlait-on ?

Jérôme répétait souvent les questions que lui posaient les enquêteurs. Très lentement. Afin d'avoir le temps de réfléchir à ce qu'il devait répondre ? Pourquoi manquait-il autant de spontanéité ? Était-il d'une nature réservée ? Était-ce dû à une prudence reliée à son métier ou craignait-il de trop en révéler ?

— De n'importe quoi. De mon travail. De ses activités. D'un concert auquel il avait assisté. Des locataires de ses immeubles. Vous savez qu'il les connaissait tous.

Alors qu'eux, en revanche, le connaissaient très peu, avait songé Graham. Tous les locataires avaient été interrogés et aucun n'avait apporté d'éléments intéressants. Carmichaël était un propriétaire responsable, qui appelait le plombier ou l'électricien dès que c'était nécessaire et n'augmentait pas les loyers exagérément. « Il était très correct » résumait la pensée de ces gens qui leur avaient tous demandé si son fils allait conserver ou vendre les immeubles où ils habitaient. Ils s'inquiétaient davantage de leur sort que de savoir qui avait tué leur propriétaire, aussi aimable fût-il.

— Avez-vous déjà habité dans un des immeubles ?

— Non. On a eu la maison à Sainte-Foy, à Beauport. Celle à Cap-Rouge, puis celle à Neufchâtel où il est mort.

— Vous avez dû changer d'école chaque fois. Ça ne devait pas être facile, avait compati Joubert.

— Facile ?

Il avait haussé les épaules, prétendu que les résidences où il avait vécu avec son père étaient de plus en plus agréables.

— Avec votre mère, vous demeuriez à Beauport ?

— Pas longtemps. Elle est morte quand j'étais bébé. Ensuite, on a vécu à Sainte-Foy, puis à Cap-Rouge avec Patricia.

— Votre père faisait des profits sur l'achat et la revente de ces maisons ?

— Évidemment.

— Il vous conseillait en matière d'investissements ? s'était enquis Joubert.

— Pas vraiment. Il ne se mêlait pas de mes affaires.

— De quoi parliez-vous, alors ? avait insisté Graham.

Elle avait très bien deviné que cette question agaçait Jérôme Carmichaël.

Mais pourquoi ?

— De ses voyages d'opéra, avait-il fini par dire. Il essayait de me persuader de l'accompagner à Bayreuth.

— Ça ne vous tentait pas ?

— Je n'écoute pas beaucoup de musique.

— Qui accompagnait votre père ?

— Personne.

Graham avait joué l'étonnement. Il était surprenant qu'un homme qui présentait aussi bien que Jean-Louis Carmichaël ait été seul pour ses voyages culturels. Des tas de femmes auraient été heureuses de le suivre, non ?

Jérôme Carmichaël avait répondu qu'il ne s'occupait pas de la vie intime de son père. Ni lui de la sienne.

— On se respectait.

— Avez-vous regretté que Patricia Lauzon et lui se séparent ? avait demandé Joubert.

Jérôme avait esquissé une moue avant d'interroger à son tour les enquêteurs : Patricia ne pouvait tout de même pas être mêlée à cette histoire ?

— Non, non. On essaie juste d'en apprendre davantage sur votre père. C'est pour ça que nous revenons vous voir. Dans l'entourage immédiat de la victime, et en ce qui concerne le présent, nous n'avons rien trouvé. On doit chercher ailleurs. Dans le passé.

— Je ne comprends pas, s'était insurgé Jérôme Carmichaël. Je vous ai dit qu'un tableau de Morris a peut-être disparu.

— C'est le mot « peut-être » qui nous gêne, avait avoué Graham.

— Je ne peux pas jurer que ce Morris a été volé. Je ne l'avais pas vu depuis un bout de temps. Ce tableau faisait partie de mon héritage.

— C'est dommage qu'on n'ait aucune photo de cette toile, avait déploré Joubert. Pouvez-vous encore nous la décrire ?

— Vous la trouverez sûrement dans des catalogues d'expositions, avait rétorqué Jérôme. Ce n'est pas à moi de faire ces recherches…

— Vous venez de nous dire que vous n'étiez pas certain de ce vol, avait protesté Graham. Votre père a peut-être vendu le tableau sans vous le mentionner… S'il avait besoin d'une bonne somme d'argent.

— C'est ridicule, mon père…

— On a mis du monde sur le coup, l'avait coupé Michel Joubert avant de prendre congé.

À la Cage aux sports, alors que Joubert venait de commander des ailes de poulet et un panier d'oignons frits malgré ses molles protestations, Graham avait répété que cette histoire de tableau dérobé était trop floue.

— Pourquoi le voleur se serait-il contenté d'une seule toile ? Si c'était Jérôme qui avait pris le Morris ?

— Pour quelle raison ? demanda Joubert. On a vérifié ses comptes bancaires. Rien ne cloche. Il hérite de tout.

— Et s'il avait inventé cette toile ? Ce vol ?

— Pourquoi ? Il ne pourra pas réclamer de dédommagement aux assurances, il n'y a aucune preuve d'achat de ce tableau fantôme…

— Pour nous envoyer sur une fausse piste ? Nous inventer un motif, un coupable ?

— Dans ce cas, c'est qu'il est mêlé de près ou de loin à ce meurtre… Il l'aurait commandité ?

Graham s'était levée pour aller se laver les mains avant de manger, laissant Joubert se rappeler toutes les fois où il avait été question de la toile disparue. À son retour, un sourire satisfait flottait sur ses lèvres, étonnant son collègue.

— Il y a une affiche dans les toilettes avec le numéro d'un centre d'écoute pour des victimes de violence conjugale. C'est une belle initiative. On devrait venir ici plus souvent.

— D'autant que tu aimes les ailes de poulet, l'avait taquinée Joubert en voyant le serveur qui s'approchait avec leurs assiettes.

Ils avaient dégusté les ailes et les oignons gras mais croustillants avec un sentiment de culpabilité grandissant et n'en avaient pas laissé une miette. À la fin du repas, Maud Graham avait déclaré que l'attitude équivoque de Jérôme Carmichaël justifiait qu'ils s'interrogent sur lui. Qu'ils le surveillent.

— Ça ne pourra pas continuer longtemps, avait objecté Joubert. Les budgets…

— Il a apparemment subi un choc en découvrant le corps de son père. Si ce que nous a rapporté Suzanne Boutet est la vérité. Mais il a pu simuler le choc. Dans ce cas, pourquoi n'a-t-il pas aussi fait semblant d'être attristé par cette disparition ? Et je trouve qu'il manifeste vraiment peu de curiosité sur l'identité de l'assassin de son père.

— Protège-t-il quelqu'un ? Mais qui ? Pourquoi ? On a interrogé ses collègues sans apprendre quoi que ce soit. Ses rares amis n'avaient rien à nous apporter.

— La seule personne qui semble près de lui, c'est la voisine, Suzanne, avait conclu Graham. Mais on a vérifié son alibi.

— Nous n'en savons pas davantage sur lui que sur son père. C'est une famille vraiment très discrète…

— Trop, avait décrété Graham.

Trop, pensait-elle en savourant le Kabusecha de Uji. Elle avait étalé ses notes sur la table de la cuisine, les relisait lentement. À l'affût du détail qui l'enverrait sur une autre piste que celle que voulait peut-être lui faire emprunter Jérôme Carmichaël. Il avait fini par dire que son père et lui avaient un point en commun : l'amour de la bonne chère. Ils ne cuisinaient ni l'un ni l'autre mais appréciaient les mets du monde entier. Jérôme avait même ajouté que c'était la seule raison pour laquelle il aurait pu se décider à accompagner son père dans un périple culturel : découvrir des restaurants.

— À New York, il ne manque pas de choix ! C'est plus excitant qu'à Beauport, Cap-Rouge ou Neufchâtel.

— Votre père choisissait toujours d'acheter en banlieue. Il n'aimait pas la ville ?

— Il aimait avoir la paix. De toute façon, Québec est à côté en voiture. Et nous avons de grandes tables dans le Vieux-Port. J'avoue avoir un faible pour le Laurie Raphaël.

Graham avait souri à Jérôme Carmichaël ; elle avait un ami qui y travaillait. Elle avait un souvenir inoubliable d'un dessert dans un pot de fleurs. Elle revoyait ce pot entièrement comestible qui avait provoqué des murmures admiratifs aux tables voisines de celle qu'elle partageait avec Alain. Oui, Québec était une ville où l'on mangeait très bien.

— Vous, vous aimez moins la banlieue que votre père. Vous vous êtes installé au cœur de la ville.

— Non, j'ai aimé Cap-Rouge et Charlesbourg, mais c'est plus pratique d'être près du cabinet.

Charlesbourg. Une ville de plus. Pourquoi les Carmichaël déménageaient-ils si souvent ?

***

Québec, lundi 3 décembre 2012

L'entrée de son immeuble avait été bien déneigée, mais Jérôme Carmichaël secoua pourtant ses bottes avant de prendre son courrier dans le casier à son nom. Il était un peu moins abondant au fil des jours. Le flot des cartes de condoléances se tarissait, mais il y aurait toujours des relevés de compte, des factures à payer, des demandes d'organismes de charité et le courrier de son père qu'il avait fait acheminer chez lui. Il attendit l'ascenseur en regardant la neige tomber. Il avait hâte de faire du ski ; dévaler les pentes et sentir le vent lui fouetter le front, les joues, lui donnait un sentiment de liberté, de légèreté dont il aurait eu bien besoin au cours des derniers jours. Maud Graham l'avait encore rappelé, soi-disant pour vérifier un détail. Était-il paranoïaque ou s'incrustait-elle vraiment ? Il redoutait la sonnerie du téléphone. C'était ridicule. Il se sentait menacé alors qu'il n'était strictement pour rien dans le meurtre de son père. Il était au bureau quand le crime avait eu lieu. Dans ce cas, ne serait-il pas souhaitable que cette enquêtrice l'oublie un peu ? Qu'elle s'intéresse à une autre affaire ? Québec n'était pas, hélas, une ville dangereuse et Jérôme Carmichaël ne pouvait pas compter sur un nouveau meurtre pour occuper Maud Graham. Il devinait qu'elle était opiniâtre et qu'elle ne renoncerait pas à découvrir l'auteur du crime.

Il n'était pas certain d'avoir eu raison d'inventer cette histoire de vol de tableau quand il savait très bien que son père l'avait vendu l'année précédente. Il pourrait toujours affirmer qu'il l'ignorait. Mais, après le choc causé par la mort de son père, il avait songé à Rebecca, imaginé les conséquences de la divulgation de tous ces secrets et il avait espéré diriger les policiers sur une autre piste. C'était stupide. Il sentait bien que Graham le soupçonnait de lui cacher quelque chose. Elle devait croire qu'il était lié au crime et elle voulait le pousser dans ses retranchements. C'était normal qu'elle réagisse ainsi. La situation était d'un ridicule ! Parce qu'il avait inventé cette fable autour d'un Morris disparu, il avait maintenant l'enquêtrice sur le dos !

En déposant le courrier sur la table de la cuisine, un détail lui revint à l'esprit : Graham avait dit que l'assassin devait avoir sensiblement la même taille que son père si on se fiait à l'angle d'entrée des blessures. Dans le souvenir de Jérôme, Rebecca Delage n'était pas très grande. S'était-elle à ce point transformée au cours des dernières années ? La frêle adolescente était-elle devenue une forte femme ?

Il aurait aimé être certain qu'elle était l'auteure du crime. Car, si ce n'était pas elle, qui en voulait à Jean-Louis Carmichaël ? Pourquoi ? Est-ce que cet inconnu pourrait étendre sa colère jusqu'à lui ? Était-il en danger ?

Il se posait trop de questions ! Il ne vivait pas à New York, Miami ni même Toronto, Québec n'était pas une mégapole où régnait la violence et son père ne faisait pas partie d'une quelconque mafia ! Il avait été victime de Rebecca, c'était l'explication la plus plausible. Et si ce n'était pas Rebecca, c'était une autre femme que son père avait agressée. Il cligna des yeux, s'efforçant de chasser ce souvenir de Jeanne, en larmes, le bousculant en sortant de la chambre d'amis pour quitter leur maison. Quel âge avait-il ? Quatre ans ? Il avait malheureusement mieux compris ce qui se passait quand il avait vu son père enlacer Rebecca. Elle n'avait pas bougé tandis qu'il la pressait contre son corps, semblable à une marionnette. Elle n'avait pas démontré d'enthousiasme, mais ne l'avait pas repoussé non plus. Elle s'était laissé faire, souillée par son père. Finirait-il par oublier ce père auquel il craignait de ressembler ? Même s'il n'avait jamais été attiré par des gamines. Jamais il ne l'imiterait !

Pourquoi n'avait-il jamais été capable de lui cracher son dégoût au visage ? Pourquoi avait-il accepté de le voir chaque mois, d'aller au resto avec lui, de l'écouter comparer les mérites des ténors du monde entier ? Pourquoi s'était-il tu au lieu de le dénoncer ?

Jérôme saisit une capsule de café, l'inséra dans l'appareil. Il voulait diluer ce goût de boue qu'il avait dans la bouche quand il pensait à ce que son père avait fait. À ce que lui n'avait pas fait. Mais il était trop jeune. Ce n'était pas à lui de défendre Rebecca, mais à son beau-père. Elle aurait dû en parler à Alex. C'était lui, l'adulte. Il le détestait. C'était un faible, un minable, un peureux. Parce qu'Alex avait sûrement eu peur de son père pour lui abandonner Rebecca.

Il se tourna vers la pile de lettres étalées sur la table et en saisit une au hasard, une carte de condoléances provenant d'une ancienne compagne d'études. Il se rappela ses cheveux blonds très longs. Était-elle toujours célibataire ? Il n'avait pas pensé à elle depuis la fin de leur cours, mais s'il la revoyait ? Peut-être que cette fois-ci serait la bonne, qu'il aurait plus de chance avec elle qu'avec les autres femmes ?

L'odeur unique du café le réconforta, il but la première gorgée avec délectation, ouvrit d'autres enveloppes, fit une pile de la paperasserie administrative concernant les affaires de son père. Il n'était pas certain d'avoir envie de s'occuper des immeubles. Il faudrait qu'il pense à engager un gérant.

Il déchira le côté droit d'une enveloppe brune qui lui était destinée, s'étonna de n'y lire aucune adresse de retour. S'en félicita. Il était découragé à l'idée de devoir remercier tous ces gens qui lui avaient envoyé des messages d'encouragement. Si celui qui avait posté cette enveloppe avait oublié d'inscrire son adresse, ça lui en ferait un de moins à qui répondre.

Une photo et une feuille blanche tombèrent de l'enveloppe. Jérôme ramassa la photo et resta dans cette position, plié en deux vers le carrelage de la cuisine, fixant les yeux vides de Rebecca Delage, les mains d'homme sur ses seins, la montre de son père.

Combien de temps mit-il à se redresser après avoir ramassé la photographie en noir et blanc sur le carrelage de la cuisine ? Il prit la feuille blanche du bout des doigts et la lut en retenant son souffle.

La relut en sentant monter la colère.

On osait lui réclamer deux mille dollars !

Votre père avait la sagesse de payer pour chaque photo afin d'éviter que ses voisins et amis apprennent qu'il était pédophile. Vous souhaiterez probablement que ce secret ne soit pas divulgué. Vous devez envoyer d'ici une semaine un chèque au nom de Jean Tremblay à l'adresse qui suit. Un retard nous pousserait à divulguer certaines informations aux médias.

Un casier postal. Évidemment. Et Jean Tremblay n'était certainement pas le nom du maître chanteur.

Les mille deux cent cinquante dollars dont lui avaient parlé les enquêteurs lui étaient donc destinés ? Et son père lui avait remis en mains propres toutes ces sommes ? S'il avait payé par chèque, les enquêteurs auraient déjà remonté jusqu'à la source et trouvé le maître chanteur.

Un casier postal. Pourquoi le type changeait-il sa méthode ?

Le type ? Quel type ?

Il n'était pas question qu'il soit sa prochaine victime.

Mais il n'était pas question non plus de demander de l'aide à un enquêteur. Surtout pas à la trop curieuse Maud Graham !

Chapitre 6

Québec, jeudi 6 décembre 2012

— On dirait qu'il a neigé davantage ici, nota Joubert en empruntant l'autoroute laurentienne qui devait les mener, Graham et lui, dans ce quartier où avaient habité Jérôme et Jean-Louis Carmichaël, il y avait plusieurs années.

Graham avait demandé à Nguyen d'approfondir les recherches concernant les ventes et les achats de chacune des demeures de Jean-Louis Carmichaël. Il semblait avoir gagné de l'argent à chaque déménagement. Sauf en ce qui concernait leur départ de Charlesbourg. Que s'était-il passé ?

Grâce à Suzanne Boutet, Nguyen avait réussi à dénicher l'agent immobilier qui avait vendu la maison de Neufchâtel à Jean-Louis Carmichaël. Elle lui avait raconté qu'elle se souviendrait toujours de l'arrivée des Carmichaël à Neufchâtel, car c'était l'année du bris d'égout qui avait fait tant de dégâts. Elle avait beaucoup apprécié l'attitude des Carmichaël qui l'avaient aidée à vider son sous-sol. Elle avait alors compris qu'ils avaient beaucoup bougé et que leurs maisons s'étaient toujours vendues rapidement grâce à un peu de chance. Et un dynamique agent de la compagnie Remax.

— J'espérais que Jean-Louis ne déménagerait pas de nouveau, avait-elle confié à Nguyen. C'était un voisin parfait.

Nguyen était remonté jusqu'à cet agent qui avait retrouvé des documents concernant la vente des résidences précédentes. Carmichaël avait fait une bonne affaire en achetant la maison de Neufchâtel, ce qui avait eu pour effet de réduire sa perte d'agent avec la vente de la propriété de Charlesbourg.

— Pourquoi a-t-il perdu avec Charlesbourg ? s'était soucié Nguyen.

— Il était trop pressé de vendre.

— Vous savez pourquoi ?

L'agent immobilier avait expliqué qu'il y avait eu un incendie. Les travaux de rénovation avaient pris plus de temps que prévu et Carmichaël avait décidé de quitter ce quartier. La maison s'était vendue. Pour celle de Neufchâtel, ce serait une autre histoire. Qui aurait envie de vivre dans une maison où un meurtre a été commis ?

— C'est ici, fit subitement Graham en indiquant à Joubert de tourner vers la gauche.

Une demeure tout en long, aux murs de crépi et au toit plutôt plat disparaissait à moitié derrière une rangée de cèdres bien entretenus. L'allée du garage était dégagée comme les marches du perron. Les propriétaires s'occupaient manifestement de leur maison.

— Ils vont être surpris de nous voir, dit Michel Joubert en montant les marches du perron.

— Peut-être pas… S'ils savent que l'ancien proprio a été assassiné.

Ils sonnèrent à la porte en espérant qu'on leur ouvrirait vite ; la température avait chuté de quelques degrés.

— C'est étonnant comme on endure des moins vingt en février, alors que les premiers froids nous insupportent autant.

— Je ne suis pas sûr d'aimer l'hiver, maugréa Joubert au moment où une femme, l'air revêche, entrebâillait sa porte pour leur dire qu'elle n'avait besoin de rien.

— Tant mieux, nous n'avons rien à vous vendre, fit Graham en souriant. Nous voulons seulement bavarder quelques minutes avec vous ou votre mari.

— Nous ne sommes pas intéressés à discuter de quoi que ce soit...

Elle s'interrompit en voyant Joubert sortir son badge.

— C'est dans le cadre de l'enquête sur Jean-Louis Carmichaël.

— Jean-Louis Carmichaël?

Une voix d'homme retentit derrière Jeanine Frémont.

— Qu'est-ce qu'il y a?

— C'est la police, Marc. À cause de l'ancien proprio.

— On peut entrer? dit Joubert. On gèle dehors...

La femme parut hésiter, puis se résigner: aussi bien les laisser tout de suite entrer chez elle, ils repartiraient plus vite. Pas question, cependant, de les faire asseoir au salon ou de leur offrir un café. Ils poseraient leurs questions debout dans l'entrée. Jeanine Frémont et son mari en avaient assez des commentaires de leurs voisins sur la mort de Carmichaël. Ils n'étaient concernés en rien par l'assassinat de l'ancien proprio. Pourquoi venait-on les déranger?

— Parce que nous cherchons à mieux connaître la victime, expliqua Joubert.

— Nous avons peu d'indices sur le meurtre et tentons de mieux percevoir M. Carmichaël afin de déterminer si quelque chose dans son passé a pu lui attirer des ennemis...

— On ne l'a jamais vu, déclara Marc Gingras. On a discuté avec l'agent d'immeuble.

— Qu'est-ce qu'on pourrait vous raconter sur lui ? renchérit son épouse. Traversez chez les Cook, en face. Ils ont toujours habité cette rue.

— Est-ce que la maison est telle que vous l'avez achetée ? demanda Graham qui refusait de repartir bredouille.

— Non, nous avons abattu le mur de la cuisine pour agrandir la salle à manger. Sinon, rien n'a vraiment changé.

— On nous a raconté que M. Carmichaël a fait faire des travaux avant de mettre sa demeure en vente, dit Joubert.

— C'est à cause de l'incendie, expliqua Jeanine Frémont. Il n'a pas eu le choix de tout rénover et repeindre ce qui avait été endommagé par le feu.

— C'était un incendie important ?

— Je ne sais pas. Mais tout était propre quand on a déménagé.

— Y a-t-il eu d'autres incendies dans le quartier ?

— Allez jaser avec les voisins. Ils en savent plus que nous. Ils étaient là quand c'est arrivé, quand la fille a mis le feu.

Graham haussa les sourcils ; un incendie criminel ?

— La fille du voisin était une délinquante, paraît-il. Nous, on ne sait rien. Traversez en face, c'est le mieux pour vous.

Jeanine Frémont avait raison. Les Cook avaient beaucoup de choses à leur raconter. Et tout le temps voulu. Leur accueil était à l'opposé de celui de leurs voisins. Ils proposèrent d'emblée du café aux enquêteurs, apportèrent des biscuits au gingembre faits maison.

— Ils sont vraiment délicieux, dit Graham. Est-ce que je pourrais avoir la recette ?

— J'en prépare chaque année avant Noël, confia Louise Cook. C'est une tradition. On va bientôt décorer le sapin. À l'extérieur, on met des lumières dans l'épinette bleue et on sort les rennes. Tout le monde s'arrête pour les regarder.

— Votre ancien voisin, M. Carmichaël, décorait-il aussi sa maison ? Avec son fils ?

Norman Cook hocha la tête. Bien sûr ! Ils faisaient ça la même journée qu'eux. Et ensuite ils buvaient un chocolat chaud tous ensemble.

— Vous semblez regretter ces voisins, avança Maud Graham.

Louise Cook soupira. C'était tellement mieux avant...

— Avant l'incendie ? suggéra Joubert. Il paraît que c'était criminel.

— Avant l'incendie, oui. Avant la mort de Nina. Avant que tout aille si mal !

— Cette Nina est décédée dans le sinistre ?

Norman Cook leva la main pour signifier à Maud Graham qu'elle tirait une mauvaise conclusion : personne n'avait été blessé dans l'incendie. Nina était leur ancienne voisine, décédée d'un cancer avant l'incendie.

— Rebecca, sa fille, a tellement changé ! On ne la reconnaissait plus. Alors qu'elle avait été une fillette si charmante. Même quand elle jouait du piano, c'était différent.

— Du piano ?

— L'été, les fenêtres sont ouvertes, expliqua Louise Cook. On l'écoutait jouer. C'était avant la mort de Nina. Ensuite... Rebecca a mis le feu. On ne pouvait pas y croire, mais elle n'a pas nié. Elle a été envoyée à l'hôpital puis dans un centre de réadaptation.

— Et son père ?

— Son vrai père a disparu dans la brume. Nina a seulement su qu'il était mort en Russie dans un accident. C'est son beau-père, Alex Marceau, qui s'occupait de Rebecca. Il aurait dû se rendre compte qu'elle changeait, l'emmener voir un spécialiste.

— Il travaillait trop, rapporta Norman Cook. Il était souvent absent.

— Qu'est devenue Rebecca ?

— Elle s'est réinstallée ici à sa sortie du centre. Elle a vendu la maison peu de temps après. C'était mieux ainsi. On avait de l'affection pour elle, mais on ne se parlait plus. Elle nous souriait toujours, mais on ne trouvait pas quoi lui dire. Tandis qu'avant elle venait boire régulièrement un chocolat chaud ou un thé glacé. Manger des biscuits avec Jérôme. Pauvre enfant…

— Où est-elle partie ?

Les Cook avouèrent leur ignorance. Ils espéraient que Rebecca s'était rangée et qu'elle menait une vie plus calme, plus heureuse.

— Avez-vous une idée de ce qui l'a poussée à incendier la maison du voisin ? Ils étaient en conflit ? À quel sujet ?

— Aucune idée ! Il paraît qu'elle a entendu des voix lui ordonner de mettre le feu. Mais avant ça, elle allait se baigner chez les Carmichaël. Jérôme était gentil avec elle. Comme un grand frère, il la surveillait à la piscine. Elle lui faisait pitié, j'imagine…

— On a été chanceux que ses voix ne l'envoient pas ici ! soupira Louise Cook.

— Si Jérôme n'était pas revenu de son entraînement plus tôt, peut-être que son père serait mort. Le feu avait déjà détruit la chambre. Reprenez donc un biscuit.

Maud Graham ne se fit pas prier et savoura l'équilibre des épices, la texture croustillante du biscuit.

— Qu'est-ce que vous pourriez nous raconter d'autre ? dit Joubert à Norman Cook. À propos de Jean-Louis Carmichaël ? Comment a-t-il réagi à cet événement ? Je suppose qu'il a porté plainte contre cette Rebecca ?

M. Cook eut un sourire doux : leur voisin avait tenté de minimiser le geste posé à son encontre par l'adolescente. Il avait refusé de porter plainte.

— C'était vraiment gentil de sa part de ne pas vouloir enfoncer Rebecca. Sauf que les pompiers ou les gens de vos services ne pouvaient tout de même pas laisser passer ça ! C'était un acte criminel.

— C'est pour cette raison que Rebecca s'est retrouvée dans un centre de réadaptation, fit Louise Cook avant de proposer à Maud Graham de lui recopier la recette des biscuits et de la lui poster.

— Quel est le nom de famille de Rebecca ? s'informa Joubert.

— Delage. C'est vraiment regrettable, tout ce qui est arrivé. Nous avions de bons voisins.

— Probablement plus souriants que ceux d'aujourd'hui, se permit de dire Graham.

Norman Cook acquiesça avant d'annoncer qu'eux-mêmes quitteraient bientôt leur maison pour un appartement dans une résidence qui offrait tous les services.

Graham remit sa carte à Louise Cook.

— Pour la recette... Et si vous avez des nouvelles de Rebecca Delage. On aimerait bien lui parler.

***

En sortant du bureau de poste, Alex Marceau se dirigea vers la rue de Buade, ralentit devant la boutique d'articles de Noël en songeant qu'il était loin ce temps où il y venait avec Nina et Rebecca. Il traversa le petit parc pour gagner la rue Desjardins où il y avait des taxis. Il s'engouffra dans la première voiture, indiqua son adresse au chauffeur et se cala sur la banquette en souriant. Il ne put résister à l'envie de tapoter l'enveloppe qu'il avait glissée dans la poche de sa veste de cuir. L'enveloppe adressée à Jean Tremblay. Il aurait aimé enlever la casquette qu'il avait portée pour aller chercher l'enveloppe, mais il ne tenait pas à attirer l'attention du chauffeur de taxi. Il pouvait bien attendre encore une dizaine de minutes. La circulation était fluide, il serait bientôt à son appartement. Cet appartement qu'il pourrait peut-être quitter avant l'été, grâce aux dons de Jérôme Carmichaël.

Alex se félicita de s'être déplacé pour assister aux funérailles de son ancien voisin. C'est en observant Jérôme du fond de l'église qu'il s'était décidé à lui demander de l'argent. Il était quasiment persuadé que celui-ci refuserait que les secrets de famille soient dévoilés. Il n'avait rien à perdre à tenter le coup… Et la suite lui avait donné raison. Qu'est-ce que deux mille dollars représentaient pour lui ? Il venait d'hériter des immeubles de son père et il était associé à un prestigieux cabinet d'avocats, ça valait bien un petit sacrifice, non ? Alex avait augmenté la somme, car il ne lui restait plus beaucoup de photos originales. Il pourrait bien sûr affirmer qu'il détenait toujours des négatifs et demander une mensualité pour son silence, mais l'idée que Jérôme soit avocat le rendait plus prudent. Les avocats connaissent toujours des policiers et, avec le meurtre de son père, Jérôme devait voir régulièrement des enquêteurs. Si jamais il venait à créer des liens d'amitié avec l'un d'eux, parlerait-il du chantage ?

Jérôme s'était un peu empâté. Il vieillissait moins bien que Jean-Louis qui avait toujours pris soin de lui, de sa ligne. Alex se rappelait sa coupe de cheveux parfaite, ses chemises impeccables, ses mains manucurées. Ses mains qu'on voyait nettement sur les photos. Et maintenant, elles pourrissaient dans un cercueil. L'idée devait plaire à Rebecca, mais il ne pouvait pas l'appeler pour en discuter. Rebecca. Que pensait-elle de ce meurtre ?

Un éclair traversa l'esprit d'Alex : Rebecca pouvait-elle être à l'origine de ce crime ? Non, c'était une chose de mettre le feu, c'en était une autre de tuer quelqu'un. Ce n'est sûrement pas aussi aisé que dans les films policiers. Est-ce que les flics étaient déjà au courant pour l'incendie qu'elle avait allumé chez Carmichaël ? Viendraient-ils lui en parler ? Il n'avait vraiment pas envie d'avoir des policiers chez lui, même s'il n'y avait plus de traces des gamines abordées dernièrement à la gare. Il refuserait le prochain contrat de photos, il se le jurait. Au début, il y avait vu un moyen de faire de l'argent, mais ses employeurs étaient inquiétants. On lui amenait des filles beaucoup trop jeunes. Ça ne pouvait plus durer. Il finirait par avoir des ennuis.

***

Rebecca tournait sur elle-même en riant sous l'œil ému de Nicolas ; il ne l'avait jamais vue si heureuse. Elle tenait la tête penchée vers l'arrière pour voir les flocons qui tourbillonnaient vers elle et paraissaient imiter ses propres mouvements. La première vraie bordée de neige avait attiré du monde sur les plaines d'Abraham, mais aucun de ces hommes, de ces femmes, de ces enfants qu'ils avaient croisés ne pouvait être aussi heureux à cet instant que Rebecca qui venait d'entendre *Saccages* à la radio. Ils roulaient sur le boulevard René-Lévesque lorsque Nicolas avait reconnu les premières notes.

— C'est toi ! s'était-il écrié. C'est ta chanson !

Rebecca avait porté une main à son cœur, incrédule. Était-ce vraiment sa voix qu'elle entendait ? Que tous les auditeurs découvraient ? Dans tout le Québec ? C'était sa voix. Et ce n'était pas sa voix en même temps. Il y avait un décalage entre l'enregistrement fait en studio et ce qu'elle écoutait maintenant. David l'avait prévenue qu'elle remarquerait une légère différence due à des questions techniques de compressage du son, de formatage.

Rebecca entendait les battements de son cœur de manière si nette qu'ils semblaient scander le rythme de la musique. Elle s'était tournée vers Nicolas, avait vu les larmes qui coulaient sur ses joues tandis qu'il souriait aux anges. Il ne les avait pas essuyées, mais avait ralenti pour mieux savourer ce moment, cette magie nouvelle qui durait trois minutes vingt secondes.

Trois minutes vingt secondes de pur bonheur, avait songé Rebecca. Était-ce possible que cette chanson extirpée de sa détresse lui procure cette joie si intense qu'elle en suffoquait quasiment ? Que cette chanson soit diffusée pour la première fois à la radio au moment où le Grand Voleur pourrissait enfin six pieds sous terre ?

Au feu rouge, elle avait ouvert la portière et avait couru vers les Plaines et Nicolas, en riant, l'avait regardée s'avancer vers le musée, l'avait dépassée en voiture, cherchant à se garer aux abords de l'établissement.

Elle tournait encore quand il s'approcha d'elle, elle lui tomba dans les bras en riant.

— C'est ma chanson ! Tu l'as entendue, toi aussi. C'est ma chanson ?

— Tu ne rêves pas ! Tu as réussi ! Il faut fêter ça ! Je t'invite au resto.

Elle se blottit contre lui, murmura qu'elle n'y serait pas arrivée sans lui et que, toute sa vie, elle se souviendrait de cet instant, de la neige qui avait pris une teinte indigo dans le jour qui s'évanouissait. Dorénavant, elle en était persuadée, elle aurait moins peur de la nuit.

***

Éric Prudhomme tentait d'enlever la résine de sapin qui collait à ses mains. Il les frottait énergiquement sans y parvenir.

— Essaie avec du gel antiseptique, dit Caroline en faisant rouler son fauteuil jusqu'à lui.

— C'est comme ces enquêteurs, je n'arrive pas à m'en débarrasser.

Marcotte était revenu à Neufchâtel, accompagné cette fois-ci de Tiffany McEwen. Ils l'avaient surpris alors qu'il installait les lumières de l'arbre de Noël extérieur.

— Ça va être beau, avait commenté McEwen. En faites-vous un aussi à l'intérieur ?

— Toujours, avait répondu Éric Prudhomme en se disant qu'il ne serait pas dupe de l'air avenant de cette jeune policière.

Marcotte lui avait dit qu'ils savaient qu'il faisait du bénévolat avec Jean-Louis Carmichaël : pourquoi ne pas en avoir parlé ?

Parce qu'il n'en voyait pas l'intérêt. Ils étaient nombreux à participer à l'organisation de la Grande Fête d'hiver.

— J'aurais dû le leur dire, confia Éric à Caroline en continuant à se frotter les mains.

— Arrête, tu vas te faire mal.

— Ils vont revenir, prédit Éric.

— Pour te dire quoi ? S'ils avaient des preuves, ils t'auraient arrêté.

— Tais-toi !

Caroline avait secoué la tête ; elle gardait le silence depuis trop longtemps. Comment pouvaient-ils continuer à vivre comme s'il ne s'était rien passé ?

— On ne se parle plus. Ni toi et moi, ni avec les filles. On fait semblant que tout va bien, mais c'est faux !

— Qu'est-ce que tu veux que je fasse ? s'écria Éric. Je l'ai tué.

Sa voix tremblait d'impuissance et de fureur. Et de peur. Pour la première fois de sa vie, Caroline voyait son mari démuni.

— Je ne sais pas.

— Moi non plus.

— Qu'est-ce qu'ils peuvent trouver ?

Elle s'efforçait de rester calme même si ces trois mots confirmaient ses craintes. Même si elle savait la vérité. Avait-elle cru à la pensée magique ?

Jusqu'à quel point l'humain peut-il s'abuser lui-même ?

— Je ne sais pas.

— De quoi t'es-tu servi ?

— Je ne veux pas en parler. Moins tu en sais, mieux c'est.

— Non ! On devient fous, ici. Éloïse commence à maigrir autant que sa sœur.

Éric coupa l'eau du robinet, examina ses doigts ; il restait toujours des résidus de gomme de sapin.

— Je devrais vous quitter, déclara-t-il. Partez toutes seules en voyage. Je m'organiserai de mon côté.

— Tu dis n'importe quoi.

— Parce que je ne sais pas ce que tu veux entendre !

Caroline le fixa un moment avant de poser les mains sur les roues de son fauteuil afin de le faire glisser hors de la pièce. Elle n'avait aucune réponse à donner à son époux. Elle savait seulement qu'elle n'en pouvait plus de ne pas dormir. Qu'il était aussi épuisé qu'elle. Que le manque de sommeil émousserait sa vigilance et que les policiers finiraient par lui faire dire tout ce qu'ils voulaient.

Elle devrait pourtant lui demander s'il avait apporté un couteau avec lui ou s'il en avait pris un chez Carmichaël. La différence comptait : elle signait ou non la préméditation. Elle avait tenté de vérifier s'il manquait un couteau dans les tiroirs de la cuisine, mais il y en avait tellement. Et certains servaient si peu souvent qu'elle pouvait les avoir oubliés.

***

Québec, vendredi 7 décembre 2012

Alain Gagnon perçut un mouvement à la fenêtre de la cuisine lorsqu'il sortit de sa voiture. Maud avait guetté son retour et cette impatience l'émut. Après toutes ces années, ils étaient toujours aussi heureux de se retrouver. Il nota que l'entrée était bien dégagée. Est-ce que Maxime avait spontanément déblayé la neige ou Maud avait-elle dû le lui demander plusieurs fois ? Il souleva doucement son sac de voyage, soucieux de ne pas secouer les bouteilles de Ladoix qu'il avait achetées à la SAQ Signature du centre-ville. Il avait goûté les vins du producteur Claude Chevalier chez Accords et avait tenu à s'en procurer pour les partager avec Maud, Grégoire, Rouaix, Joubert et Provencher qui devaient venir souper le lendemain. Il ne s'habituait pas à les appeler par leurs prénoms. Eux non plus. Et Maud disait toujours Joubert, très rarement Michel. Il avait hâte de revoir Provencher qui n'était pas venu à la maison depuis au moins deux mois. Il devait leur présenter sa nouvelle compagne. Graham en savait peu sur elle, à part le fait qu'elle était une ancienne championne de natation qui se passionnait comme son amoureux pour l'astronomie. Alain était curieux de rencontrer cette femme. Il sourit en songeant à la joie de Maud lorsqu'elle avait appris que Rouaix ne prendrait pas sa retraite comme il l'avait annoncé. Elle éviterait de le taquiner le lendemain à ce sujet, mais la tentation serait là. Ce serait un beau souper. Ils avaient tenu à se réunir avant les fêtes de fin d'année, avant que chacun soit pris de son côté par des obligations familiales.

Pour faire honneur aux vins, il préparerait un souper bourguignon : escargots servis dans des os à moelle et coq au vin. Grégoire avait promis de s'occuper du dessert. Il était question d'une charlotte aux poires et chocolat parfumée à la cardamome.

Maud Graham avait un peu de farine sur la joue gauche et Alain l'essuya avant de l'embrasser. Elle était en train de préparer un clafoutis aux pommes.

— Ça sent déjà bon.

— C'est un des seuls desserts que je réussis bien. Laurent vient souper.

— Laurent ? Le nouveau copain de Maxime ?

— Oui. Les garçons mangent avec nous, mais s'éclipsent après. Ils vont voir un spectacle. Le père de Laurent connaît les musiciens du groupe… J'espère que tout est correct.

— Correct ?

— La drogue circule dans cet univers-là…

— Tu as des préjugés, commença Alain, mais Graham l'interrompit en ajoutant que Laurent avait une jumelle.

— Si j'ai bien compris, il est possible que Coralie les rejoigne ce soir… Je pense qu'elle est mignonne.

— Tu penses ?

— Maxime a rougi quand il a dit que Laurent avait une sœur.

Alain agita son index en signe de mise en garde. Maud haussa les épaules.

— Je ne me mêlerai pas de sa vie privée, promit-elle. Il est assez vieux pour…

Elle s'interrompit en percevant des pas et des rires dans l'entrée.

Maxime et Laurent secouaient la neige de leurs anoraks avant de s'avancer vers la cuisine. Graham essuya ses mains sur son tablier et sourit à Laurent. Il était aussi roux que Maxime, n'était pas tatoué, n'arborait aucun piercing et portait un jean propre et un chandail en coton ouaté où elle distinguait le dessin d'un harfang des neiges. Elle savait bien qu'il ne fallait pas se fier aux apparences et qu'être correctement habillé ne garantissait pas l'honnêteté et la gentillesse, mais elle était tout de même soulagée que le nouveau copain de Maxime ait un style aussi ordinaire. Normal.

— Bienvenue chez nous. J'ai oublié de demander à Maxime si tu avais des allergies.

— Non. Je mange de tout. J'aime tout.

— Voulez-vous une bière, offrit Alain, un verre de vin pour l'apéro ?

— On peut boire notre bière devant la télé en attendant le souper ? On mange bientôt ? On doit être au…

— Dans une demi-heure.

Maxime prit deux bières dans le réfrigérateur et s'éclipsa avec Laurent qui remerciait Maud.

— Tu as raison, concéda-t-elle à Alain. J'avais des préjugés, parce que son père joue de la batterie. Je suis trop… rigide.

— Il faut bien que tu aies un défaut, murmura Alain en caressant sa nuque. Alors, où en êtes-vous avec cette fille que vous recherchiez ?

— Rebecca Delage a probablement changé de nom. Elle a pu prendre celui de son père, dont on ne sait strictement rien. On perd la trace de Rebecca après la vente de la maison où elle habitait quand elle a incendié celle des Carmichaël. Elle a placé l'argent à la banque et elle est partie en voyage. Elle vit peut-être à l'étranger, elle a pu louer un appartement n'importe où…

— Ou revenir au Québec. S'exiler exige des sacrifices, quitter ses amis, une certaine sécurité. Elle n'avait plus de famille, mais…

— Ce qui m'étonne dans tout ça, confia Maud à Alain, c'est que Jérôme ne nous ait pas parlé de cette fille. Il me semble évident qu'elle avait une dent contre son père. Les voisins ont dit qu'elle est schizophrène. On a retrouvé des traces de son passage à l'hôpital, avant qu'elle soit placée au centre de réadaptation.

— Tu crois qu'elle aurait pu tuer Carmichaël ?

— Je ne crois surtout pas aux coïncidences. Depuis le début de l'enquête, je sais que Jérôme Carmichaël nous cache quelque chose. Pourquoi a-t-il tenu cet épisode secret ?

— Pour protéger Rebecca ? Peut-être qu'il était amoureux d'elle ?

— Elle avait douze ou treize ans ! Ça ne colle pas.

— Il aurait eu pitié d'elle ? suggéra Alain.

— De la fille qui a incendié leur maison ? Pourquoi ?

— Tu m'as dit que les voisins t'avaient décrit une frêle jeune fille.

— Assez fragile pour que Jérôme Carmichaël joue les protecteurs auprès d'elle, enfin jusqu'à l'adolescence. Ensuite, il y a eu l'incendie. Il faut vraiment détester quelqu'un pour mettre le feu.

— Les coups ont été portés avec beaucoup de force, je peux te le jurer. La lame a été enfoncée jusqu'à la garde pour trois des plaies. C'est sûr que la rage peut décupler les forces, mais il faudrait qu'elle ait changé. D'après l'angle des blessures, l'agresseur était aussi grand que Carmichaël.

— Il faut qu'on discute avec cette Rebecca.

— Et son beau-père ?

— On a tenté de joindre Alex Marceau, mais il est absent jusqu'à mardi. Et Jérôme Carmichaël est en déplacement à Detroit en fin de semaine.

— Rebecca n'a jamais donné signe de vie aux Cook ?

— Ils ont dit qu'elle avait beaucoup changé. Je crois qu'ils avaient un peu peur d'elle, même si elle leur faisait pitié. La folie effraie les gens... McEwen s'est informée au conservatoire de musique. Rebecca n'y a jamais étudié.

Alain souleva le couvercle de la marmite, huma l'odeur du poulet au riesling qui mijotait depuis une heure.

— Je mets des petits pains au four pour les garçons, dit Graham.

— Et pour moi ?

— Si tu ouvres une bouteille... Peux-tu trier le courrier ? Je n'ai pas eu le temps de regarder, j'ai tout déposé sur la table du salon.

Maud Graham râpa le zeste d'un pamplemousse sur le poulet, l'arrosa de la sauce à la crème et sourit ; elle se débrouillait franchement mieux en cuisine depuis un an ou deux. Les garçons aimeraient son poulet.

Elle sentit la présence d'Alain dans son dos. Crut qu'il poserait les mains sur ses épaules ou l'embrasserait dans le cou, mais comme il restait immobile, elle se tourna vers lui, intriguée.

— Ça vient de Toronto. C'est pour Maxime.

Graham plissa les yeux, pesta contre la presbytie qui gagnait du terrain.

— Pour Maxime ?

Elle fixa la missive un long moment avant de la saisir subitement pour lire l'adresse de l'expéditeur. Elle percevait avec une acuité inouïe la musique qui montait du sous-sol, les rires des garçons, le ronronnement du frigo, la respiration d'Alain et le sang qui pulsait, affolé, à ses tempes. Mais elle ne pouvait s'entendre déglutir car elle n'avait plus de salive subitement. Elle avait l'impression d'avoir avalé du sable.

Elle sursauta quand Alain replaça une mèche de ses cheveux derrière ses oreilles, le dévisagea.

— C'est elle. Ça vient de la mère de Maxime.

— Elle existe de nouveau ?

— Elle n'a pas le droit de tout gâcher !

— Tu ne sais pas ce qu'elle lui veut.

— Elle ne peut rien lui demander. Elle l'a abandonné. Il avait trois ans !

Alain tendit un verre de Pouilly-Fumé à Maud qui le but d'un trait. Elle inspira profondément en le posant sur le bord de l'évier, se ressaisit.

— Je ne vais pas lui en parler tout de suite. Pas devant Laurent.

— Tu as le temps d'y penser. Si c'était une urgence, elle aurait téléphoné ou parlé au père de Maxime. Et Bruno t'aurait appelée pour te mettre au courant. Vous avez de bonnes relations. Il est content que tu aies recueilli son fils. Il a toujours dit que c'était la meilleure des solutions. Si c'était grave, la mère de Maxime aurait…

— Ce n'est pas sa mère !

— Cette femme aurait téléphoné, répéta Alain à voix basse. Il faut que tu te calmes, que le souper se passe normalement. On en discutera quand les garçons seront repartis. Il est possible que ce soit anodin. Pourquoi paniques-tu autant ?

— Parce qu'elle ne lui a jamais écrit une vraie lettre. Et ça, ça ressemble à une vraie lettre. Tout ce qu'il a reçu depuis qu'il est avec moi, c'est une carte à Noël. À son anniversaire. Pourquoi lui écrit-elle ?

Alain remplit son verre et celui de Maud en tentant de la rassurer ; elle imaginait toujours le pire. Il était persuadé que si c'était vraiment important, Bruno aurait été au courant et il l'aurait prévenue.

— Il te doit bien ça, conclut-il.

— Non, fit-elle doucement. C'est moi qui lui dois quelque chose, c'est moi qui vis avec Maxime. Grâce à Bruno.

— Tu mêles tout, tu es trop émotive.

Elle battit des paupières, se rappelant la première fois où elle avait vu Maxime. Au CHUL, blessé par balle parce qu'il était présent au moment où son père avait reçu la visite de ses créanciers qui n'aimaient pas les mauvais dealers.

Ils entendirent des pas dans l'escalier ; Maxime et Laurent les rejoignaient. Maud Graham saisit la bouteille, se dirigea vers la table et emplit deux verres qu'elle offrit aux garçons en souriant. Maxime nota que le vin dans son verre dépassait le niveau auquel Maud s'en tenait habituellement. Avait-elle enfin compris qu'il n'était plus un enfant ? Ou était-ce grâce à Alain ?

Il leva son verre, trinqua avec Laurent, puis avec Maud et Alain tandis que Laurent disait qu'il espérait que le spectacle soit à la hauteur de leurs attentes.

— Je suis sûr que le show va être bon ! dit Maxime.

Il ajouta en se tournant vers Maud et Alain qu'il était possible que la soirée finisse tard. Qu'il rentrerait par le dernier autobus. Ou en taxi. Peut-être qu'il pourrait aller dans les coulisses avec Laurent.

— Parce que le père de Laurent connaît...

— C'est d'accord. Mais oublie le taxi, on ira te chercher si tu rates le dernier bus. Téléphone-moi pour me prévenir.

Maxime jeta un regard interloqué à Alain qui esquissa un sourire qui semblait dire « profite du moment, Biscuit est dans un de ses bons jours ».

— Ça sent super bon !

Il désigna une chaise à Laurent, s'assit à ses côtés, se releva aussitôt pour prendre la corbeille de pain et le seau où reposait la bouteille de pinot gris.

— C'est comment, pratiquer une autopsie ? demanda Laurent.

Alain, désarçonné par la question, la répéta et, tandis qu'il reprenait les termes de Laurent, Graham songea à cette tactique que Jérôme Carmichaël utilisait lorsqu'elle l'interrogeait. Répéterait-il toutes les questions qu'elle lui poserait à propos de Rebecca Delage ? Il lui tardait qu'il rentre de Detroit. Elle serait à son cabinet à la première heure lundi matin.

D'ici là, on aurait sûrement retrouvé cette jeune femme qui, heureusement pour eux, portait un prénom peu commun. On l'avait retracée dans le réseau des centres jeunesse, mais la dernière adresse inscrite à son dossier était celle de cette maison qu'elle avait vendue, tournant le dos à son passé et à tous ses voisins. McEwen devait rencontrer dans la soirée la psychologue du centre de réadaptation qui pourrait lui parler de Rebecca. Ou lui donner le nom de certaines de ses amies avec qui elle avait peut-être gardé un contact. Et qui se souviendrait peut-être du nom de son père même s'il ne figurait pas dans son dossier. S'il le fallait, on interrogerait chacune des filles qui avaient partagé sa vie au centre.

Chapitre 7

Vendredi 7 décembre, soir

Maxime n'en revenait pas. Il était à moins de deux mètres du batteur, il avait vu la sueur couler sur son front durant le show et maintenant il suivait Laurent et son père dans les coulisses. Et la sœur de Laurent les avait rejoints avec Myriam et Éloïse-Sophie. Laurent était pâmé sur elle et c'est vrai qu'Éloïse était belle. Elle n'était pas mannequin sans raison, mais elle n'était pas son genre de fille, elle ne souriait pas assez. Tandis que Coralie… Oui, c'était la meilleure soirée de toute sa vie ! Tout était trop cool. Comment les astres s'étaient-ils alignés pour que cette soirée soit aussi parfaite ? Cette place si près de la scène qu'il sentait la chaleur des projecteurs, puis Coralie assise juste derrière eux avec ses amies. Coralie qui avait les plus beaux cheveux du monde, on aurait dit que des flammes dansaient sur ses épaules, sur ses seins quand elle se tournait vers lui. Il espérait qu'elle n'avait pas remarqué qu'il avait regardé son décolleté quand elle s'était penchée vers eux. Mais c'était quasiment impossible de faire autrement !

Elle parlait maintenant au bassiste, semblait le connaître. *Fuck* ! Elle le trouvait de son goût ! Elle l'étreignait tandis que Laurent les rejoignait en riant. Il lui fit signe de les rejoindre et Maxime dut s'exécuter même s'il ne trouvait plus aucun talent à ce bassiste qui gâchait cette soirée parfaite !

— Je te présente le parrain de Coralie. Steve, c'est Maxime. On joue ensemble au hockey. Ta blonde n'est pas venue vous voir ?

— As-tu oublié qu'on a un bébé de quatre mois ? Si tu la voyais, elle est tellement *cute* !

— As-tu des photos ? s'enquit Coralie.

Maxime retenait son souffle. Rêvait-il ? La menace s'était dissipée par enchantement.

— C'était vraiment un bon show ! dit-il à Steve avec enthousiasme.

— Oui, c'était génial, renchérirent Myriam et Éloïse.

— Tu as aimé ? fit Laurent en souriant à cette dernière.

Ils félicitèrent les autres membres du groupe, puis quittèrent la scène par la sortie arrière, longèrent d'interminables corridors avant d'aboutir dehors où le froid les saisit.

— Mon auto est de l'autre côté du stationnement, se plaignit Éloïse.

— Tu as une auto ? s'étonna Maxime.

— Depuis un mois. Dépêchons-nous !

Ils traversèrent rapidement les allées et Maxime fut surpris que les filles puissent marcher aussi vite alors qu'elles portaient des bottes à talons hauts.

Mais pas trop : Coralie n'était pas plus grande que lui, c'était le principal. Et elle n'était pas en amour avec Steve.

Ils s'engouffrèrent dans la voiture, attendirent un peu avant de démarrer. Myriam guidait Éloïse vers une pizzeria du centre-ville. Ils parlèrent du spectacle jusqu'à leur arrivée au restaurant où Maxime allait quelquefois manger avec Maud. Il songea à lui téléphoner, vérifia l'heure, sourit. Il n'était pas encore minuit. Il l'appellerait plus tard.

Un écran géant diffusait des images du match de hockey qui avait opposé les Canadiens aux Bruins de Boston la veille et où un joueur avait été grièvement blessé.

— C'est trop plate ! La saison commence ! s'exclama Laurent.

— On va encore perdre les séries, prédit Coralie.

— Tu ne peux pas dire ça, lança son frère. Tu ne connais rien au hockey. Toi, aimes-tu ça, Éloïse ?

Elle hésita, confessa qu'elle ne suivait que les séries éliminatoires.

— Mais mon père est un maniaque de hockey.

Au moment où la serveuse qui venait de prendre leur commande retournait vers la cuisine, une photo de Jean-Louis Carmichaël apparut sur l'écran géant de la pizzeria et Éloïse eut un tel geste de recul que Maxime, en face d'elle, la dévisagea.

— Qu'est-ce qu'il y a ?

— On dirait que tu as aperçu un fantôme, fit Coralie qui avait vu blêmir son amie.

Éloïse avança une main tremblante pour saisir son verre d'eau, mais ne parvint pas à le soulever. Elle avait chaud et froid, envie de vomir. Pourquoi avait-on diffusé la photo de Jean-Louis Carmichaël ? Est-ce qu'il y avait du nouveau dans l'enquête ?

— Éloïse ? dit Laurent. Qu'est-ce qui se…

— Je… je ne sais pas… je ne me sens pas bien… Je reviens.

— J'y vais avec toi, proposa Myriam.

— Non !

Le cri d'Éloïse-Sophie attira l'attention des clients vers elle, mais surprit surtout ses amis. L'angoisse de la jeune femme les pétrifia durant quelques secondes ; ils restèrent sans bouger tandis qu'elle se précipitait vers la sortie.

— Je devrais la suivre, c'est mon amie, dit Coralie, réagissant enfin.

— C'est aussi la mienne, fit Myriam.

— Attendez un peu, je pense qu'elle a besoin d'être seule, dit Maxime en notant la compétition entre les filles qui semblaient toutes deux vouloir être plus proches d'Éloïse. Ses photos dans les magazines les impressionnaient-elles à ce point ?

— Comprenez-vous ce qui s'est passé ? demanda Laurent.

— J'y vais, répéta Coralie. S'il fallait qu'elle s'évanouisse… Et elle n'a pas son manteau.

Elle attrapa le sien et celui de sa copine, accrochés à la patère, et la rejoignit devant le resto, suivie de près par Myriam. Éloïse refermait son téléphone cellulaire au moment où Coralie s'approcha d'elle.

— Qu'est-ce qui t'arrive ? dit-elle en la couvrant de son anorak.

— Rien. C'est correct.

Elle était visiblement soulagée, mais Coralie continuait à la dévisager, cherchant à en savoir plus.

— Dis-nous ce que tu as ? insista Myriam.

— C'est beau, je me sens mieux. On rentre ?

— À qui parlais-tu ?

— À ma mère. J'avais promis de lui téléphoner.

— Ce n'est pas pour ça que tu es sortie à toute vitesse du restaurant. Qu'est-ce…

— Arrêtez ! Tout est beau.

Elles revinrent s'asseoir toutes les trois et Éloïse leur raconta qu'elle avait juste eu un malaise.

— Je n'ai pas assez mangé aujourd'hui.

— Ça s'est souvent produit ?

Elle secoua la tête avant de boire une gorgée d'eau. Non, elle n'avait jamais ressenti de nausées aussi violentes avant d'apprendre ce que Jean-Louis Carmichaël avait fait subir à Sybelle. Et deviné comment son père avait réagi. Mais ça, elle ne pouvait pas l'expliquer à ses amis. Elle devrait se forcer pour avaler une pointe de pizza afin qu'ils ne se doutent de rien. Elle avait envie de commander un bock de bière, de le boire d'un trait, se soûler, tout oublier, mais elle conduisait. S'il fallait qu'elle ait un accident de voiture après ce qui était arrivé à Sybelle, sa mère ne s'en remettrait pas. Elle écouta distraitement ses amis discuter de leurs projets pour les vacances de Noël. Myriam se plaignit des horaires de sa mère qui travaillait tard le 24 décembre.

— Je te comprends, dit Maxime. C'est souvent la même chose chez nous.

— Sa mère est policière, précisa Laurent. C'est elle qui enquête sur l'homme qui s'est fait poignarder à Neufchâtel.

Éloïse ferma les yeux ; il lui semblait que tout le monde l'entendait penser, mais c'était impossible. Impossible que Maxime sache quoi que ce soit. Il n'était pas devin ! Comment aurait-il su ce qui s'était passé chez elle ? Il ne pouvait pas savoir que deux enquêteurs étaient revenus les questionner. Qu'ils savaient que son père avait travaillé à la Grande Fête d'hiver avec Carmichaël, qu'ils étaient restés plus longtemps cette fois-ci. Et que son père avait bu deux verres de scotch d'un trait après leur départ tandis que sa mère maintenait ses doigts crispés sur les roues de son fauteuil.

Elle se força à lui sourire, tentée de l'interroger sur les progrès de l'enquête, y renonçant. Elle devait faire preuve de plus de discrétion, de subtilité.

***

Toronto, dimanche 9 décembre 2012, soir

La chambre d'hôtel était spacieuse et Alex Marceau s'étira en se questionnant : que faisait-il dans ce lit, sous cette douillette si moelleuse, si douce ? Il se souvint de cette femme qui l'avait abordé à la fin de la soirée, tandis qu'il buvait une bière au bar de l'hôtel où avait eu lieu le tournoi de poker. Il n'avait rien gagné. Il avait quitté la grande salle en pensant qu'il n'aurait pas dû s'inscrire à ce maudit tournoi, mais une inconnue croisée au bar de l'hôtel l'avait fait changer d'idée.

Sa robe noire, son écharpe en cachemire, son sac Chanel, son sautoir de perles de Tahiti, tous ces signes de richesse lui avaient infiniment plu. Il s'était félicité d'avoir mis son veston Armani, même s'il était un peu usé, et de ne pas avoir vendu sa montre Cartier ; l'inconnue la remarquerait sûrement. Son nez était trop long, ses cheveux décolorés et elle était mince alors qu'il préférait les femmes bien en chair, mais il s'était empressé de lui offrir un verre.

— Vous êtes pour affaires à Toronto ?

— Pas ce soir, avait-elle répliqué en jouant avec une mèche de ses cheveux. J'espère que les vols seront rétablis demain.

— Vous repartez pour…

— Montréal. Je devais rentrer ce soir, mais toute cette neige m'a obligée à changer mes plans.

— Je vais donc cesser de pester contre les tempêtes de neige.

Elle avait souri à son tour.

Alex regardait maintenant le manteau que Karine avait laissé tomber par terre quand ils étaient entrés dans la chambre. Il fixait la fourrure sombre sur le tapis, notant que la porte de la salle de bain était fermée ; Karine devait être en train de se doucher, mais il ignorait si elle était là depuis longtemps ou non. Il hésita mais se résigna ; il renoncerait à fouiller dans son sac à main pour en apprendre plus sur elle. Il savait déjà quelques petites choses intéressantes : elle travaillait dans le domaine agroalimentaire, voyageait beaucoup, n'avait pas d'enfant, pas de chien, pas de chat. Et aucun homme dans sa vie. Et à en juger par sa manière passionnée de répondre à ses étreintes, elle n'avait peut-être pas eu d'amant depuis longtemps.

Tout ça, c'était bon pour lui.

Devait-il ou non lui proposer de la revoir à Montréal ?

Sans motif logique, alors qu'il avait empoché facilement les deux mille dollars demandés à Jérôme Carmichaël, Alex était de moins en moins persuadé de pouvoir exiger ces versements mensuels très longtemps. Il avait tenté de se raisonner : pourquoi Jérôme cesserait-il de le payer ? Il ne voulait certainement pas que tout Québec apprenne que son père était pédophile. Il avait payé une première fois. Il paierait bien une deuxième et une troisième fois. Pourquoi pas une quatrième, une cinquième, une sixième fois ? C'était absurde, mais Alex ne se débarrassait pas de ce sentiment d'anxiété concernant les paiements. Parce qu'il pensait que Jérôme Carmichaël avait trop d'assurance pour céder longtemps à un chantage ? Adolescent, il réussissait dans tout ce qu'il entreprenait, s'était rendu aux championnats canadiens de volley-ball, avait participé à d'importants tournois d'échecs. Les Cook, chez qui il était tout le temps fourré, s'extasiaient des prouesses de ce garçon qu'ils traitaient comme un petit-fils. Ils avaient été aussi chaleureux avec Rebecca, mais elle n'avait pas repris contact avec eux en quittant le centre. Pour tirer un trait sur son passé, probablement. Et comme il en faisait partie, elle l'avait sacrifié, elle avait vendu la maison en expliquant qu'elle avait besoin de cet argent pour voyager. Et qu'elle n'aimait plus cette demeure. Elle avait partagé plus tard un appartement avec Arnaud. Puis Nicolas était entré dans sa vie. Nicolas qui ne lui avait pas laissé la moindre chance. S'il avait eu quelques remords à faire parvenir les photos à Jean-Louis Carmichaël, ils s'étaient dissipés. Il n'aurait jamais été obligé d'agir de cette manière si Rebecca et lui avaient continué à vivre dans la maison de Nina. Ce n'était pas lui qui avait tout compliqué.

Mais c'était lui qui devait maintenant prendre la bonne décision : devait-il ou non proposer à Karine de la revoir à Montréal ?

Il entendit la porte de la salle de bain s'ouvrir, vit la buée s'échapper de la pièce et Karine en sortir.

— Est-ce que je t'ai dit que je serai à Québec dans deux semaines ?

— C'est vrai ?

Alex avait mis autant d'enthousiasme dans sa voix qu'il l'avait pu, tout en songeant qu'il était hors de question que Karine pénètre dans son minable appartement.

— J'y serai avant Noël.

Elle lui indiqua les dates où elle séjournerait à Québec, précisa qu'elle logerait à l'hôtel Germain.

— Tant mieux ! fit Alex. Je suis en train de déménager et je n'aurais pas pu te recevoir chez moi. Mais j'espère que tu me permettras de t'inviter dans le meilleur restaurant de la ville ?

Elle sourit, acquiesça tandis qu'Alex réfléchissait : combien restait-il des deux mille dollars remis par Jérôme Carmichaël ? Pourquoi n'avait-il pas gagné au poker ? Il fallait que les choses changent ! Rapidement !

Il ne voulait plus poursuivre ses relations avec ce gars des Hells. Il dormait de plus en plus mal. Il n'avait plus l'âge de courir ce genre de risques.

***

Québec, lundi 10 décembre 2012, matin

Ce qui frappa le plus Maud Graham quand elle pénétra dans le cabinet de Pratt, Samson & Carmichaël fut l'éclairage très chaleureux. De petites lampes aux abat-jour couleur d'ambre diffusaient une lumière mordorée qui donnait une impression de confort agréable, rassurant, qui murmurait aux clients qu'ils étaient entre bonnes mains. Elle se rappelait le cabinet de maître Rivard aux tons si froids; quelle différence! Mais Jérôme Carmichaël et Didier Rivard semblaient toutefois partager la même tendance à lui cacher certaines vérités. Graham ne pouvait évaluer la gravité des omissions de Carmichaël et avait avoué au briefing qu'elle ne parvenait pas à cerner le personnage.

— Même si je l'ai vu à plusieurs reprises. Il me paraît double…

— Peux-tu être plus claire? avait tenté de lui faire préciser McEwen.

Graham avait esquissé une moue d'ignorance. Carmichaël paraissait à la fois passionné et réservé, ouvert et secret, enthousiaste et modéré, sensible et dur.

— Chez Suzanne Boutet, au moment du meurtre, j'ai pu durant quelques secondes l'imaginer enfant. Il y avait un tel désarroi dans sa manière de serrer ses bras contre lui. Mais la minute suivante, il nous parlait de ses associés, du cabinet, de sa carrière. Chaque fois que nous le rencontrons, je le sens en conflit avec lui-même.

Il sait qu'il doit montrer un intérêt pour notre enquête car, après tout, c'est son père qui a été assassiné. Paradoxalement, il aimerait qu'on cesse nos recherches, qu'on oublie tout ça.

— Parce que lui-même veut oublier son père ? Je ne suis pas psychologue, mais je crois que leurs relations étaient tendues.

— C'est ce que je pense également, avait approuvé Joubert. Sauf que c'est mauvais pour son image. Jérôme tient à être un bon fils. Une chose est certaine, il en a assez de répondre à nos questions…

— Nous lui rendrons pourtant une petite visite tantôt, avait déclaré Graham.

Elle s'était tournée vers McEwen ; elle l'accompagnerait au prestigieux cabinet de la rue Grande-Allée. Elle était contente d'avoir à interroger Jérôme Carmichaël ce matin-là. Tandis qu'elle l'observerait, guetterait les signes de nervosité, tandis qu'elle écouterait ses réponses, elle ne penserait pas à la mère de Maxime. À Maxime, à qui elle avait remis samedi matin la lettre expédiée de Toronto. Il l'avait lue, relue, avait haussé exagérément les épaules, prétendu qu'il se foutait de cette demi-sœur qu'il ne connaissait pas et n'avait pas envie de connaître.

— C'est plate qu'elle soit malade, mais ce n'est pas mon problème. Est-ce que je leur ai déjà demandé quelque chose ?

Il avait replié la lettre, l'avait rangée dans l'enveloppe et déposée sur la table de la cuisine comme si cette missive était sans importance. Il avait ensuite sorti une poêle, allumé un rond, mis du beurre à fondre avant de se tourner vers Maud et Alain qui s'étaient assis à la petite table de la cuisine.

— Voulez-vous des œufs ?

Maud avait acquiescé même si elle avait l'estomac noué. Elle avait très mal dormi et s'était réveillée à plusieurs reprises en s'interrogeant sur la mère de Maxime : que voulait-elle exactement ?

De la moelle osseuse pour sa fille. Elle espérait que Maxime soit compatible. Qu'il accepte de faire les tests. À Toronto, elle paierait évidemment toutes les dépenses.

— Je vais faire du bacon, avait dit Alain en rejoignant Maxime. As-tu rêvé au show ? C'était si bon que ça ?

— Oui ! Est-ce que je vous ai dit qu'on était assis en face de la scène ? Je pouvais voir tous les gestes du batteur ! C'était vraiment cool.

Maxime avait paru soulagé qu'Alain et Maud n'aient pas insisté pour discuter de la lettre de sa mère.

— On est allés manger une pizza, après.

— Elle n'est pas un peu jeune pour avoir son permis, cette fille qui t'a ramené ici ? avait avancé Maud.

— Éloïse ? Elle a eu dix-huit ans le mois dernier. Elle a acheté l'auto avec son salaire de mannequin.

— Mannequin ?

— Laurent la trouve super belle. Pour moi, elle est trop maigre. Elle n'a quasiment rien mangé à la pizzeria. Mais c'est vrai qu'elle a failli s'évanouir.

— S'évanouir ? s'était étonnée Maud.

— Elle a blêmi tout d'un coup. La serveuse venait de prendre notre commande et je l'ai vue devenir blanche comme un drap. Elle s'est mise à trembler. Puis elle est sortie en courant.

— Qu'est-ce qu'elle avait ? Des nausées ?

Était-elle enceinte ? se demanda Graham. Pourquoi imaginait-elle toujours la situation la plus catastrophique ?

— Je ne sais pas trop. Elle est revenue après quelques minutes. Elle avait l'air correct. J'ai plutôt l'impression qu'elle a eu peur de quelque chose.

— Peur ?

— Elle tremblait comme une feuille. Mais j'ai regardé autour de nous et je n'ai rien vu d'étrange. C'est une drôle de fille, Éloïse. Elle ne parle pas beaucoup. Pas à moi, en tout cas. Myriam et Coralie disent qu'elle était plus *flyée* au début de la session, qu'elle a changé ces derniers temps. Elles se demandent si elle leur cache qu'elle a une maladie grave.

— Mais toi, tu crois qu'elle a été effrayée ?

Maxime hocha la tête, repensant à l'attitude d'Éloïse.

— C'est vraiment arrivé d'un coup. Bang ! Elle nous parlait d'un shooting et l'instant d'après elle *freakait.* Comme si elle avait vu un fantôme.

— C'était peut-être ça.

Maxime questionna Maud du regard : un fantôme ?

— Quelqu'un qu'elle connaissait et ne voulait pas revoir. Il s'est peut-être trouvé au restaurant en même temps que vous. Un ancien chum qui l'a menacée parce qu'elle l'a quitté. Peut-être que j'ai trop d'imagination. Mais si tu apprends qu'elle a de réelles raisons de s'inquiéter, dis-lui de me téléphoner, je verrai ce que je peux faire pour elle.

Les tranches de bacon commençaient à grésiller dans la poêle et Alain avait cassé des œufs.

— Je m'en charge, dit Maxime.

— Non, continue à jaser avec ma blonde.

— Tu as toujours eu un bon sens de l'observation, Maxime, reprit Graham. Si tu crois qu'Éloïse a eu peur, ce n'est pas sans raison.

Il avait rougi avant de dire qu'il en parlerait à Coralie. Et à Myriam. Maud nota qu'il s'efforçait d'ajouter le nom de Myriam chaque fois qu'il mentionnait Coralie.

— Si Éloïse est leur amie, c'est étrange qu'elle ne leur ait pas raconté qu'elle a des problèmes avec un ex.

L'odeur de beurre et de bacon grillé, cet échange avec Maxime, qui semblait davantage préoccupé par le sort d'Éloïse que par la demande de sa mère, avaient permis à Maud Graham de se détendre un peu, même si elle savait qu'il faudrait reparler de cette maudite lettre. Elle en avait discuté avec Alain, l'avait questionné sur les risques que représentait une ponction de moelle osseuse, avait frémi à l'idée de l'intervention. Et s'il y avait des complications ? Et si Maxime était compatible ? Que lui demanderait-on ensuite ? Alain l'avait renseignée, lui avait promis de faire de même avec Maxime.

Ils avaient attendu jusqu'au dimanche soir pour en reparler avec lui, mais après en avoir discuté ils ne s'étaient pas sentis mieux. Graham ne savait pas si elle devait insister pour que Maxime rencontre sa demi-sœur. Dans l'immédiat, il s'y refusait encore, mais c'était peut-être l'expression de sa douleur face à l'abandon de sa mère. Graham connaissait son Maxime, il n'était pas rancunier. Et elle l'avait souvent vu faire preuve de compassion envers les autres. Il pourrait regretter de ne pas avoir aidé sa demi-sœur. Mais il avait dix-huit ans, c'était la première grande décision qu'il devait prendre. Ni elle ni Alain ne devaient l'influencer. Une ponction de moelle osseuse ! Elle fermait les yeux pour chasser cette image chaque fois qu'elle revenait à son esprit. Elle pouvait voir les plaies des cadavres, mais imaginer l'aiguille percer le corps de son Maxime lui coupait le souffle. Elle détestait cette Judith qui avait le front de s'adresser à Maxime. Vraiment.

Le bruit des chaises que ses collègues replaçaient à la fin du meeting avait tiré Graham de ses réflexions. Elle avait récupéré son thermos de thé vide avant de suivre McEwen, déjà prête à aller interroger Jérôme Carmichaël.

Au moment où Graham commençait à s'impatienter, la secrétaire du cabinet les pria de la suivre : Jérôme Carmichaël était disposé à les recevoir.

— Disposé ? murmura Graham à McEwen. Comme s'il avait le choix...

Elle lui sourit pourtant en entrant dans son bureau, en promettant qu'elles ne le dérangeraient pas longtemps.

— Nous avons seulement une petite question : pourquoi ne nous avez-vous pas parlé de Rebecca Delage ?

Jérôme Carmichaël ne put s'empêcher de fermer les yeux durant une fraction de seconde avant de répéter la question.

— Rebecca Delage ?

— Votre ancienne voisine qui a mis le feu chez vous. Vous devez vous en souvenir.

— Ça fait si longtemps. C'était une adolescente malade. Schizophrène. Elle ne savait pas ce qu'elle faisait.

Il s'était repris, mais son malaise persistait. Il s'efforçait de regarder Graham et McEwen dans les yeux, mais finissait toujours par fixer un objet ou un autre sur son bureau. Son index gauche lissait d'une façon mécanique le bord de son ordinateur.

— Pourquoi a-t-elle incendié votre maison ?

Jérôme Carmichaël joua avec un stylo avant de soupirer ; il ignorait pourquoi Rebecca avait mis le feu à leur demeure.

— Les motivations d'un esprit névrosé sont difficiles à comprendre.

McEwen jeta un coup d'œil à Maud Graham qui devait apprécier comme elle cette phrase creuse, ce cliché qui devait permettre à Carmichaël d'anticiper une prochaine question.

— Que s'est-il passé exactement ?

— Je suis rentré plus tôt d'un entraînement. Il y avait de la fumée dans toute la maison. J'ai réveillé mon père. Les pompiers sont venus. On a arrêté Rebecca. Elle est allée dans un centre, d'après ce que nous a raconté son beau-père.

— Votre père n'a pas porté plainte, malgré la gravité de cet acte.

— Rebecca était déséquilibrée après la mort de sa mère. Mon père l'a jugée irresponsable. C'était inutile d'ajouter à son malheur.

— J'imagine que vous aviez de bonnes assurances ? s'informa McEwen.

— Des assurances ? Oui, évidemment.

— Vous avez rénové la maison, mais vous avez ensuite déménagé. Pourquoi ?

— Mon père a toujours fait ça : rénover, vendre et déménager. Je vous l'ai déjà expliqué.

Jérôme Carmichaël avait retrouvé toute son assurance, si on en jugeait par l'impatience qui vibrait dans sa voix. Il se permit même de se pencher vers son ordinateur comme s'il devait impérativement consulter un document. Il fit un geste vers le téléphone, mais s'interrompit, reposa sa main sur le tapis de la souris de l'ordinateur avant de relever la tête.

— Je ne vois pas ce que je pourrais vous dire de plus.

— Savez-vous ce qu'est devenue Rebecca ?

Il eut un geste large ; il n'en avait aucune idée. Il pouvait soutenir le regard de Maud Graham, car c'était la pure vérité ; il n'avait jamais revu Rebecca. Sauf en photo. Sur cette maudite photo qui lui avait coûté deux mille dollars. Il s'était décidé à payer pour ce cliché parce qu'il était conscient qu'il lui fallait du temps pour mettre au point une stratégie pour retrouver Rebecca. Était-elle ou non au courant de l'existence de cette photo ?

— Vous n'avez pas la moindre idée de l'endroit où on pourrait trouver cette jeune femme ?

Il secoua la tête avant de tenter de dissuader les enquêtrices de poursuivre dans cette voie. Rebecca était déboussolée à l'époque. Elle avait été soignée depuis. Pourquoi s'en serait-elle prise à son père après tant d'années ?

— Et si sa haine ne s'était pas apaisée ?

Jérôme Carmichaël se pinça les lèvres. Il n'avait jamais été question de haine mais d'un coup de folie : Rebecca avait entendu des voix qui lui avaient ordonné de mettre le feu.

— Mais pourquoi chez vous plutôt qu'ailleurs ?

— Voyons ! Vous avez déjà eu affaire à des esprits dérangés dans votre carrière ! Vous savez fort bien qu'ils obéissent à des impulsions…

— C'est ce qui est arrivé ? insista Graham.

Elle croyait que les personnes atteintes de troubles mentaux suivaient une logique qui n'était pas dénuée de bon sens malgré les apparences. Ces apparences auxquelles elle refusait de se fier.

— Les voisins nous ont dit que Rebecca allait se baigner chez vous, reprit-elle. Vous étiez amis ?

— Bien sûr que non ! Elle était trop jeune. Je la surveillais quand elle était dans la piscine.

— Et tout à coup elle a mis le feu… Vous avez dû être vraiment surpris, dit Tiffany McEwen.

Jérôme soupira de nouveau.

— Je vous le répète, elle avait changé après la mort de sa mère. C'était latent.

— Et son beau-père ? Qu'a-t-il dit de tout ça ? Il n'avait rien vu venir, lui non plus ?

— Je suppose que non, fit Jérôme après quelques secondes.

Quelques secondes où il avait serré les mâchoires.

— Ni moi ni mon père n'avons jugé nécessaire de lui faire des reproches. Rebecca est partie au centre, nous avons déménagé et je n'ai plus repensé à elle jusqu'à ce matin, à cause de vos questions.

Graham se leva, imitée aussitôt par McEwen, remercia Jérôme Carmichaël de leur avoir accordé du temps tout en faisant lentement le tour de la pièce, examinant les photos d'art qui ornaient les murs.

— Vous préférez la photo à la peinture ? Il n'y a aucun tableau…

— Non. Ce n'est pas moi qui ai fait la décoration, j'ai autre chose pour m'occuper. En autant que c'est discret, ça me convient.

— On continue à chercher pour le Morris, assura-t-elle. De votre côté, il n'y a rien de nouveau ? Vous ne vous êtes pas rappelé quand vous l'avez vu la dernière fois ?

Il secoua vivement la tête.

Graham remonta la fermeture éclair de son Kanuk. McEwen ouvrit la porte du bureau, sortit et s'avança dans le couloir, appuya sur le bouton de commande de l'ascenseur. Ce n'est qu'au moment où les portes se refermèrent sur elles que Graham fit remarquer que Jérôme n'avait posé aucune question sur les progrès de leur enquête.

— Et il était mal à l'aise quand tu as admiré les tableaux. Il n'a pas aimé que tu lui parles du Morris prétendument disparu.

— Ni que je l'interroge sur Rebecca Delage. Il faut qu'on mette la main sur elle.

Tandis qu'elles regagnaient leur voiture, Jérôme Carmichaël tentait de se persuader que cet entretien s'était bien déroulé même s'il avait failli perdre patience. Il ne s'était pas trahi. Graham et McEwen ne pouvaient en aucun cas deviner qu'il avait été d'une certaine manière en relation avec Rebecca. Et qu'il était bien décidé à la retrouver avant elles !

Il devrait se résigner à engager un détective. Régler ça une fois pour toutes !

***

Lundi midi, 10 décembre 2012

Nous avons entendu tout à l'heure la chanson Saccages *de la jeune auteure-compositeure-interprète Rebecca. Vous êtes nombreux à nous avoir envoyé des courriels pour en savoir plus sur Rebecca. Elle sera dans nos studios demain pour une entrevue. Nous pouvons tout de suite vous dire, chers auditeurs, qu'elle était finaliste à Granby ainsi qu'à Petite-Vallée.*

Rebecca ?

Avait-il bien entendu ?

Jérôme Carmichaël roulait vers son domicile et venait d'allumer la radio. Il n'avait pas écouté la chanson qu'évoquait l'animatrice, mais était-il possible que la Rebecca dont elle parlait soit Rebecca Delage ? Il ne devait pas y avoir cent jeunes femmes à Québec à se prénommer ainsi. Et à faire de la musique. Et à avoir ce timbre de voix rauque, voilé. Car il se souvenait parfaitement de la voix particulière de Rebecca, si grave pour une adolescente. Il fallait qu'il entende cette chanson ! Il devait téléphoner immédiatement à la station de radio. Non, ce serait mieux de s'y rendre directement pour s'informer. Il fit demi-tour, emprunta le boulevard René-Lévesque, tourna à droite sur Maguire pour gagner le chemin Sainte-Foy. S'il avait bonne mémoire, la station de radio se trouvait au coin de la rue Myrand.

Il fallait que ce soit sa Rebecca !

Il fallait qu'il la voie avant les enquêteurs.

Il se gara sans lire les panneaux, sans se soucier de récolter une contravention. Il se foutait de tout, du moment qu'il mettait la main sur Rebecca ! Il verrouilla la voiture et se rua vers la station de radio. Deuxième étage.

L'ascenseur tardant à arriver, il se décida à emprunter l'escalier. Son cœur battait trop vite quand il accéda à l'étage ; il devait se remettre à faire du sport. Il s'était dit qu'il irait skier, mais il n'y était pas encore allé. Il s'était contenté, l'été précédent, de jouer au golf, mais n'avait pas bougé de l'automne. Il avait un peu honte, lui qui avait été si sportif… Il se reprendrait en main quand cette histoire serait terminée.

Il s'immobilisa derrière la porte du deuxième étage ; il s'était précipité comme un fou, mais que pourrait-il raconter pour en apprendre plus sur Rebecca ? Il s'efforça de retrouver son calme avant de s'avancer vers le bureau de la réceptionniste à qui il adressa son plus charmant sourire.

— Monsieur ? Je peux faire quelque chose pour vous ?

— Certainement !

Jérôme Carmichaël expliqua qu'il avait entendu la fin de la chanson et qu'il avait été tellement impressionné par la voix de l'interprète qu'il voulait savoir immédiatement où il pouvait se procurer son CD.

— Il n'y a pas encore de CD de Rebecca, mais vous pourrez télécharger sa chanson sans problème. Vous l'avez vraiment aimée ? Écoutez notre entrevue avec elle demain à quinze heures.

— Elle sera ici, dans vos studios ?

— Oui. C'est une fille de Québec. On a de vrais talents dans notre ville ! Rebecca a une voix unique !

Elle me rappelle ces vieilles chanteuses de jazz ou de blues avec ses sonorités graves si chaudes.

— Je vais télécharger sa chanson en attendant d'écouter votre entrevue, fit Jérôme en s'éloignant vers l'ascenseur.

Il esquissa un geste de remerciement avant d'appuyer sur le bouton d'appel en se demandant si on l'avait trouvé trop enthousiaste. Il lui semblait qu'on l'avait dévisagé avec insistance.

Non. Il s'imaginait tout ça. Il était nerveux, cette histoire troublait son jugement. Il fallait se calmer, mettre un terme à cette folie ! Parce que c'était le mot adéquat : tout était folie dans cette histoire. Le meurtre de son père. La photo. Le retour de Rebecca. Rebecca ? Avait-elle vraiment choisi de terminer ce qu'elle avait commencé en mettant le feu ? S'il n'était pas revenu et que son père était mort dans l'incendie, il aurait eu le champ libre avec Rebecca. Quand il l'avait dévisagée, le soir de l'incendie, il avait lu un reproche dans ses yeux pâles. Il avait gâché leur chance d'être enfin tranquilles. De retrouver leur amitié. D'être à nouveau frère et sœur, débarrassés d'un père toxique.

Il n'y avait pas de contravention lorsque Jérôme Carmichël regagna sa voiture et il y lut un signe d'encouragement. Il prenait les bonnes décisions, les choses rentreraient dans l'ordre.

Il tremblait néanmoins quand il téléchargea la chanson et il avait les mains moites, ce qu'il détestait, quand il écouta les premières mesures.

Comment pouvait-il joindre Rebecca ?

En l'attendant demain à la sortie de la station de radio. En la suivant. Elle serait peut-être accompagnée d'un ami ou d'un gérant. Mais l'animatrice avait dit qu'elle habitait à Québec ; elle finirait bien par rentrer chez elle. Ou alors, il l'aborderait, lui glisserait sa carte en lui demandant de le rappeler. Il verrait bien sa réaction…

Non. Il valait mieux la suivre chez elle, pour que personne n'apprenne qu'ils se connaissaient. Qu'il n'y ait pas de témoin lorsqu'ils auraient une bonne explication.

Chapitre 8

Lundi 10 décembre 2012, après-midi

Le soleil s'était déjà couché, mais une lumière incarnate coulait sur les dossiers ouverts devant Maud Graham qui leva la tête vers une des fenêtres du bureau. Les jours les plus courts de l'année lui paraissaient paradoxalement les plus longs avec cette enquête qui avançait si peu, même si on avait enfin retracé Rebecca Delage, née à Hull en 1987, fille de Nina Delage et Anton Herzen. Il n'y avait personne à ce nom dans le bottin téléphonique, aucune inscription au nom de Rebecca Herzen à l'assurance maladie du Québec, mais McEwen et Nguyen faisaient des appels pour retrouver le notaire qui s'était chargé de transmettre son héritage à Rebecca Delage-Herzen. On avait eu la confirmation qu'elle était bien restée au centre jusqu'à ses dix-huit ans et Graham, qui s'était entretenue avec la psychologue, deux intervenants du centre et des enseignants de Rebecca, avait appris qu'elle était une adolescente secrète qui ne s'intéressait qu'à la musique. Brillante, entêtée, très douée en français et en histoire. La psychologue avait ajouté que c'était une fille solitaire. Elle avait une amie, Claudie, qui était aussi musicienne.

Nguyen avait laissé un message à cette Claudie Chevrier, mais elle ne l'avait pas encore rappelé.

Graham songeait que la journée s'achevait sans qu'on ait eu de nouvelles de cette femme et hésitait à boire un autre thé quand Michel Joubert vint vers elle, l'air satisfait.

— J'ai parlé à une ancienne voisine de Jean-Louis Carmichaël que j'avais rencontrée avec McEwen au début de l'enquête. Elle n'était pas prête à se confier à nous à ce moment-là, mais elle affirme que Carmichaël a abusé d'elle quand elle vivait à Beauport. Il était veuf.

— Continue...

— Jeanne Brochu était venue garder Jérôme, commença Joubert. Elle avait douze ans quand c'est arrivé. Elle n'en a jamais parlé à personne, a tout enfoui très profondément dans sa mémoire, mais la mort de Jean-Louis Carmichaël l'a obligée à repenser à son agresseur.

— Elle n'a donc pas porté plainte à l'époque. Ses parents n'en ont rien su ?

— Son père se mourait d'un cancer, elle a préféré se taire.

— Pourquoi s'est-elle décidée à parler ? s'étonna Graham tout en s'en réjouissant.

Il n'en avait pas été question au souper qui les avait réunis à la maison le samedi soir. Ils avaient parlé de l'enquête, évidemment — il était impossible de réunir Rouaix, Joubert, Alain et elle sans qu'ils l'évoquent —, mais la nouvelle compagne de Provencher et Nicole, l'épouse de Rouaix, ainsi que Grégoire les avaient obligés à changer de sujet.

— Jeanne Brochu a lu, écœurée, des témoignages sur Carmichaël dans la presse, reprit Joubert. Ses voisins le décrivent comme un homme charmant, serviable. Elle voulait que nous sachions que c'était faux. Sa mort ne l'a pas contentée. Si elle ne s'est pas adressée à la presse, c'est qu'elle a pitié de Jérôme. Elle ne veut pas qu'il apprenne la vérité sur son père par les médias, mais elle tenait à ce que nous soyons au courant.

— C'est un vrai cadeau qu'elle nous fait, s'exclama Graham. Elle nous confirme qu'on a raison de creuser du côté de la pédophilie.

— Les mille deux cent cinquante dollars auraient-ils servi à payer un maître chanteur ? Quelqu'un qui aurait navigué sur les mêmes sites pour piéger des pervers et les obliger ensuite à cracher du fric ?

— Alors ce maître chanteur doit récolter beaucoup d'argent, car ces sites sont très achalandés, ironisa Graham. Dans le monde entier. Cet été, on a arrêté des centaines de cyberpédophiles en Autriche. Des centaines dans un aussi petit pays ! C'est effarant... Tu es certain que cette victime n'a pas voulu se faire justice elle-même ?

— J'ai vérifié son alibi, la coupa Joubert. Jeanne Brochu était à Cracovie au moment du meurtre de Carmichaël.

— Et personne dans son entourage n'aurait pu avoir envie de la venger ?

— Elle n'a jamais raconté cette agression à quiconque, répéta Joubert. Nous sommes les premiers à qui elle a révélé sa tragédie personnelle. Et je la crois.

— Il faut qu'on reparle aux voisins, aux voisines de Carmichaël, dans chaque quartier où il a vécu, trouver d'autres victimes. Ça m'étonnerait que cette agression soit un fait isolé. Jérôme a peut-être lui-même été une de ses victimes, mais il ne nous racontera rien à ce sujet...

— Et il a un alibi en béton, rappela Joubert. Nous n'avons pas l'ombre d'un indice qui indiquerait qu'il a commandité le meurtre de son père.

Graham soupira ; elle ne le savait que trop, mais l'hypothèse du fils se révoltant et punissant son père agresseur était vraisemblable.

— On n'a jamais rien eu qui ressemble à ça dans nos dossiers, la contredit Joubert. Imagine si tous les enfants trucidaient leurs parents incestueux...

— On revoit les voisins. Les gens qui faisaient partie des mêmes associations que Carmichaël. Il n'en était pas membre sans raison. Il voulait rencontrer des familles. Avec de beaux petits enfants...

— La Fête d'hiver, par exemple. Il s'y investissait depuis quelques années.

— Vous avez d'ailleurs reparlé aux bénévoles, non ?

— On retournera voir deux d'entre eux. On a rencontré un type, Prudhomme, qui a une fille d'une douzaine d'années. Il était voisin de Carmichaël et travaillait à la fête. Sa gamine est maigre à faire peur. Quand on est sortis de chez Prudhomme, Marcotte m'a montré des photos de ses filles. Il avait besoin de se rassurer, d'être sûr qu'elles étaient en santé.

— Comment se comportent les parents de cette adolescente ?

— Ils la protègent. Font un rempart. Ils n'aimaient pas qu'on lui parle.

***

Mardi 11 décembre 2012, vers 15 h

Jérôme Carmichaël avait éteint le chauffage de la voiture pour éviter que les vitres soient embuées, tandis qu'il attendait que Rebecca Delage quitte la station de radio. S'il était à la fois soulagé d'avoir reconnu la silhouette longiligne de Rebecca lorsqu'elle était descendue de la voiture, son visage triangulaire, ses yeux, ses cheveux noirs, il était anxieux à l'idée de devoir la suivre dans toute la ville. Elle n'était malheureusement pas seule ; un homme lui avait ouvert la porte de la station, l'avait fait passer devant lui. Son gérant ? Devrait-il les surveiller durant des heures ? Il avait remis tous les rendez-vous de la journée, ignorant la tournure des événements. Il détestait ce genre de situation qui échappait à son contrôle. Il n'avait jamais épié personne : que ferait-il si elle décidait de traîner au centre commercial ? Si elle s'attablait au resto avec son gérant ? Il n'y a que dans les films que les personnages trouvent à se garer en face de l'endroit à surveiller. Il était pourtant là, à attendre qu'elle ressorte de la station de radio. Il se sentait ridicule. Mais avait-il le choix ? Il n'avait pas trouvé son nom dans le bottin téléphonique. Elle avait bien une page Facebook, mais il ne pouvait pas communiquer avec elle publiquement. Et qu'en serait-il de leur première rencontre après tant d'années ? Il la revoyait telle qu'il l'avait aperçue, un soir d'été, alors qu'elle se tenait au beau milieu de la rue, le regard perdu. Hagarde. Et le soir de l'incendie. Et si elle avait vraiment entendu des voix ? Si elle était folle ? Est-ce qu'il devait vraiment renouer avec une déséquilibrée ? Si elle avait tué son père ? Comment réagirait-elle en le voyant ?

Non. Tout irait bien. Il allait éclaircir cette histoire. Lui donner une bonne conclusion. Échec et mat pour Alex Marceau !

Il ferait un voyage dans le temps avec Rebecca. Elle redeviendrait la petite sœur qu'elle était avant la trahison de son père. Avant sa propre trahison : il l'avait abandonnée à son sort. Mais il était jeune, impuissant. Pas Alex Marceau. Ce salaud aurait dû la protéger et il avait fait exactement l'inverse.

Un mouvement dans le rétroviseur lui fit battre le cœur ; la porte du studio se refermait derrière Rebecca et son gérant. Ils semblaient enchantés de l'entrevue et ils regagnèrent la voiture en riant. Ils démarrèrent, empruntèrent la rue Myrand pour rejoindre le chemin Saint-Louis et descendre la côte de Sillery. Jérôme Carmichaël, les mains crispées sur le volant, parvenait à les suivre sur le boulevard Champlain, mais il espérait qu'ils s'arrêtent bientôt. Comment faisaient les détectives pour filer un suspect durant des jours ? Il poussa un soupir de soulagement lorsqu'ils ralentirent et sourit carrément quand il vit Rebecca sortir de la voiture, claquer la porte, marcher jusqu'à un triplex très moderne. Elle fouilla dans la poche de sa veste de cuir pour trouver la clé et pénétra dans l'immeuble.

Jérôme Carmichaël attendit quelques secondes ; des lampes furent allumées au dernier étage, ce qui laissait supposer que personne n'attendait Rebecca à l'appartement. C'était le moment ou jamais d'aller lui parler.

Il vérifia s'il avait toujours la photo dans la poche de son veston, boutonna son manteau, enfila ses gants et se dirigea vers le triplex, ralentit, hésita, fut tenté de rebrousser chemin. Sa main tremblait lorsqu'il appuya sur la sonnette de Rebecca. Quel serait son accueil ? Était-elle folle ? Aurait-il dû venir armé ? Il fut encore tenté de repartir, mais il perçut la voix de Rebecca dans l'interphone.

— Qui est là ?

— Jérôme, c'est Jérôme, Rebecca. Il faut qu'on se parle.

— Jérôme ? Qu'est-ce que tu fais ici ?

— C'est à propos de Louise Cook. Laisse-moi entrer.

Il n'aurait su dire comment ce prétexte lui était venu à l'esprit. Après quelques secondes, le bourdonnement du mécanisme qui déverrouillait la porte du triplex résonna. Jérôme monta l'escalier qui menait au troisième étage. Il entendit tourner la poignée de la porte, le cliquetis de la chaîne de sécurité qui empêchait une complète ouverture, vit les mèches noires de Rebecca, son regard angoissé.

— Qu'est-ce qui se passe avec Louise Cook ?

— Enlève cette chaîne et ouvre-moi la porte.

— Qu'est-ce qui est arrivé à Louise ?

— Rien, admit Jérôme en glissant sa main contre la porte. J'ai dit ça pour t'intriguer. Je ne les ai pas vus depuis longtemps. Depuis que nous avons déménagé.

— Qu'est-ce que tu fais là ?

— Mon père est mort.

— Désolée pour toi.

— Pas moi. C'était une ordure. Il faut qu'on discute.

— Je n'ai rien à dire. Tu ferais mieux de partir !

Elle tenta de refermer la porte, mais Jérôme tenait bon.

— J'ai des photos. De toi.

Rebecca relâcha aussitôt la pression. De quelles photos parlait-il ?

— De toi avec lui.

— Quoi ?

— Laisse-moi entrer. Tu ne veux pas que je te montre ça dans l'escalier.

— Attends une minute.

Il entendit la chaîne cliqueter, la porte s'ouvrit. Rebecca le dévisageait avec autant de sévérité que d'anxiété.

— Entre.

Il s'avança dans l'appartement, reconnut le piano sur lequel Rebecca jouait enfant.

— Assieds-toi dans le fauteuil, ordonna Rebecca.

Elle-même prit place devant lui sur le canapé vert. Elle scruta les traits de Jérôme Carmichaël ; il s'était empâté et elle s'en étonna. Il avait été si sportif.

— De quelles photos parles-tu ?

Sa voix semblait aussi inquiète que sincère. Se pouvait-il qu'elle ignorât l'existence de ce cliché ?

Jérôme Carmichaël tira la photo de la poche de son veston, la tendit à Rebecca qui ouvrit l'enveloppe, déglutit, gémit avant de se ruer vers la salle de bain d'où il l'entendit vomir. La violence de sa réaction lui confirma son hypothèse : si ce n'était pas Rebecca qui lui avait fait parvenir ce cliché, qui d'autre qu'Alex pouvait s'en être chargé ? Il récupéra la photo tombée sur le sol, la déposa sur la table basse en se disant qu'il fallait maintenant obtenir des preuves de la culpabilité de Marceau.

— Rebecca ?

Il n'osait se lever, mais le bruit de la chasse d'eau puis d'un robinet qui coulait le rassura un peu ; Rebecca se rafraîchissait pour se ressaisir. Elle était très pâle quand elle revint vers lui ; elle ne pouvait jouer à ce point la comédie, lui mentir. Elle venait de découvrir cette photo. Elle la retourna d'un geste brusque, refusant de l'avoir sous les yeux.

— Comment… Qui… C'était dans les affaires de ton père ?

— J'ai reçu cette photo par la poste. On me l'a « vendue » pour deux mille dollars.

— Vendue ? Qui ?

— Je pensais que tu étais mêlée à ça…

— Es-tu fou ?

— Je ne sais pas quoi en penser. C'est toi, sur la photo.

— Je n'y comprends rien, murmura-t-elle.

— Moi non plus, dans ce cas, avoua Jérôme Carmichaël.

— Quand as-tu reçu ça ?

— Après le meurtre. Ne t'inquiète pas, je n'ai pas parlé de toi aux enquêteurs.

— De moi ?

— Tu as déjà voulu le tuer.

— Tu crois que c'est moi qui...

Jérôme Carmichaël secoua la tête. L'idée lui avait effleuré l'esprit, mais il l'avait vite oubliée.

Rebecca se redressa en disant qu'elle avait besoin d'un verre d'alcool. Elle chancela lorsqu'elle se leva, s'appuya contre le dossier du fauteuil. Jérôme tendit la main pour la soutenir, mais elle recula comme si sa main était une chose dégoûtante ou menaçante. Comment pouvait-elle le rejeter ? Alors qu'il souhaitait l'aider ? Ne le comprenait-elle pas ? Non. C'était trop nouveau pour elle. Il devait être plus patient.

Elle revint du coin cuisine avec une bouteille de rhum et deux verres qu'elle faillit échapper sur la table de la salle de séjour qui servait aussi de lieu de répétition, à en juger par le piano, les deux guitares et le synthétiseur qui occupaient le tiers de la pièce.

Elle versa l'alcool, fit signe à Jérôme de prendre un verre, but une longue gorgée, s'étouffa, ferma les yeux. Quand elle les ouvrit, elle dit à Jérôme qu'il fallait brûler cette photo.

— Je suis d'accord. Mais ça ne règle pas le problème. Combien y en a-t-il ? Je ne vais pas payer deux mille dollars à un maître chanteur durant des mois ! Qui savait ce qui se passait avec mon...

— Personne, murmura Rebecca. Je ne l'ai jamais dit à personne.

Elle le fixait et il détourna les yeux. Si elle l'ignorait encore, il ne fallait pas qu'elle apprenne qu'il avait deviné ce qui se passait avec son père. Savait-elle qu'il avait tremblé de son côté durant toutes ces années dans la peur qu'on découvre la vérité sur son père ? Dans la peur de lui être enlevé, d'être placé en famille d'accueil ? Et, par-dessus tout, d'être stigmatisé à jamais en tant que fils d'un homme maudit. Il tenait autant au secret et au silence que Rebecca.

— Tu t'en doutais, finit pourtant par articuler celle-ci.

Jérôme opta pour la demi-vérité.

— Je savais que mon père était différent des autres pères. Je le sentais, mais je voulais faire comme si tout était normal chez nous. J'avais déjà perdu ma mère, je ne voulais pas perdre mon père. Je voulais qu'il m'aime. Il ne s'occupait pas de moi, tu dois t'en souvenir. J'étais souvent chez les Cook parce que mon père était trop pris par ses activités sociales. Je n'aurais pas disputé tant de tournois d'échecs si j'avais été heureux à la maison. Je n'ai jamais compris pourquoi mon père tenait tant au rituel du resto chaque mois. Il n'avait rien à me dire quand j'étais jeune. Ni plus tard. Je ne sais pas pourquoi j'ai continué à l'accompagner à ces soupers si ennuyeux.

— Penses-tu que ton père en a parlé à un ami qui aurait pris cette photo ? Quelqu'un... comme lui.

Jérôme imita Rebecca et vida son verre.

— Un ami ?

Le sondait-elle ? Était-il possible qu'elle n'ait pas encore saisi qu'Alex était derrière tout ça ? Et s'il se trompait ? Mais alors qui ? Il secoua la tête, il perdait le contrôle de la situation. Si elle avait raison ? Comment deviner, parmi toutes les connaissances de son père, laquelle pouvait avoir assisté à ces agressions et décidé de le faire chanter ? Quel ami pouvait s'être retourné contre lui ? Et comment aurait-il pu prendre ces photos ? Ces photos qui bouleversaient Rebecca. Elle était toujours pâle. Il aurait tellement voulu la consoler.

— Je ne me souviens pas d'ami en particulier, répondit-il pour gagner du temps. Mon père connaissait des tas de gens. Il faisait toujours sa maudite épluchette, il venait du monde à la maison… Mais un ami plus intime ?

Un bruit de pas dans l'escalier fit paniquer Rebecca. Elle saisit la photo qu'elle glissa sous un coussin du canapé, là où des mois auparavant Nicolas avait caché le DVD d'*Incendies*. Elle croyait alors qu'elle avait des problèmes mais que tout s'arrangerait…

— C'est mon amoureux qui rentre. Je ne lui ai jamais parlé de ton père. Je ne veux pas qu'il sache ! Ni lui ni…

— Je ne le veux pas non plus. J'ai enterré ça durant des années, ce n'est pas pour que ça change aujourd'hui.

— Donne-moi ton numéro de téléphone, je t'appellerai. Il faut qu'on trouve au plus vite qui t'envoie ces photos ! Ma carrière commence ! Je ne peux pas croire que…

Jérôme tira une carte professionnelle de son portefeuille. Rebecca la fourra dans la poche de son jean au moment où Nicolas ouvrait la porte.

Jérôme Carmichaël se leva aussitôt, mais laissa à Rebecca le soin de le présenter à Nicolas. Que trouvait-elle à ce maigrichon au visage balafré ?

Rebecca était bizarre, au fond… Même s'il avait cru revivre, tandis qu'ils buvaient ce verre de rhum ensemble, leur ancienne complicité.

— Nicolas, mon chum. Jérôme, un ancien voisin.

— Voisin ?

— Avant qu'on sorte ensemble, toi et moi. Jérôme m'a appelée pour me féliciter pour ma chanson. Et puis voilà, il est venu prendre un verre.

— Mais je dois partir. Il faut que j'aille chercher ma blonde à son travail. C'était un plaisir de te revoir, Rebecca.

— Oui.

La porte claqua derrière Jérôme Carmichaël tandis que Nicolas s'étonnait de son départ si rapide.

— Tu ne m'as jamais parlé de lui.

— Il était plus vieux que moi. Il m'a appris à jouer aux échecs. Je n'ai pas su quoi répondre, au téléphone, quand il m'a proposé de passer me voir. J'étais trop contente, à cause de l'entrevue à la radio.

— Il avait notre numéro ?

— Il doit l'avoir demandé au poste de radio.

Nicolas s'énerva : c'était insensé ! Irresponsable !

— On n'a pas le droit de transmettre tes coordonnées à n'importe qui ! Je vais les appeler…

Rebecca prit Nicolas par les épaules ; il n'en ferait rien. Elle se chargerait elle-même de ce problème. Ou en parlerait à David Soucy.

— C'est à mon gérant de s'occuper de tout ça.

Elle se laissa tomber sur le canapé et se servit un autre verre.

— J'en ai besoin, dit-elle avec conviction. Jérôme est encore plus ennuyant que dans mon souvenir.

— Pourquoi l'as-tu fait venir ici ?

— Es-tu jaloux ? fit-elle en tentant de mettre une note de moquerie taquine dans sa voix.

— Non. Mais ça ne te ressemble pas de recevoir des inconnus.

— J'étais trop paresseuse pour sortir.

Elle sentit la brûlure du rhum dans son estomac suivie d'une violente nausée. Elle se précipita de nouveau à la salle de bain pour vomir. Il lui sembla qu'elle voyait tournoyer la photo au fond de la cuvette des toilettes, les mains du Grand Voleur sur sa peau.

— Rebecca ? s'inquiéta Nicolas. Qu'est-ce qui se passe ?

— Rien, mentit-elle. Ça va aller. J'ai trop bu. Je pensais que Jérôme ne s'en irait jamais. J'avais hâte que tu arrives ! Après une douche, ça ira mieux.

Un autre mensonge. Elle savait très bien qu'une douche ne résolvait jamais ses problèmes. Combien en avait-elle prises après les agressions sans jamais se sentir propre ? Elle laissa pourtant l'eau couler très longtemps sur son dos, goûtant l'éphémère détente qu'elle lui procurait, et ne se résigna à sortir de la douche qu'en songeant que son attitude alerterait Nicolas. Elle devait le rejoindre, se montrer enjouée ; n'avait-elle pas donné sa première entrevue en tant qu'artiste ? Jérôme Carmichaël lui avait fait oublier ce bonheur, avait tout gâché en lui montrant cette photo, mais Nicolas ne devait rien deviner de son angoisse.

Elle nouait la ceinture du peignoir et regagnait la salle de séjour quand elle se souvint qu'elle n'avait pas écouté ses messages téléphoniques ni vérifié si elle avait reçu des textos. Jérôme avait frappé à la porte au moment où elle s'apprêtait à le faire.

Mais où avait-elle laissé son iPhone ?

— Qu'est-ce que tu cherches ?

— Mon iPhone.

— Il est sur le comptoir de la cuisine. Es-tu certaine que tu te sens bien ?

— Oui, oui. C'est seulement que Jérôme m'a un peu déprimée. Je n'ai pas trop envie de ressasser le « bon vieux temps ». J'étais sur un petit nuage après l'entrevue, sinon je n'aurais pas accepté qu'il vienne ici.

— Je vais remettre ma soirée avec Yannick. Je ne veux pas te laisser toute seule.

— Non, ne change rien. Je vais rester tranquille devant la télé. Je te jure, ça va. Tu as réussi à obtenir ce que tu voulais avec les bandes sonores. Il faut que

Yannick entende tout ça. C'est trop parfait! Tu es le meilleur, le sais-tu?

Son admiration était sincère. Nicolas était un as dans son domaine. Il perfectionnait constamment la subtilité du son des instruments, leur sensibilité, toujours soucieux de capter leur essence la plus pure.

Tout en incitant Nicolas à profiter de sa soirée avec Yannick, Rebecca appuyait sur les touches de son iPhone, lisait les textos: son gérant, Arnaud, Cynthia, Marilou la félicitaient. Elle écouta les messages: Claudie souhaitait qu'elle la rappelle, Arnaud répétait qu'elle était extraordinaire, qu'il l'avait su avant tout le monde, et sa prof de français disait qu'elle avait toujours cru en elle. Rebecca souriait encore quand une voix inconnue succéda à celle de son meilleur ami. Une certaine Maud Graham demandait qu'elle la rappelle dans les plus brefs délais.

Maud Graham? Ce nom lui était vaguement familier. Elle tenta de se rappeler, mais l'impression était trop floue.

Que voulait cette Maud Graham?

— Qu'est-ce qu'il y a? demanda Nicolas.

— Une femme que je ne connais pas... Je vais la rappeler tout de suite avant de parler à Claudie.

— Ta copine du centre?

— Oui, c'est cool. Elle m'a laissé un super message. Je vais aller mettre des collants, fit Rebecca en s'éloignant vers leur chambre. Je gèle.

Elle enfila un leggings et des bas de laine qui montaient jusqu'à mi-cuisse, passa un long pull qui couvrait ses fesses et se regarda dans le miroir accroché derrière la porte de la chambre. Elle avait l'air normale. Un peu pâle peut-être. Elle soupira en prenant son téléphone. Elle n'avait pas trop envie de parler à la femme qui lui avait laissé un message, ni à elle ni à personne. Elle voulait se blottir dans le canapé en visionnant une série télé qui l'aiderait à se vider l'esprit, du moins pour les prochaines heures. Elle composa le numéro.

— Maud Graham, j'écoute.

— C'est Rebecca. Vous m'avez laissé un message.

— Merci de me rappeler si vite. J'aimerais vous rencontrer.

— Me rencontrer ? À quel sujet ?

— Je mène une enquête sur la mort de Jean-Louis Carmichaël. Je sais qu'il était votre voisin.

— Je... je n'ai rien à vous dire, balbutia Rebecca avant de couper la communication et d'échapper son iPhone.

Elle se pencha pour le ramasser, vacilla, tomba sur les genoux, se recroquevilla, restant immobile durant un long moment avant de battre la moquette de ses poings fermés. Comment pouvait-on lui gâcher cette journée qui avait si bien débuté ? D'abord Jérôme et cette maudite photo, puis cette policière ! Maud Graham ?

Graham ! Elle avait lu son nom dans le journal. Elle n'aurait jamais la paix ?

La question qu'elle repoussait désespérément dans un coin de son cerveau depuis la visite de Jérôme était revenue au premier plan : qui connaissait l'existence de la photo ?

— Rebecca ?

— J'arrive. J'ai juste échappé mon iPhone. Peux-tu faire chauffer de l'eau ? Je boirais une tisane.

Elle ne fut pas surprise d'entendre la sonnerie, répondit aussitôt, reconnut la voix de Maud Graham.

— Nous avons été coupées. Avant que cela se produise de nouveau, écoutez-moi. Je ne vous veux aucun mal. Je souhaite simplement discuter avec vous de Jean-Louis

Carmichaël. Nous savons que vous avez incendié sa maison.

— Vous devez aussi savoir que je suis allée à l'hôpital puis au centre pour ça. Je n'ai rien fait d'illégal depuis…

— Bien sûr. Ce que j'ignore, c'est pourquoi vous avez allumé cet incendie.

— J'étais instable. À cause de la mort de ma mère.

— Nous devons en discuter. Je peux passer chez vous d'ici une heure.

— Non !

Maud Graham attendit quelques secondes avant de proposer à Rebecca de la rencontrer dans un endroit qui lui conviendrait.

— Vous habitez près du boulevard Champlain. On peut se donner rendez-vous au Cochon dingue dans une heure ?

— Non. Ici. Mais après 18 h. Je… je ne suis pas seule maintenant.

— Je serai chez vous à 18 h 15, annonça Graham avant de vérifier son adresse.

Rebecca raccrocha en se demandant ce que la détective savait à son sujet, en plus de ses coordonnées. Elle eut subitement envie de saisir une lame de rasoir et de s'entailler les cuisses. Sentir son sang couler, se libérer de cette insupportable tension. Comment parviendrait-elle à faire semblant que tout allait bien durant une heure encore ? Il ne fallait surtout pas que Nicolas s'entête à rester à l'appartement.

***

— Qu'est-ce qui t'a pris ? lança Éric Prudhomme à Éloïse.

— Arrête de crier ! dit Caroline. Ça n'arrangera rien.

— Elle s'est soûlée ! Tu voudrais que je la félicite ?

— Elle est malade, essaie de comprendre.

Éric secoua la tête : comprendre quoi ? Éloïse s'était enivrée devant Sybelle, lui avait même donné un verre de vin. À quoi avait-elle pensé ?

— À rien, justement ! s'écria Éloïse. Je suis écœurée de réfléchir ! De me demander ce qui va arriver ! Je voulais tout oublier ! Je n'en peux plus !

Elle éclata en sanglots rageurs qui se transformèrent en gémissements tandis que sa mère s'approchait d'elle pour lui passer la main dans les cheveux. Caroline savait que son geste de réconfort était bien insuffisant pour rassurer leur fille. Elle la comprenait parfaitement d'avoir voulu échapper à l'angoisse qui les étreignait tous depuis des semaines. Elle-même se demandait combien de temps ils allaient tenir encore le coup. Éric prétendait que les vacances au soleil changeraient tout, mais pouvait-il vraiment y croire ? Les enquêteurs se pointeraient de nouveau, on pouvait parier là-dessus. Les filles finiraient par craquer. Et si elles craquaient, elles se sentiraient coupables de ne pas avoir su protéger le secret familial.

— Moi aussi, j'ai envie de boire, déclara Caroline.

— Quelle bonne idée ! persifla Éric. Je devrais m'y mettre aussi. Nous allons tous nous enivrer. Et après ?

— Rien.

— Tais-toi donc au lieu de dire des niaiseries.

— Ce sont tes niaiseries qui nous ont mis dans ce…

— Ce n'était pas une niaiserie ! articula Éric sans quitter sa femme des yeux. Tu le sais aussi bien que moi. Tu étais d'accord avec moi. Carmichaël n'avait pas le droit de toucher à Sybelle. Dis-moi le contraire !

Caroline baissa la tête ; se pouvait-il qu'ils en soient arrivés à s'en prendre l'un à l'autre alors qu'ils ne se disputaient jamais ? Entendre crier son mari était tellement étrange. Ce n'était pas Éric qui se tenait devant elle. Ce n'était pas sa fille qui s'était soûlée. Ce n'était pas elle qui avait envie de boire. Ce n'était pas Sybelle qui s'était enfermée dans sa chambre. Ce n'était pas leur famille. Ils n'étaient pas comme ça, silencieux et pâles comme la mort.

Qu'allaient-ils devenir ?

***

Alex Marceau cherchait à se garer depuis une dizaine de minutes quand une place se libéra à dix mètres de l'hôtel Intercontinental ; il sourit, voyant là un signe que la chance avait bel et bien tourné en sa faveur, ces derniers jours. Il y avait eu cette rencontre avec Karine puis ses gains au poker qui lui permettaient de s'offrir une nuit à Montréal, dans un établissement luxueux, où il se ferait un devoir d'inviter Karine, rentrée de Toronto une journée avant lui. Il l'appellerait de sa chambre, lui dirait qu'il avait préféré s'arrêter à Montréal au lieu de poursuivre sa route jusqu'à Québec car il avait trop envie de la revoir. Il l'emmènerait souper au Toqué si le concierge de l'hôtel parvenait à réserver une table pour le soir même.

Quatre mille dollars. Il avait finalement gagné quatre mille beaux dollars. Ce n'était pas une fortune, mais ça lui permettrait d'attendre un peu avant d'envoyer une autre photo à Jérôme Carmichaël. Il aurait dû rembourser sa dette, mais s'il ne gâtait pas Karine, s'il n'investissait pas ce qu'il fallait pour la séduire, pour se l'attacher, il pourrait dire adieu à cette nouvelle relation.

Il s'apprêtait à arrêter le moteur de son véhicule quand il crut reconnaître la voix de Rebecca à la radio.

Il monta le volume ; c'était bien elle ! Elle avait fait une maquette ? Et une station de radio avait accepté de diffuser ses chansons ? La jalousie le submergea : elle avait réussi là où il avait échoué ! Alors qu'il avait un physique, une présence, une voix qui auraient dû lui ouvrir toutes les portes ! Qu'avait-elle de plus que lui ?

Elle aurait pu au moins lui téléphoner pour lui annoncer cette nouvelle. C'était tout de même lui qui l'avait emmenée aux concerts du Festival d'été de Québec, qui l'avait encouragée à faire de la musique. Mais elle avait oublié tout cela en rencontrant Nicolas.

Malgré son ressentiment, il écouta la chanson jusqu'à la fin. Il claqua la portière en sortant de l'auto. *Saccages* avait enchanté l'animateur qui y alla d'un commentaire dithyrambique après la dernière note. « Rappelez-vous ce nom, ou plutôt ce prénom, Rebecca. Cette jeune femme est promise au succès ! »

***

Sillery, 11 décembre 2012, 18 h 30

La grève et le fleuve se confondaient sous la neige, mais Graham crut apercevoir des chaises et une petite table sur le balcon de l'appartement de Rebecca. Elle devait s'y asseoir l'été pour contempler le Saint-Laurent.

— Est-ce que vous regardez souvent le fleuve ? demanda-t-elle en désignant les vitres panoramiques.

— Oui. J'ai acheté l'appartement à cause de la vue.

— Moi, j'emprunte régulièrement le traversier. Je me rends à Lévis et je reviens. Le mouvement des vagues m'aide à réfléchir. J'ai toujours aimé ça. Il y a longtemps que vous vivez ici ?

— Deux ans. Avant, j'habitais plus haut dans Sillery et je venais souvent courir le long du fleuve.

— Vous aviez vendu la maison de Charlesbourg, voisine de celle de Jean-Louis Carmichaël ?

— Vous êtes bien informée.

— Les Cook sont retraités. Ils avaient du temps à nous consacrer, dit Maud Graham.

— Comment vont-ils ? Ils sont en forme ?

— Oui, je crois.

Elles étaient debout face à la fenêtre comme si elles scrutaient l'horizon, les lumières de l'autre côté de la rive qui dessinaient des guirlandes dans la nuit.

— Vous n'êtes pas retournée les voir depuis que vous avez quitté votre ancien quartier.

— Non. Ils essayaient d'être naturels avec moi quand je suis revenue du centre, mais c'était trop difficile. Pour eux. Pour moi. Je ne pouvais pas rester là, même si c'était la maison de maman.

— Vous jouez aussi du piano ? dit Graham en lorgnant vers l'instrument.

— J'ai commencé par le piano.

— C'est votre métier ou un passe-temps ?

Maud Graham vit le désarroi qui figeait les traits de la jeune femme s'estomper tandis qu'elle expliquait qu'elle était auteure-compositeure. Et qu'une de ses chansons tournait maintenant à la radio.

— C'est vrai ? Vous devez être fière ! Est-ce que vous jouiez quand vous habitiez près des Carmichaël ?

Rebecca se renfrogna avant de répondre qu'elle avait toujours joué. Depuis qu'elle était enfant.

— Est-ce que les Carmichaël se plaignaient de votre musique ? Trouvaient-ils que vous étiez bruyante ? Étaient-ils las de vous entendre faire des gammes ?

— Non.

— Alors pourquoi avez-vous mis le feu chez eux ?

Rebecca haussa les épaules.

— J'ai eu un épisode psychotique. J'obéissais à des voix.

— Qui vous ordonnaient de craquer une allumette ?

— Oui.

— Vous me semblez pourtant équilibrée, fit Graham.

— On m'a aidée. J'ai vu des psys.

— Ce n'était pas parce que vous détestiez Jean-Louis Carmichaël que vous avez incendié sa résidence ?

Maud Graham fixait Rebecca qui réussissait à soutenir son regard mais qui n'avait pas arrêté, depuis qu'elle était arrivée à l'appartement, de gratter le vernis sur ses ongles.

— Je ne me rappelle plus, finit par dire Rebecca.

— Voyez-vous, on cherche à comprendre qui était Jean-Louis Carmichaël, comment il s'est attiré la haine de son agresseur.

— Ce n'est pas moi. Je n'étais même pas à Québec quand il est mort. Vérifiez. J'étais à Montréal avec mon gérant. Je peux vous laisser ses coordonnées.

— Merci, mais vous pouvez sûrement nous aider à définir la personnalité de M. Carmichaël.

Rebecca glissa sur le canapé, saisit un coussin qu'elle serra contre elle avant de mentir à Maud Graham. Elle connaissait peu M. Carmichaël, elle ne le voyait pas souvent.

— C'est vrai que les Cook m'ont dit que c'était un homme très occupé, convint Graham. Qu'il était sociable, qu'il faisait partie d'un tas d'associations. Qu'il était serviable, aimable. C'est ce qu'affirment tous ceux qu'on interroge. C'est pourquoi votre témoignage m'intéresse. Il faut bien que M. Carmichaël ait fait une chose qui vous a vraiment déplu pour que vous mettiez le feu à sa maison.

— Ce sont les voix…

— Pour être honnête, la coupa Graham, il y a une personne qui nous a dit du mal de M. Carmichaël, fit Graham en s'assoyant à son tour devant Rebecca. Elle le déteste profondément. Vous ne voulez pas savoir pourquoi ?

Rebecca secoua la tête. Elle n'avait pas envie de repenser à Jean-Louis Carmichaël.

— C'est une période sombre de ma vie, je préfère que ça reste derrière moi. Oublier l'incendie. De toute manière, il est mort maintenant.

— Cette femme nous a raconté que M. Carmichaël l'a agressée, dit lentement Maud Graham en observant la réaction de Rebecca qui pressa le coussin contre elle comme s'il lui permettait de retenir un cri.

— Elle doit avoir eu envie, elle aussi, de mettre le feu, de l'envoyer brûler en enfer, poursuivit Graham. De le tuer. C'est légitime, non ?

Rebecca haussa de nouveau les épaules en regardant le piano.

— J'ai écouté des voix, s'entêta-t-elle, je vous l'ai déjà dit. Qu'est-ce que vous espérez de moi ?

— Que vous me parliez de M. Carmichaël.

— Je ne vois pas ce que je pourrais vous dire qui vous aidera à trouver son assassin.

— Comment était-il avec vous ?

— Ordinaire.

— Vous alliez souvent vous baigner chez les Carmichaël. C'est ce que nous ont rapporté les Cook.

— Pas tant que ça.

— Vous vous entendiez bien avec Jérôme ?

Rebecca fixa le bord du tapis persan qui avait appartenu à Nina. Que dire de Jérôme ? Il l'appelait sa petite sœur, mais il n'avait pas vraiment joué son rôle de grand frère.

— Il était plus vieux que moi, répondit-elle. Et occupé, lui aussi.

— Occupé ?

— Avec le sport. Les échecs. Il m'a montré à en jouer, mais je préférais la musique.

— Et lui ? La musique ?

— Ça ne l'intéressait pas.

— Et l'art ? Y avait-il des tableaux chez les Carmichaël ?

Rebecca ne se souvenait pas de ce qu'il y avait sur les murs du salon. Il y avait bien une sculpture représentant une ballerine dans la chambre, mais elle n'en parlerait jamais à Maud Graham. Ni à quiconque.

— Qui était là quand vous alliez vous baigner chez les Carmichaël ? D'autres voisines de votre âge ?

Rebecca esquissa un geste d'ignorance qui ne convainquit pas Maud Graham. Le malaise de la jeune femme était palpable, elle clignait des paupières chaque fois qu'elle prononçait le nom de Carmichaël.

— Parce que je m'étonne un peu qu'un homme ait accepté que des gamines viennent jouer dans sa piscine alors qu'il n'avait pas d'enfants du même âge. Des jeunes qui se baignent, qui plongent, c'est bruyant. Ou peut-être y alliez-vous lorsqu'il était absent. Mais dans ce cas, c'était dangereux, vous restiez sans surveillance. Votre beau-père était d'accord pour vous laisser aller vous baigner ? Ou M. Carmichaël était-il là pour vous surveiller, au cas où…

— Je ne m'en souviens pas. Ça fait trop longtemps.

Maud Graham referma son calepin, le rangea dans la poche de son manteau, soupira en se levant.

— Ce n'est pas une enquête facile. À part cette femme qui prétend avoir été victime d'agressions de la part de Carmichaël, tout le monde l'aimait. Mais si tout le monde l'aimait, pourquoi a-t-il été tué ? Cette femme doit nous avoir menti et...

— Non ! s'écria Rebecca qui regretta aussitôt son cri.

— Ah ! Vous pensez donc qu'elle nous a dit la vérité ?

— Je ne sais pas.

— Pourquoi ne voulez-vous pas nous aider ? J'essaie de trouver d'autres victimes de Carmichaël, car je crois cette femme. Je crois que votre voisin était pédophile. Et qu'une de ses proies s'est vengée. Vous aviez mis le feu, elle a été plus loin…

— Cette femme ?

— Non, elle a un alibi. Vous n'avez vraiment rien à me dire ?

Rebecca secoua la tête. Le passé était le passé, elle ne voulait plus y réfléchir. Mais elle savait qu'elle se torturerait l'esprit à penser à la photo que lui avait remise Jérôme. Toute la soirée et toute la nuit. Et le lendemain. Et chaque jour de la semaine. Elle savait qu'elle devrait revoir Jérôme pour en discuter et l'idée qu'il l'ait vue, nue, avec les mains de son père sur son corps lui faisait horreur.

— Qu'est-ce qu'il y a ? Vous êtes pâle…

— Je suis fatiguée.

— Je ne vous dérangerai pas plus longtemps, fit Graham en se dirigeant vers la sortie, mais je vous laisse ma carte. Si la mémoire vous revient… Ah ! Une dernière question : quelle est l'opinion de votre beau-père sur le meurtre de Jean-Louis Carmichaël ?

— Alex n'est pas mon beau-père. Et nous n'en avons pas discuté ensemble. On ne se voit plus tellement.

— Pourquoi ?

— Je ne veux pas avoir quelqu'un d'aussi négatif dans ma vie.

— Négatif ?

— Si je l'avais écouté, je n'aurais pas tenté ma chance, je n'aurais pas fait de maquette. Ma chanson joue pourtant à la radio, cette semaine ! C'est un loser, il se prend pour un artiste, mais il n'a jamais rien réalisé.

— J'ai hâte d'entendre votre chanson, affirma Maud Graham. Est-ce qu'on peut la télécharger ?

Rebecca parut surprise, mais sourit en hochant la tête.

En refermant la porte derrière elle, Maud Graham était persuadée que Rebecca Delage avait été agressée par Jean-Louis Carmichaël. Il fallait continuer à chercher s'il y avait d'autres victimes parmi ses anciennes voisines. Et discuter avec le beau-père de Rebecca. Non, pas son beau-père, l'ex-conjoint de la mère de Rebecca. La jeune femme tenait vraiment à cette précision.

Chapitre 9

Limoilou, mercredi 12 décembre 2012

Alex Marceau s'approcha de la fenêtre pour vérifier que les enquêteurs retournaient à leur voiture. Il restait en retrait de peur qu'ils ne l'aperçoivent derrière la vitre et s'interrogent sur son attitude. Avait-il réussi à dissimuler son trouble autant qu'il l'espérait ? Le retour à Québec était bien différent de ce qu'il avait imaginé. Il avait cru qu'il commencerait à remplir des cartons, à préparer son déménagement dès son réveil. Il avait cru qu'il surferait sur Internet, qu'il achèterait *Le Soleil* et *Le Journal de Québec* pour lire les annonces d'appartements à louer. Car les deux mille dollars qu'il avait en poche lui permettaient d'envisager de quitter son logement. Il avait remboursé seulement mille dollars à Gilles Dubois pour le faire patienter, en promettant qu'il s'acquitterait sous peu du solde de sa dette. Il aurait dû lui donner tout le montant qu'il avait gagné au poker, mais il ne pouvait recevoir Karine dans un appartement si ordinaire. Et un jour ou l'autre, elle voudrait voir où il habitait. Il souhaitait s'installer dans le quartier Montcalm si animé. Ou au Vieux-Port, dans un grand loft qui donnerait sur le bassin Louise. Pourquoi pas ?

Il venait tout juste de rentrer avec les journaux, avait à peine eu le temps de s'asseoir et de lire les grands titres qu'on avait sonné à la porte. Ce n'était certainement pas son propriétaire, il avait réglé son loyer en touchant l'argent de Jérôme Carmichaël. Qui que ce soit, il renverrait rapidement l'importun.

Il avait ouvert en maugréant, puis il avait vu les badges des enquêteurs Joubert et McEwen et il n'avait pas eu d'autre choix que de les laisser entrer. Il leur avait tourné le dos en s'avançant dans l'appartement, tentant de se rassurer ; ces gens-là avaient dit qu'ils menaient une enquête de routine et rencontraient tous les voisins de Jean-Louis Carmichaël. Pourquoi lui auraient-ils menti ? Il était impossible que Jérôme ait porté plainte contre lui ; comment aurait-il pu savoir que c'était lui qui avait réclamé les deux mille dollars ? Ça n'avait aucun sens. Et même si ces policiers ne devaient pas savoir non plus qu'il prenait de la coke à l'occasion, Alex s'était réjoui de n'avoir rien chez lui, pas le moindre sachet.

— Nous devons interroger tout le monde, avait commencé Michel Joubert. Pouvez-vous nous parler de M. Carmichaël ?

Alex Marceau avait eu un sourire désolé ; il n'avait pas beaucoup échangé avec M. Carmichaël quand ils étaient voisins. Ce dernier était tellement pris par son travail et ses activités sociales.

— C'était un homme très actif.

— Vous aviez de bonnes relations ? avait insisté Tiffany McEwen.

— On se saluait, on échangeait quelques phrases quand on se croisait dans la rue, mais nous n'étions pas intimes.

— Dans ce cas, si vous n'étiez pas amis, pourquoi vous invitait-il, avec Rebecca, à vous baigner chez lui ?

— Pour que Jérôme ait des copains, je suppose. D'autres enfants profitaient de la piscine des Carmichaël.

— Mais Jérôme est plus vieux que Rebecca. S'amusaient-ils vraiment ensemble ?

Alex Marceau avait paru embarrassé et avait platement répondu que les filles sont plus matures que les garçons.

— Est-ce vous qui lui avez demandé de renoncer à porter plainte contre votre belle-fille Rebecca après l'incendie ? s'était informé Joubert.

Alex Marceau avait senti la menace s'éloigner de lui : les enquêteurs ne s'intéressaient pas à lui, mais à Rebecca. Parce qu'elle avait mis le feu chez Carmichaël. Ils l'avaient appris et pensaient qu'elle avait tué Jean-Louis. Était-elle devenue folle pour de bon ?

— Jean-Louis a eu pitié de Rebecca. Parce qu'elle avait perdu sa mère…

— Vous devez avoir été surpris par son geste ?

— Évidemment. Je savais qu'elle était perturbée, mais pas à ce point-là !

— Perturbée ?

— C'était normal après le décès de Nina.

— Qu'avez-vous fait ?

Alex Marceau avait esquissé une moue ; rien, il n'avait rien fait et s'en était terriblement voulu. Il aurait dû envoyer Rebecca chez un psychiatre, mais il avait cru que le temps arrangerait les choses.

— J'ai péché par optimisme.

— Pourquoi détestait-elle autant votre voisin ?

— Je n'en ai aucune idée.

Son ton était-il assez décidé ? Trop ? Alex avait eu l'impression que l'homme avait tiqué à cette affirmation. Comment savoir ce qu'ils avaient découvert jusqu'à maintenant ? À qui avaient-ils parlé ?

— Pensez-vous que Rebecca a pu tuer Jean-Louis Carmichaël ? avait demandé Tiffany McEwen.

Il avait pris un air navré avant d'avouer qu'il n'en savait rien.

— J'ignore comment Rebecca se sent aujourd'hui. Nous nous voyons rarement.

— Pourquoi ?

— Son copain, Nicolas. Il est jaloux de notre relation et a persuadé ma belle-fille de s'éloigner de moi. C'est vraiment dommage, mais je n'y peux rien…

— Qu'ont dit exactement les spécialistes au sujet de la schizophrénie de Rebecca ?

Alex Marceau avait haussé les épaules ; on ne lui avait pas appris grand-chose. Et lui-même ignorait s'il y avait, dans la famille de Nina ou d'Anton, des personnes qui avaient souffert de troubles mentaux.

— Avait-elle eu des épisodes psychotiques avant l'incendie ?

— Non, mais elle était bizarre. Je croyais que c'était à cause de la drogue.

— De la drogue ?

— J'étais aussi déboussolé, à l'époque, par la mort de la mère de Rebecca. Je vivais mon deuil de mon côté. Je n'étais pas assez attentif, je n'ai pas assez essayé de l'empêcher de prendre des cochonneries. C'est ce qui lui a bousillé le cerveau.

— On a entendu des rumeurs concernant Carmichaël. Il était peut-être pédophile. Vous y croyez ?

— Pé… pédophile ?

Alex n'avait rien trouvé à répliquer. La menace revenait vers lui à la vitesse grand V.

— Une de ses voisines nous a parlé. Vous n'avez jamais rien remarqué de suspect ? Entre lui et Rebecca ?

— Je… je ne sais pas quoi vous dire…

Il était sincère tout en sentant que chaque mot qu'il prononcerait pouvait trahir son trouble. Mais que savaient donc ces maudits policiers?

— Rebecca ne s'est jamais plainte de gestes qu'aurait pu poser votre voisin? s'enquit McEwen.

— Jamais!

Son ton était convaincu. Il avait même pu ajouter que Rebecca ne se confiait pas à lui.

— Elle a toujours été réservée, secrète. Et je ne savais pas comment m'y prendre avec une ado. En plus, c'était une fille. Avec un garçon, j'aurais mieux su comment agir.

— Est-ce qu'elle était sportive? s'était informé Michel Joubert.

— Sportive? Non. Pas trop. C'est la musique qui l'intéressait. Pourquoi voulez-vous savoir si elle…

— Parce qu'il a fallu une certaine force physique pour poignarder Jean-Louis Carmichaël.

— Vous pensez vraiment que ça peut être Rebecca?

Alex Marceau avait pensé, durant une fraction de seconde, qu'il pourrait exiger davantage pour les prochaines photos, si l'enquête révélait que Rebecca était la meurtrière. Gilles Dubois connaissait sûrement des amateurs, des types qui apprécieraient la photo d'une meurtrière à poil. Il y a des acheteurs pour tout. Est-ce que Rebecca avait oui ou non tué Jean-Louis?

La question l'obsédait depuis le départ des enquêteurs et il trouva un goût ferreux à son café.

Alex sentit subitement sa gorge, sa bouche, ses lèvres se dessécher. Si Rebecca avait vraiment tué Carmichaël, elle avait pu rester chez lui et fouiller la maison après avoir trucidé son abuseur. N'importe quelle idée avait pu lui passer par la tête… Qu'avait fait Carmichaël des photos de l'adolescente? Avait-il été assez stupide pour les conserver? C'est sûr qu'au prix qu'il les avait payées, il avait dû avoir la tentation de… Non. Non, c'était un homme trop prudent pour garder des images aussi compromettantes.

Et puis même si Rebecca avait découvert les photos, elle n'avait pas la preuve que c'était lui qui en était l'auteur. Elle l'envisagerait, évidemment, mais qu'est-ce que ça changeait ? Ces photos avaient pu être prises par n'importe qui. Un complice de Carmichaël. Ou Carmichaël lui-même. Rebecca y songerait également.

Si elle était allée chez Carmichaël. Si elle avait fureté. Si elle avait trouvé des photos. Si. Si. Si. Trop de si. Il s'enfonçait dans un délire paranoïaque. Pourquoi Rebecca aurait-elle tué Carmichaël alors qu'elle faisait enfin ce qu'elle voulait de sa vie ? Alors qu'elle avait enregistré sa chanson ? Pourquoi aurait-elle couru le risque de tout gâcher ? Elle devait bien se douter que les policiers apprendraient qu'elle avait voulu le brûler vif, qu'ils iraient directement l'interroger. Elle était peut-être déséquilibrée, mais elle n'était pas idiote. Ça ne tenait pas debout !

Il était fou d'avoir imaginé durant quelques secondes qu'elle voudrait sa peau. C'était ridicule ! C'était la faute de ces enquêteurs qui le rendaient paranoïaque. Et de Gilles Dubois qui l'avait menacé du pire s'il ne réglait pas rapidement sa dette. Il devrait peut-être se résoudre à relancer Jérôme Carmichaël.

Mais pas tout de suite. Il devait attendre de voir comment avancerait l'enquête. Car si Rebecca n'était pas la meurtrière, qui s'était chargé de Jean-Louis Carmichaël ? Si c'était Jérôme ? S'il était dangereux ?

Calvaire ! Rien ne se passait jamais comme il le voulait. Pourquoi était-il aussi malchanceux ?

Et s'il déménageait dans une autre ville. Loin. Très loin ?

***

Sainte-Foy, mercredi 12 décembre 2012

Les vitrines de Noël des commerces du quartier Saint-Jean-Baptiste donnaient un air de fête à la rue Saint-Jean, mais Coralie, qui attendait l'autobus 7 au carré d'Youville, était trop troublée par les révélations d'Éloïse pour remarquer la profusion de guirlandes, les lumières étincelantes, les branches de conifères enrubannées, les couronnes accrochées au-dessus de nombreuses portes. Plus tôt dans l'après-midi, à la fin du cours de français, elle avait raccompagné Éloïse chez elle malgré ses protestations.

— Tu es blême comme un drap. C'est la deuxième fois que ça t'arrive. Dis-moi ce qui se passe. Je t'ai vue discuter avec Myriam tantôt. Est-ce que c'est à cause d'elle ? À cause de mon frère ? Je sais qu'il l'intéresse…

— Laisse tomber, Coralie, avait répliqué Éloïse d'un ton las. Tu ne comprends rien. Ce n'est pas aussi simple.

— Qu'est-ce qui n'est pas simple ? Je vois bien que tu ne vas pas bien. Je ne suis pas si idiote.

— On ne parlait pas de ton frère.

— C'est Maxime ? C'est ça ? Myriam s'intéresse à Maxime et tu ne veux pas me le dire ?

— Oublie ça, avait répété Éloïse. Je dois couver une gastro…

Coralie n'avait pas été dupe de ce mensonge. Elle avait néanmoins attendu d'être rendue chez Éloïse, que celle-ci soit allongée sur le canapé du salon pour la mettre au pied du mur.

— Prends-tu des coupe-faim pour ne pas grossir ? C'est ce qui te rend malade ?

— Non.

— Es-tu enceinte ? Est-ce qu'il s'est passé quelque chose avec mon jumeau ? Parce que si c'est ça...

— Es-tu folle ? On ne sort même pas vraiment ensemble. J'ai bien d'autre chose à penser...

— Qu'est-ce que tu as alors ? l'avait coupée Coralie. Parle !

— Rien.

Coralie avait ramassé son fourre-tout et avait tourné le dos à Éloïse.

— Qu'est-ce que tu fais ?

— Tu n'as pas confiance en moi. Pourquoi est-ce que je resterais ici ? Si tu as une maladie grave et que tu ne peux même pas te...

— Arrête ! Je ne suis pas malade.

— C'est pour ça que tu as encore vomi aujourd'hui ? Que tu étais blême comme un drap à la pizzeria ?

Éloïse s'était mise à pleurer. Coralie était revenue vers elle, s'était assise à ses côtés.

— Dis-moi ce qui se passe !

— Je ne peux pas ! C'est trop grave ! Je n'en ai même pas parlé à Myriam.

Myriam qu'Éloïse connaissait depuis la maternelle, Myriam qui s'arrangeait toujours pour être là avec elles, Myriam que Coralie trouvait si envahissante, qui cherchait toujours à attirer l'attention sur elle, ce que ne semblait pas remarquer Éloïse parce qu'elles étaient amies depuis trop longtemps. Elle n'avait pas parlé à Myriam ? De quoi ?

— Qu'est-ce qui est grave ?

À force d'insister, Coralie avait réussi à recueillir les confidences d'Éloïse et elle était là, maintenant, au carré d'Youville à attendre le 7 qui la ramènerait chez elle. Elle ne sentait pas le vent qui balayait la neige tombée sur les décorations de Noël, elle n'entendait pas les bruits de la circulation, si dense à cette heure, et elle mit du temps à monter dans le bus quand il ralentit à sa hauteur. Elle avait l'impression que son fourre-tout avait été lesté de pierres. Et que ces pierres étaient pourtant plus légères que le secret d'Éloïse. Coralie, qui l'avait tant enviée d'être mannequin, songeait que son existence n'était pas aussi formidable qu'elle le croyait.

Elle regrettait d'avoir insisté pour savoir ce qui la rongeait. Pour savoir comment elle pouvait aider son amie. Éloïse avait exprimé sa peur que les enquêteurs établissent un lien entre son père et Jean-Louis Carmichaël.

— Comment peux-tu penser que ton père est mêlé à ça ? s'était exclamée Coralie. Ça n'a pas de bon sens !

— Les policiers vont revenir, je le sens…

— Mais ils ont aussi rencontré vos voisins.

— Oui, avait admis Éloïse.

— C'est normal, M. Carmichaël habitait dans votre quartier. Ils agissent comme ça avec tout le monde, c'est la procédure.

— Peut-être, mais comment progresse leur enquête ? Qu'est-ce qu'ils ont trouvé ?

— Voyons donc ! Si les policiers avaient eu le moindre doute à propos de ton père, ils l'auraient convoqué pour l'interroger. Ce serait déjà fait ! Le meurtre a eu lieu en novembre.

— Mais il paraît que ça prend plus de temps qu'on le pense pour faire des analyses dans leur laboratoire. Ce n'est pas comme à la télé. Si jamais ils ont recueilli des indices chez M. Carmichaël et qu'ils finissent par trouver que c'est papa qui était là…

— Ils l'auraient déjà interrogé, avait soutenu Coralie avec assurance. Ils ne se pointeront pas chez vous un mois après l'assassinat, voyons !

— Plus rien n'est pareil, ici, avait gémi Éloïse-Sophie. Ma sœur est fuckée, ma mère a perdu dix kilos, elle ne dort plus, ne mange plus. Et mon père fait comme si tout était normal. Et tout ça est de ma faute. Si je n'avais pas répété ce que Sybelle m'avait raconté…

— Carmichaël continuerait à abuser d'elle. Ou d'une autre. C'est un dégueulasse qui méritait juste de mourir. Es-tu certaine que c'est ton père qui l'a… tué ?

Éloïse avait soupiré ; elle n'avait pas entendu son père avouer le meurtre, mais il avait juré que Carmichaël ne toucherait plus jamais à Sybelle. Et Carmichaël avait été poignardé quelques jours après la révélation des agressions.

— Papa est un chasseur. Il a tué des orignaux, les a dépecés. Il a des couteaux pour ça… J'ai peur aussi que la mère de Maxime apprenne quelque chose.

— La mère de Maxime ?

— Tu ne te rappelles pas ce qu'il a dit à la pizzeria ? C'est elle qui est chargée de l'enquête.

— Je m'en souviens, mais ça change quoi ? Tu n'as rien dit à Max.

— Non, mais…

— Je ne lui dirai rien non plus.

— Tu pourrais peut-être essayer d'en apprendre plus par lui. Il te trouve à son goût…

— Ce n'est pas si simple, avait protesté Coralie.

Et maintenant, en guettant l'autobus, elle s'interrogeait sur les couteaux de chasse du père de son amie. Quel genre de couteaux possédait-il ?

— Les enquêteurs seraient déjà revenus, avait répété Coralie avant de quitter Éloïse. De toute façon, qu'est-ce que tu peux faire ?

Coralie était bien consciente que les émissions de télé, les fictions ne représentaient pas la réalité des policiers. Il aurait fallu discuter avec quelqu'un qui était vraiment informé. Mais il n'y avait personne dans leur entourage qui travaillait de près ou de loin dans l'univers de la justice, ni enquêteur, ni avocat, ni criminaliste, ni journaliste.

— Tu devrais essayer de parler avec Max, avait insisté Éloïse.

— Je ne suis pas sûre que c'est une bonne idée d'attirer son attention là-dessus. Tu devrais laisser couler.

— Si tu ne veux pas m'aider…

— Ce n'est pas ça.

— Max trippe sur toi, c'est sûr et certain.

— Je croyais que Myriam…

Éloïse avait secoué la tête : non, Myriam ne plaisait pas à Maxime.

— C'est de ça qu'on parlait cet après-midi. Elle s'est essayée, mais ça n'a pas marché. Il ne la regarde même pas. Dis oui, dis-moi que tu vas discuter avec lui !

Coralie avait cédé, mais alors qu'elle montait dans le bus, elle mesurait l'inconfort de sa position. Elle ne voulait pas que Maxime pense qu'elle s'intéressait à lui pour obtenir des renseignements sur l'enquête. Il commençait vraiment à lui plaire… De toute manière, comment pouvait-elle s'informer de ce que savait la mère de Maxime à propos de la mort de Carmichaël ?

Coralie se demanda un instant si son père aurait imité le père d'Éloïse si Carmichaël l'avait agressée. Elle ne savait pas si elle souhaitait une réponse positive ou négative. Elle aurait voulu tout oublier. Imaginer M. Prudhomme, si gentil avec elle, en meurtrier était inconcevable. Encore moins son propre père ! Éloïse se trompait.

***

Neufchâtel, mercredi 12 décembre 2102

Les planchers de la maison craquaient davantage que dans les souvenirs de Jérôme Carmichaël, ou peut-être n'avait-il pas remarqué tous ces bruits quand il venait voir son père car celui-ci écoutait de la musique en permanence, surtout de l'opéra. Il goûtait le silence, s'apercevait que Bellini, Rossini et Wagner l'avaient toujours agacé. Il avait hésité, au retour de son voyage d'affaires, à se rendre à Neufchâtel, mais même s'il avait fait acheminer le courrier à son appartement, il y avait toujours des prospectus dans la boîte aux lettres et il devait trier les effets personnels de son père. Trier ? Pourquoi ne pas tout jeter ? Remplir des boîtes de carton, les déposer au bord du chemin et *basta* ! L'agent d'immeuble pourrait ensuite faire visiter la maison. Elle était en bon état, hormis la fenêtre de la chambre et ces marches dans l'escalier qui menait au sous-sol ; devrait-il engager un menuisier pour les réparer avant de vendre la résidence ? Jérôme avait hâte de se débarrasser de cette maison. Il remonta lentement vers la cuisine, nota qu'il rapporterait chez lui la machine à espresso et l'appareil à raclette. Quand avait-il mangé pour la dernière fois une raclette avec son père ? Il en avait envie, subitement, il humait déjà l'odeur du fromage qui grésille. Il regarda l'heure au cadran de la cuisinière. Il pourrait réserver à La Grolla et s'attabler devant une raclette d'ici une heure s'il restait de la place dans ce petit resto.

Et s'il préparait lui-même cette raclette ? Il n'avait qu'à s'arrêter en chemin pour acheter du gruyère ou de l'emmenthal, du jambon. Y avait-il des cornichons dans son réfrigérateur ? Il en achèterait, au cas où… Et s'il mangeait chez son père ? Il n'avait qu'à se rendre au supermarché, à cinq minutes de la maison. Et ça ne sentirait pas le fromage dans son appartement durant des jours. C'était vraiment le seul inconvénient de la raclette ; une odeur appétissante, puis lourde, grasse. Il s'installerait devant la télé avec les caquelons, les tranches de fromage et la charcuterie et il ouvrirait une bonne bouteille de vin. Il en profiterait pour mettre les grands crus dans une boîte comme il se l'était promis ; il tenait à vider le cellier avant de mettre la maison en vente, avant que des inconnus se promènent dans toutes les pièces. Et laisser le cellier tel quel, avec le cadenas, ferait mauvais effet, donnant l'impression aux futurs acheteurs qu'on les prenait pour des voleurs. Ce serait plus simple de tout rapporter à son appartement. De toute façon, il voulait réfléchir à ce qu'il ferait des bouteilles de collection. Les boirait-il ou les vendrait-il ? L'idée d'en jouir à la place de son père lui plaisait. D'un autre côté, il avait toujours trouvé ridicule de dépenser autant d'argent pour du vin. Il se demanda s'il restait des rieslings ou des pinots gris dans le cellier, son père en buvait rarement, mais c'était l'idéal avec la fondue. Sinon, il s'arrêterait aussi à la SAQ après avoir acheté les fromages. Il prit le double de la clé du cellier en se rappelant le soir où son père la lui avait remise ; appréciait-il cette marque de confiance ? Jérôme avait souri à son père en songeant qu'ils n'avaient pas la même interprétation du mot confiance. Dissimule-t-on tant de choses à un proche si on croit en lui ? Mais Jérôme n'avait jamais voulu connaître les secrets de son père.

Il se tenait en haut de l'escalier et hésita un moment. Était-ce une bonne idée de préparer ce petit festin qu'il dégusterait seul ?

Il était idiot ! Il n'avait qu'à appeler Suzanne ! Elle avait dû remarquer sa voiture dans l'entrée. Il s'était promis d'aller la saluer avant de rentrer, mais ça lui ferait davantage plaisir de souper avec elle. D'abord le vin !

Jérôme descendit les marches, regarda par la vitre du cellier et constata qu'il y avait effectivement des vins d'Alsace et de Moselle. Il mettrait les bouteilles dans un seau tandis qu'il irait faire les courses. Depuis combien de temps n'avait-il pas préparé un repas ? Il sourit ; il se contentait de plats cuisinés en quittant le cabinet ou mangeait dans des restos branchés avec ses associés. Et puis c'était probablement la dernière fois qu'il soupait dans cette demeure. Il enleva le cadenas, ouvrit la porte du cellier, lut les noms prestigieux des premières bouteilles, mais dut s'accroupir pour choisir un riesling. Il finit par s'agenouiller, avança sa main vers un Clos Ste Hune et aperçut un document plastifié au fond du cellier. La liste des bouteilles qu'il avait cherchée en vain dans le bureau de son père ! Pourquoi ne la conservait-il pas dans son bureau ? Il tira le document vers lui afin de vérifier s'il y avait des gewurztraminers. Peut-être que le prix des grands crus était aussi inscrit ? Ça l'aiderait à prendre une décision pour les bouteilles. Il faillit échapper le Clos Ste Hune en se relevant, laissa tomber l'enveloppe qui répandit son contenu au sol : des photos.

Des photos de Rebecca Delage.

Des photos d'autres filles de son âge. Jérôme sentit la nausée l'envahir, des sueurs froides le parcourir.

Des photos pornographiques ! Voilà pourquoi son père cadenassait le cellier !

Il détourna le regard pour parvenir à chasser la nausée. Compta mentalement jusqu'à soixante puis se força à prendre les clichés. Il les retourna et discerna un gribouillis de son père dans un coin d'une des photos, trois mots : *vendredi, poste terrasse* suivis d'un numéro de téléphone. Était-ce celui d'Alex Marceau ? C'était bien l'écriture de son père. Payait-il le maître chanteur le vendredi ?

Ou son fournisseur ? S'il n'y avait eu que les photos de Rebecca, il aurait pu continuer à croire au chantage, mais ces images des autres filles traduisaient une relation encore plus sombre qu'il ne l'avait imaginé entre son père et Alex. Quel était leur degré de complicité ?

Jérôme n'avait plus faim. Plus faim du tout. Mais il avait soif. Il renonçait toutefois à l'idée de siroter du vin dans cette maison. À inviter Suzanne. Il rentrerait directement chez lui et il viderait la bouteille de Clos Ste Hune. Non, il devait avoir l'esprit clair. Comme s'il disputait une partie d'échecs. Il devait gagner ce match contre le maître chanteur. Devait-il composer ou non ce numéro de téléphone ? Il appuierait sur *67 afin qu'on ne puisse retracer son propre numéro. S'il reconnaissait la voix d'Alex Marceau, tous ses doutes seraient confirmés. Mais que ferait-il ensuite ?

En roulant vers son appartement, Jérôme Carmichaël se répétait qu'il n'avait pas à se soucier des réactions d'Alex quand il le confronterait : que pouvait faire le maître chanteur ? Il n'allait tout de même pas raconter à des journalistes qu'il avait vendu des photos de Rebecca Delage aux Carmichaël, père et fils ? Encore moins à des policiers. À ces seules personnes qui auraient pu le protéger.

Jérôme fit claquer sa langue ; il boirait un verre ou deux pour se détendre afin de mieux réfléchir. Puis il aviserait. Une case à la fois. En ligne droite ou en diagonale. Chose certaine, il devait prévenir Rebecca. Elle était la première concernée et comprendrait à quel point il se souciait d'elle. Comme il l'avait presque toujours fait. Il l'aiderait à empêcher que ces photos soient vues par quiconque. D'une manière ou d'une autre. Il n'était pas question que le nom des Carmichaël soit entaché, mais il trouverait sûrement une solution. Il le fallait, pour Rebecca, pour lui.

***

Jeudi, 13 décembre, vers midi

Maxime aurait peut-être les joues rougies par le froid. Il avait téléphoné pour savoir si Maud était rentrée à la maison pour dîner et avait paru contrarié de la trouver là. Il avait fini par dire qu'il passerait à la maison avec Coralie pour prendre des DVD. Leur prof de philo était malade, la première période de l'après-midi était libre. Maud lui avait offert de dîner avec elle, mais Maxime ne l'avait pas laissée terminer sa phrase ; ils prendraient seulement les DVD et repartiraient aussi vite.

Maud, qui guettait l'arrivée de Maxime et de Coralie, repoussa un pan du rideau avec impatience ; il n'y avait toujours personne dans la rue. Elle entendait les rires des enfants du troisième voisin qui faisaient un bonhomme de neige et se rappela le premier hiver de Maxime chez elle. Qu'il était frêle à l'époque. Un oisillon tombé du nid. De quel nid ? Il n'y avait pas eu de nid pour Maxime avant qu'elle le rencontre. Que des déménagements avec son père dealer. Comment sa mère avait-elle pu le laisser à l'irresponsable Bruno, qui adorait son fils mais était incapable de l'élever ? Comment pouvait-elle avoir le culot de prier Maxime de partager sa moelle avec sa fille ? Sa fille qu'elle aimait alors qu'elle avait abandonné son fils ? Maud ne pouvait penser à cette requête sans éprouver une rage froide et un sentiment d'impuissance. Mais Alain avait raison : ils en rediscuteraient avec Maxime et ce serait sa décision. Jusqu'à aujourd'hui, il n'en avait pas reparlé. Pourquoi se taisait-il ? Pour éviter d'avoir à prendre cette décision ? En avait-il parlé à ses amis ? À Laurent ? À Michaël ? Ou à Coralie ?

Elle regarda par la fenêtre, se souvint de Maxime qui aspergeait de neige artificielle les appliques qu'elle tenait contre les vitres du salon, révélant lorsqu'elle les retirait un père Noël dans son traîneau tiré par les rennes. Comment fêteraient-ils Noël cette année ? Elle inviterait Pierre-Ange Provencher et sa nouvelle compagne. Joubert et Grégoire seraient là, évidemment. Elle aurait bien convié Tiffany McEwen, mais celle-ci resterait au poste le 24 décembre. Maxime avait vaguement évoqué la possibilité de célébrer chez Laurent et Coralie. Passerait-il vraiment ce Noël hors de la maison ?

Maxime avait vieilli trop vite, il lui échappait.

Échappait. Elle rougit ; elle n'avait pas le droit de penser ainsi. D'utiliser ce mot. Comme si Maxime était son prisonnier. Elle revint vers la cuisine en songeant qu'elle avait peut-être le temps de boire un autre thé avant que Maxime arrive. Alain, lui, ne rentrerait qu'à la fin de l'après-midi, après sa première journée de ski au Mont-Sainte-Anne. Il était revenu de Montréal plus tôt afin de profiter des pentes. Il lui proposait chaque année de l'initier à ce sport, mais elle ne s'imaginait pas sur ces planches trop étroites. Elle se ridiculiserait sûrement. Ou se blesserait.

Elle venait de remplir la bouilloire quand elle perçut des voix. Elle s'était trompée, Maxime était déjà là. Elle hésita ; devait-elle lui ouvrir la porte ? Elle reprit sa tasse vide pour se donner une contenance, se prépara à sourire à Coralie et se rappela, lorsque celle-ci enleva son bonnet, libérant sa chevelure rousse, qu'elle était la jumelle de Laurent. Ils se ressemblaient étonnamment ; comment Coralie pouvait-elle partager tous ses traits avec son frère en étant néanmoins aussi féminine ? Le fait qu'elle soit rousse comme elle plut à Maud Graham qui s'en jugea ridicule. Comment la couleur des cheveux de cette fille pouvait-elle lui sembler de bon augure ? Rassurant ?

— Bonjour, madame.

— Pas de madame avec moi, on se tutoie. Vous n'avez vraiment pas le goût de luncher avec moi ?

— Pourquoi pas ? fit Coralie en ôtant aussitôt son manteau.

— On n'a pas le temps, la coupa Maxime.

— Mais si ! On peut rester, le cours de 13 h a sauté, le contredit Coralie en lui adressant son plus beau sourire. Il fait froid dehors. Je n'ai pas le goût de ressortir tout de suite. Dis oui !

Maxime haussa les épaules, résigné ; il n'était pas dupe du manège de Coralie qui lui avait posé plusieurs questions sur Maud tandis qu'ils patinaient. Il s'en voulait tellement d'avoir évoqué le travail de Maud quand ils avaient mangé à la pizzeria. Mais quand Éloïse était revenue à leur table après s'être éclipsée dehors, il y avait un tel malaise qu'il s'était dit qu'il détournerait l'attention en parlant du métier de Maud ; le boulot d'enquêteur fascinait la plupart des gens. Tout comme celui de pathologiste. À cause des séries télé. Il n'avait pas parlé d'Alain, car la pâleur d'Éloïse l'avait dissuadé d'évoquer une autopsie, mais au cégep, alors que Coralie l'interrogeait, il avait tenté de faire marche arrière : le travail de Maud n'était pas aussi palpitant que dans ces séries policières. Il avait même tenté de changer de sujet en s'informant d'Éloïse.

— Tu avais l'air inquiète pour elle. Qu'est-ce qu'elle avait, hier ? Je vous ai vues partir ensemble.

— Rien de grave. Un problème féminin.

Maxime n'avait pas insisté. Il n'était pas trop à l'aise avec ces questions-là. Avec les filles en général. Il enviait Laurent d'avoir une sœur, d'avoir ainsi une meilleure idée de ce que vivaient et pensaient les filles. Ça devait lui être utile avec Éloïse. Quoique... Laurent la trouvait étrange lui aussi et n'était plus certain de vouloir vraiment sortir avec elle, même si elle avait un corps de rêve et que tous les gars du cégep le jalousaient. Maxime, lui, la trouvait froide, mais il ne le lui avait jamais dit. La blonde de Michaël, elle, était vraiment *cute*. Mais Coralie était incontestablement la plus sexy. Maxime avait tellement envie de passer sa main dans ses cheveux ; il n'avait jamais vu d'aussi longs cheveux, ils dansaient sur ses bras, descendaient jusqu'à ses fesses. Elle avait une manière unique de les envoyer valser par-dessus son épaule gauche. Sexy, oui, très sexy.

Coralie venait tout juste de refaire ce geste quand elle s'était tournée vers lui pour qu'il accepte l'invitation de Maud et, maintenant, au lieu de repartir avec Coralie pour regarder des DVD en paix chez elle, ils devraient jaser avec Maud. Non, lui écouterait pendant qu'elles parleraient. Il n'aurait pas dû céder.

— Maxime m'a dit que vous étiez policière, fit Coralie. C'est spécial ! Avez-vous toujours eu envie de faire ce métier-là ?

— Oui. Dès l'adolescence. Toi, qu'est-ce que tu veux faire ?

— Journaliste. Je travaille déjà à la radio étudiante. Ce que j'aime, c'est que je peux toucher à tous les sujets. On passe de l'actualité à un fait historique, d'une vedette à un problème scientifique.

— Tu te destines à la presse écrite ou tu veux rester à la radio ?

— Tout m'intéresse !

Maud observait Coralie en se demandant si elle était de ces filles qui rêvent de vedettariat ou si elle souhaitait bosser à la télé pour les raisons qu'elle venait d'évoquer. Était-elle curieuse ou orgueilleuse et naïve ? Maud Graham ne tenait pas la téléréalité en haute estime et s'interrogeait sur ces jeunes adultes qui livraient leur vie à la presse durant quelques mois pour retourner ensuite à un anonymat qui devait les désespérer. Elle aurait bien aimé qu'un journaliste mène une enquête sur ces vedettes instantanées : que devenaient-elles quand les projecteurs s'éteignaient ?

— Ça me tenterait aussi, le journalisme judiciaire. J'aimerais ressembler à Isabelle Richer.

— Elle est très professionnelle.

— Vous la connaissez ? Est-elle déjà venue sur une scène de crime où vous enquêtiez ?

— Nous nous sommes croisées à un procès. J'ai un ami policier à Montréal qui me l'a présentée. C'est une femme charmante qui a beaucoup d'humour. Maxime, tu peux mettre la table ?

— Je vais t'aider, dit aussitôt Coralie.

Graham avait-elle cru discerner une certaine déception sur le visage de la jeune femme ? Avait-elle secrètement espéré qu'elle connaisse davantage cette journaliste ? Qu'elle puisse la lui présenter ?

Qu'allait-elle imaginer ? Pourquoi prêtait-elle toujours des intentions cachées aux gens qu'elle rencontrait ?

Elle hacha du persil avec des zestes d'orange et de citron, hésita à ajouter de l'ail. Ce serait meilleur évidemment, mais elle n'oserait plus ensuite embrasser Alain. Elle regrettait qu'il soit parti skier ; il aurait été plus à l'aise pour discuter avec Coralie à qui elle ne voulait pas poser trop de questions, sachant à quel point Maxime détestait ça. Elle coupa du pain qu'elle mit sur la table en s'informant des DVD qu'ils étaient venus chercher.

— *Breaking Bad*, répondit Maxime, c'est la série sur le chimiste qui fabrique de la *dope*, je t'en ai parlé. C'est vraiment bon, mais tu ne veux pas la regarder.

— J'ai assez de travailler avec des dealers, ça ne m'amuse pas vraiment de replonger dans cet univers-là.

— Mon père était un dealer et ça ne m'empêche pas d'aimer la série.

Maxime cherchait-il à la provoquer ou voulait-il attirer l'attention de Coralie sur lui ? Si c'était le cas, c'était réussi ; Coralie dévisageait maintenant Maxime. Rêvait-elle d'un mauvais garçon ? Est-ce que le fils d'un dealer pouvait être ainsi considéré ?

— Ton père ?

— Oui, quand j'étais jeune, il vendait de la *dope*. Puis on s'est fait tirer dessus et…

Coralie écarquillait les yeux. Maxime avait vraiment reçu une balle ? Où ?

— À l'épaule. Je te montrerai ma cicatrice…

Il dut sentir qu'il exaspérait Maud, car il se leva pour aller chercher la gremolata.

— Mets-en sur l'agneau, conseilla-t-il à Coralie. J'adore les zestes de citron.

En se rassoyant, il informa Maud qu'il ne souperait pas à la maison. Il passerait la soirée chez Laurent et Coralie à regarder les DVD.

— On sort, nous aussi. On rejoint Provencher pour souper au Château Bonne Entente. Le décor est magique avec les lumières de Noël dans tous ces arbres.

— Et tu adores leur tataki de thon et la salade César. Est-ce que la nouvelle blonde de Provencher sera là ?

— Je l'espère, elle est charmante. Alain me le confirmera. Ils font du ski ensemble. Alain était tellement content quand il est parti au Mont-Sainte-Anne. J'espère qu'il ne se blessera pas, il est un peu rouillé.

— Arrête, Biscuit ! Alain court tous les jours, il est en forme. Tu t'inquiètes toujours pour rien.

— Biscuit ? s'étonna Coralie.

— À cause de Graham, fit Maud qui sourit à Maxime, heureuse qu'il l'ait appelée par son surnom. Lui avait-il échappé ou voulait-il lui faire plaisir ?

— Maxime m'a dit qu'Alain travaille au laboratoire des sciences judiciaires. Ça doit être bizarre de faire des autopsies. Vous en avez déjà vu ?

— Oui. C'est bizarre, en effet.

— Qu'est-ce qui est le pire ?

— C'est une bonne question.

Peut-être que cette jeune fille n'était pas superficielle comme elle le redoutait ? Elle lui répondit le plus sincèrement possible.

— La mort. La vie qui a été enlevée brutalement. L'idée que tout est fini, que cette personne ne fêtera pas Noël parce que quelqu'un quelque part a décidé du contraire. Cette décision absolue, ce pouvoir que cette personne s'est donné.

— Mais si c'est un criminel qui est assassiné ? C'est une crapule de moins sur terre.

— Je vais être honnête... Je ne pleure pas quand un motard ou un pourri se fait descendre, mais je ne veux pas que ça se passe dans ma ville. Parce que je ne veux pas de dommages collatéraux.

— Que voulez-vous dire ?

— Les dommages, c'est quand un innocent reçoit une balle qui ne lui était pas destinée.

— Il y a des motards à Québec ? Des règlements de comptes ? C'est ça qui est arrivé dans l'affaire Carmichaël ?

Maud Graham nota deux choses : le clignement de paupières de Coralie au moment où elle posait cette question et l'embarras de Maxime qui esquissa un mouvement de dénégation. Vrai ou faux ?

— On ne peut pas parler de cette enquête, Coralie, parce qu'elle est en cours.

Elle fixait la jeune femme et fut convaincue en la voyant rougir qu'elle voulait poser cette question depuis son arrivée à la maison. Elle devait avoir rêvé d'obtenir un scoop sur l'enquête et de faire des révélations sur ces médias sociaux que les jeunes utilisaient constamment, avoir son heure de gloire.

— Je comprends, dit Coralie en souriant. C'est juste que je m'interroge, comme tout le monde. Parce que, dans les journaux et sur Internet, tous les gens qui ont connu Jean-Louis Carmichaël disent qu'il était un bon voisin, qu'il faisait partie d'un tas d'associations, etc. S'il était si formidable, pourquoi a-t-il été tué ?

— Je ne peux pas te répondre, fit sincèrement Maud Graham.

Elle était heureuse d'être protégée par le devoir de réserve ; il lui aurait déplu d'avouer qu'elle savait finalement peu de choses après des semaines d'enquête.

— Je comprends, répéta Coralie. J'ai seulement peur que cet homme ait été tué par n'importe qui, par hasard. Si jamais il y avait un fou dans la ville ? Il pourrait aussi bien tuer mon père, ou mon frère, ma mère ou moi... Ou Maxime.

Coralie se tourna vers lui avec un regard soucieux et Graham sentit que cette expression était sincère : dans quelle mesure la jeune fille s'inquiétait-elle pour Maxime ? L'utilisait-elle ou non ? Quand elle lui souriait, Maud avait vraiment le sentiment que Maxime lui plaisait, mais toutes ces questions orientées sur son travail ressemblaient à de la manipulation. Que voulait Coralie ?

Peut-être qu'elle ne le savait pas elle-même.

— Vous ne pensez pas que c'est un tueur en série ? insista Coralie.

— Ils sont plutôt rares. Il y en a beaucoup plus dans les romans que dans la réalité.

— Mais tu as déjà enquêté sur un tueur en série, dit Maxime, résigné à ce que la conversation tourne autour de Maud.

— Ça fait longtemps...

— C'était un collectionneur, poursuivit Maxime. Il avait fabriqué un mobile avec des membres de ses victimes.

Coralie grimaça en visualisant l'objet.

— Vous l'avez arrêté?

— Oui.

— Grégoire avait quasiment mon âge, dans ce temps-là, fit remarquer Maxime, amenant Maud à sourire.

— Qu'est-ce qui t'amuse?

— C'est ta formulation « dans ce temps-là », comme si tu étais un vénérable monsieur.

— Qui est Grégoire?

— C'est comme mon frère, dit Maxime. Maud s'est occupée de lui, avant moi.

Maud fut émue par la fierté qu'elle avait décelée dans la voix de Maxime. Grégoire et lui s'étaient choisis et leur fraternité spontanée était aussi forte que celle engendrée par des liens de sang. Pourquoi se sentirait-il obligé de donner sa moelle à une demi-sœur qu'il n'avait jamais vue?

— Et toi, ton frère? Ça doit être étrange d'avoir un jumeau? Est-ce que c'est vrai que vous avez un langage à vous?

Coralie sourit; il ne fallait pas croire tout ce qu'on racontait sur l'intimité gémellaire, même si elle admettait qu'ils devinaient les pensées l'un de l'autre.

— Ça n'arrivera jamais avec ma sœur, laissa tomber Maud, s'étonnant elle-même de cet aveu. Nous sommes tellement différentes.

— J'aurais aimé ça, avoir une sœur, confia Coralie.

— Moi aussi, dit Maxime.

— Vraiment?

Était-ce une manière de faire allusion à sa demi-sœur? Avait-il pris une décision? Graham tenta d'interroger Maxime du regard, mais il s'était tourné vers Coralie qui expliquait que Laurent n'était pas toujours content d'avoir une jumelle quand ils étaient enfants.

— Il aurait préféré avoir un jumeau. Mais aujourd'hui, ça va, il m'a pardonné d'être une fille.

Il y avait une note de tendresse indéniable dans la façon dont Coralie évoquait Laurent, et Maud en fut émue. Elle aurait aimé éprouver la même chose pour son aînée.

***

Jeudi 13 décembre, 20 h

Jérôme Carmichaël reposa le téléphone d'un geste imprécis, retenant son envie de le lancer contre le mur. Le numéro qu'il avait composé en s'attendant à reconnaître la voix d'Alex Marceau n'était plus attribué et il n'y avait aucune réponse chez Rebecca. Il devrait patienter jusqu'au lendemain pour lui demander si le numéro qu'il avait lu au dos d'une photo lui était familier. Il hésita à ouvrir une autre bouteille de vin, finit par s'y autoriser. Il n'avait de comptes à rendre à personne! Il était le seul maître à bord. Seul. Alors que Rebecca devait être entourée d'amis. Ou peut-être pas. Elle n'avait jamais eu l'esprit grégaire. C'est pour cette raison qu'ils s'étaient reconnus semblables, frère et sœur. Il y avait le monde et eux. Ils devaient retrouver cette entente unique. Il y a des brouilles dans toutes les familles, la leur avait trop duré. Tout serait effacé quand ils auraient réglé son compte à Alex Marceau. Tout était de sa faute.

***

David Soucy observait Rebecca à travers la vitre du studio, retenant son souffle, croisant les doigts : allait-elle le décevoir ? La veille, il avait bu deux scotchs en repensant à son appel à Rebecca. Il s'inquiétait de son manque d'enthousiasme. Elle aurait dû sauter de joie en apprenant qu'elle participerait à une émission, qu'elle remplacerait au pied levé un artiste affligé d'une laryngite, mais elle s'était contentée de dire qu'elle serait prête quand David viendrait à la chercher.

— Tu vas bien ? Je sais que je te téléphone à la dernière minute, mais c'est génial !

— Je suis seulement fatiguée. J'allais me coucher.

Elle avait répété qu'elle serait prête à partir quand il sonnerait à sa porte et avait coupé la communication, laissant David dubitatif. Il était resté immobile, le téléphone à la main comme s'il s'attendait à ce qu'elle le rappelle pour s'informer des détails concernant l'émission, mais il avait fini par glisser son appareil dans sa poche en espérant que sa protégée soit lasse, comme elle le lui avait dit. Était-ce la vérité ou avait-elle des ennuis ? Avec qui ? Nicolas ? S'étaient-ils disputés ? Ils avaient pourtant l'air très amoureux quand il les avait vus ensemble deux jours auparavant. Y avait-il un autre problème ?

La voix rauque de Rebecca emplit soudainement le studio et David Soucy sourit en notant la surprise sur le visage de l'animateur, en voyant les deux chroniqueurs se tourner vers Rebecca. En régie, le réalisateur leva un pouce pour signifier sa satisfaction, tandis que l'assistante-réalisatrice et la recherchiste semblaient fascinées par la voix de Rebecca.

— Elle est encore mieux que je le pensais, confessa la recherchiste.

— C'est tellement étrange d'entendre cette voix sortir d'un corps aussi frêle.

— Édith Piaf, ponctua le réalisateur. Janis Joplin.

David jubilait ; durant tout le trajet entre Québec et Montréal, il s'était demandé si Rebecca livrerait la marchandise malgré ses soucis. Car elle en avait, il en était persuadé. Les questions de nature plus personnelle qu'il lui avait posées étaient restées sans réponse. Elle l'avait chaque fois orienté vers l'émission : qu'attendait-on d'elle ? Que savait-il sur l'animateur ? Sur les cotes d'écoute ? Puis elle avait incliné son siège et avait fermé les yeux pour éviter d'avoir à faire la conversation. Avait-il eu raison de miser sur elle ou sa vie privée la perturberait-elle au point de gêner ses débuts ? Elle lui avait paru très forte quand il l'avait découverte au Festival de la chanson de Granby. Forte, déterminée et même dure. Il avait remarqué ses avant-bras musclés, ses mollets bien découpés, sa manière de se tenir si droite ; cette fille s'entraînait et il avait aimé cette idée d'avoir un poulain qui prenait soin de son corps. Il n'avait pas été surpris d'apprendre qu'elle pratiquait la boxe depuis quelques mois. Malgré sa frêle stature, il l'imaginait très bien frapper un importun.

Il l'emmènerait dîner à L'Express en quittant le studio et il tenterait à nouveau de l'inciter à s'ouvrir à lui. Il voulait qu'elle soit bien dans sa peau, enfin jusqu'à un certain point… Il était conscient que des démons habitaient Rebecca, sinon elle n'aurait pas écrit *Les corbeaux*, ni *Cœur d'acier*, ni *Nuit 14*, mais il souhaitait qu'elle retrouve l'énergie qui l'avait caractérisée jusque-là et dont elle était singulièrement dépourvue la veille au téléphone. Sa prestation l'avait ranimée et il s'en félicita. Il lui parlerait de sa femme, lui dirait qu'il avait galéré avant de la rencontrer, que les relations amoureuses ne sont pas toujours faciles quand on est jeune. Soit la dispute avec Nicolas n'avait pas autant d'importance qu'elle se le figurait, soit Nicolas n'était pas l'homme qu'il lui fallait.

Plus tard, David Soucy songea qu'il aurait aimé avoir raison en s'imaginant que l'attitude subitement trop réservée de Rebecca était due à des problèmes sentimentaux.

***

Vendredi 14 décembre, 6 h 25

L'aube semblait s'étirer, décidée à s'éterniser, refusant d'éclairer la ville et Maud Graham en sortant de sa voiture s'était émerveillée des teintes bleutées dont la neige avait hérité durant la nuit. Québec endormie sous un voile indigo ne lui paraissait jamais aussi belle, aussi douce, et quand elle avait emprunté la côte d'Abraham, elle avait pensé à un tableau de Joan Mitchell en voyant les strates de neige embrassant le roc qui dissimulait l'ascenseur menant à la rue Saint-Jean. Alain lui avait offert un livre sur les peintres américains et elle le feuilletait souvent, lisant les textes des spécialistes avec intérêt. Alain la connaissait bien ; elle n'aimait pas les romans mais pouvait se passionner pour un ouvrage qui lui apprenait quelque chose sur un sujet précis. Elle affirmait que la vie était trop courte pour lire de la fiction, la réalité la dépassant amplement. Alain protestait, évoquait la somptuosité d'un style, l'originalité d'une histoire, mais elle boudait ces histoires inventées.

Elle s'appuya contre l'aile de son auto, guettant la sortie de Jérôme Carmichaël. Il ne devrait plus tarder à partir pour le cabinet. Elle espérait que la surprise jouerait en sa faveur. Elle ne voulait pas rencontrer Jérôme Carmichaël dans un lieu où il se sentait protégé, en contrôle, où il y avait toujours des objets à déplacer sur son bureau pour lui donner le temps de trouver une réponse quand elle l'interrogeait. Il ne pouvait s'attendre à la croiser aux abords de son immeuble.

L'air était plus sec et Maud Graham songea qu'elle aimerait vraiment l'hiver si ce temps ne changeait pas; elle détestait l'humidité, mais ce froid sain ne lui déplaisait pas du tout. Il purifiait la ville.

Elle vit Jérôme Carmichaël remonter le col de son manteau alors qu'il sortait de l'immeuble. Il ne la reconnut qu'au moment où elle l'interpella, se figea quelques secondes. Elle crut lire autant d'anxiété que de colère dans son expression.

— Je suppose, parvint-il à dire, qu'il y a de nouveaux développements si vous venez jusqu'ici.

— En effet. Je vais marcher un peu avec vous. La marche me clarifie les esprits. Vous aussi? Je crois que vous vous rendez toujours à pied au travail?

— Je ne fais pas assez de sport, mais au moins je marche.

— Pareil pour moi. Et j'aime surtout ça le matin. Vous commencez tôt.

— Comme vous.

— C'est plus difficile en hiver, évidemment. Ça prend plus de volonté pour se lever. Avez-vous bien dormi?

Jérôme Carmichaël se raidit imperceptiblement, ralentissant son pas pour l'accélérer ensuite; pourquoi cette détective s'informait-elle de son sommeil? Avait-il à ce point les traits tirés? Comment pouvait-elle savoir qu'il avait fait des cauchemars? Se pouvait-il qu'elle sache que... Non, il était impossible qu'elle l'ait suivi chez son père. Et même si... Elle ne pouvait deviner qu'il avait découvert les maudites photos. Elles avaient échappé à la fouille des policiers.

Mais si les enquêteurs avaient caché des caméras dans la maison paternelle ?

Il déraillait ! C'était à cause de cette femme qui le harcelait. Maud Graham cherchait un coupable et elle avait décidé que ce rôle lui convenait malgré son alibi, même si rien ne le reliait à la mort de son père. Comment parvenir à s'en débarrasser ? Elle lui souriait comme si elle était ravie de marcher à ses côtés.

— Quels nouveaux faits m'apportez-vous ? répéta-t-il.

— Un témoignage qui pourrait nous éclairer sur les motivations de l'assassin de votre père. Une de vos voisines a été victime d'agression de sa part…

Jérôme Carmichaël s'immobilisa, secoua la tête, mais Maud Graham avait eu le temps de déceler une lueur de panique dans son regard.

— Ça vous surprend ?

— Évidemment ! Ça ne rime à rien ! Vous avez rencontré tous ses voisins, ils vous ont décrit un homme normal…

— Sauf cette femme.

— Qui ?

Qui ? Ça ne pouvait pas être Rebecca, elle avait juré qu'elle n'avait parlé à personne. Elle paniquait autant que lui à l'idée que son secret soit divulgué.

— Qui ?

— Je ne peux pas vous révéler son nom, mais elle avait des détails très précis à nous fournir pour étayer son témoignage. Alors je me demande si cette information vous surprend parce que vous ne vous doutiez vraiment de rien ou si vous êtes étonné qu'on ait découvert cette vérité sur votre père. Si vous-même aviez remarqué… ou subi…

— Taisez-vous ! protesta Jérôme Carmichaël. Taisez-vous ! Si j'apprends que vous avez laissé filtrer ce genre de rumeur, je…

— Vous démentirez ? Parce que vous êtes certain que votre père n'était pas pédophile ?

— Vous n'avez pas le droit !

— Je n'ai pas envie de vous mettre dans une situation inconfortable face à la presse, l'assura Graham. Je veux seulement savoir s'il est plausible d'imaginer qu'une des victimes de votre père ait pu le tuer. On aimerait bien avoir un motif pour ce meurtre. J'ai discuté avec Rebecca Delage et elle fera une bonne suspecte si je découvre que votre père a abusé d'elle. Ça expliquerait aussi pourquoi elle a mis le feu chez vous.

Jérôme Carmichaël regardait les traces laissées plus tôt dans la neige par des passants. Tous ces gens qui avaient foulé le trottoir se rendaient à leur boulot sans que personne ne leur gâche l'existence avec des questions.

— Je ne sais pas quoi vous répondre, dit-il d'un ton las. Je suis en deuil de mon père et vous avez le culot de venir jusque chez moi, de vous imposer en répandant des bêtises qui…

— Comment était votre père avec vous ?

— Je vous en ai déjà parlé. C'était un homme occupé, mais on s'entendait bien.

— Des conflits ?

— À l'adolescence, comme tout le monde. Il aurait préféré que je me dirige vers les sciences. Rien de grave.

— Et avec ses blondes ?

— Je n'ai vraiment connu que Patricia. On avait de bons rapports. Elle n'essayait pas de jouer à la mère avec moi.

— Il était souvent absent.

— Oui, et alors ? Il avait beaucoup d'activités.

— Qui auraient pu lui permettre de rencontrer de très jeunes filles et de…

— Avez-vous des preuves ? Je ne suis pas en droit pénal, mais je sais tout de même qu'on a besoin d'un peu plus qu'une vague hypothèse pour accuser quelqu'un.

— Vous faites allusion à votre père ou à Rebecca Delage ? Vous ne croyez pas qu'elle ait pu le tuer ?

— Non.

Est-ce que cette affirmation modifierait quoi que ce soit ? Il devait être plus persuasif.

— Je vous rappelle que c'est moi qui ai découvert le corps. On a poignardé mon père avec beaucoup de violence. Rebecca n'aurait pas eu la force de lui porter tous ces coups. Elle n'a jamais été bien grosse, mais là…

— Vous l'avez revue ?

— J'ai entendu parler d'elle, avança-t-il pour éviter de répondre à la question. À la radio. Elle a écrit une chanson. Cela m'a intriguée. J'ai navigué sur Internet et j'ai vu une photo d'elle. Elle est restée frêle.

— Pourquoi vouliez-vous la revoir ?

Jérôme Carmichaël avait pressé le pas, supposant qu'aux abords du cabinet, Maud Graham le laisserait enfin tranquille. Sinon, elle serait venue le rencontrer là.

— Par curiosité. J'ai été son voisin pendant un bon bout de temps. Puis il y a eu le feu. Et je n'ai plus eu de ses nouvelles. Je me demandais ce qu'elle était devenue.

Et si Maud Graham l'avait fait suivre ? Si elle l'avait vu arriver boulevard Champlain ?

— Je ne sais pas quoi vous dire de plus, insista-t-il. J'aimerais pouvoir faire mon deuil en paix.

— Il me semble que ce sera vraiment possible quand nous aurons arrêté le meurtrier, non ?

— Ça ne ressuscitera pas mon père.

— Ça vous est égal ?

Jérôme Carmichaël corrigea Graham. Il ne se moquait pas de l'enquête, il était simplement sceptique.

— Je crois que tout se joue dans les premières heures. Et là, vous n'avez rien découvert. Je ne vous accuse pas de négligence, mais l'assassin a eu de la chance. Maintenant, je voudrais tourner la page.

Graham hocha la tête, l'assurant qu'elle ferait de son mieux pour boucler l'affaire rapidement.

— On progresse, quoi que vous en pensiez.

Il la regarda retourner sur ses pas. Comment l'enquête avançait-elle ? Qu'avait-elle voulu dire ?

Il fallait qu'il prévienne Rebecca de l'intérêt de Maud Graham à son sujet. Et lui parler de sa découverte. Peut-être que le numéro de téléphone inscrit au dos d'une des photos lui serait familier ? Il avait rappelé chez elle pour réécouter le message laissé sur son répondeur : elle ne rentrait pas avant samedi, mais on pouvait joindre son agent au numéro… Blablabla… Samedi ? Samedi matin ? Midi ? Soir ? Il lui retéléphonerait vers 15 h.

Chapitre 10

Québec, lundi 17 décembre 2012

— Vous êtes vraiment liée par le secret professionnel ? avait demandé Rebecca à la psychiatre en la scrutant. Est-ce qu'il y a des circonstances où vous rompez ce pacte ?

— Tu m'as posé cette question il y a des années, tu te souviens ? avait dit Anne-Marie Ouellet. Et je te fais la même réponse : ça ne m'est jamais arrivé. Qu'est-ce qui t'inquiète tant aujourd'hui ? Pourquoi crains-tu que je manque à mon devoir de réserve ?

Rebecca était restée silencieuse durant un long moment avant de révéler le nom de son abuseur, l'existence des photos, le chantage auquel était soumis son fils Jérôme et la trahison de son beau-père.

— Jérôme est venu chez moi avec la photo, avait poursuivi Rebecca. Puis une enquêtrice. Puis Jérôme m'a appelée hier pour me lire le numéro de téléphone qui est inscrit sur une autre photo. Une photo de moi ! C'est l'ancien numéro d'Alex. Quand on a quitté la maison de ma mère, j'ai voyagé et, à mon retour, je me suis installée avec mon ami Arnaud. Alex a déménagé à Sainte-Foy et ensuite à Limoilou. Il ne voulait pas que je vende la maison, il s'est vengé.

Rebecca s'était tue avant de secouer la tête. Non, c'était pire que ça. Alex l'avait trahie avant le déménagement, avant l'incendie. Il savait tout depuis le début.

— Je ne pense qu'à ça ! Je ne mange plus, je ne dors plus. J'ai besoin de médicaments. Je ne peux pas me permettre de ne pas être en forme ! Tout se dessine pour ma carrière, mais j'ai l'impression de devenir folle ! J'ai rêvé cette nuit d'un accident d'avion.

Rebecca avait serré les poings, fini par dire qu'Alex était aussi coupable que Carmichaël qui abusait d'elle.

— Durant tout le temps où j'étais au centre, il savait pourquoi j'avais incendié la maison de nos voisins.

Elle avait battu des paupières pour chasser les larmes qui lui montaient aux yeux avant de marmonner qu'elle haïssait autant Alex que Carmichaël.

— Il devait te protéger. C'est une grave trahison, avait dit Anne-Marie. À quoi penses-tu maintenant ?

— À le tuer. C'est tout ce qu'il mérite.

Elle avait fixé Anne-Marie Ouellet durant quelques secondes avant de se mettre à pleurer et la fureur de ses sanglots traduisait autant sa détresse que sa colère. Elle tapait les coussins du canapé de ses poings fermés et ses jointures étaient blanches tellement elle enfonçait ses doigts dans ses paumes. On pouvait voir les veines palpiter sur le dos de ses mains. Après un long moment, Rebecca avait relevé la tête, repoussé ses cheveux, essuyé son visage avec la manche de son chandail.

Il y avait eu un long silence, puis la psychiatre avait demandé à Rebecca ce qu'elle comptait faire réellement vis-à-vis d'Alex.

— Je ne sais pas. Je ne sais plus rien.

— Il est coupable. Tu as des preuves contre lui. Tu peux le poursuivre en justice.

— Non. Tout d'abord, c'est Jérôme qui détient cette photo. Et je ne veux pas que personne soit au courant de ce que j'ai vécu.

— Tu préfères qu'Alex s'en tire plutôt que de discuter avec cette enquêtrice dont tu m'as parlé ? Elle se doute déjà que tu as été une des victimes de Jean-Louis Carmichaël. Elle t'a offert son aide, c'est son métier de...

— Je ne veux pas être une victime ! avait martelé Rebecca. Ça gâchera tout ! Les gens achèteront mon CD par compassion. Par curiosité. Pas pour ma musique. Personne ne doit apprendre ce qui m'est arrivé.

— Jérôme est au courant. Et Alex. Que sait Nicolas ?

— Il ignore l'existence des photos.

Anne-Marie Ouellet avait esquissé une moue que Rebecca avait interprétée comme un reproche et elle s'était tout de suite défendue.

— Oui, je dois lui mentir. Eh oui, les secrets sont malsains, mais que voulez-vous que je fasse ? Si je lui parle d'Alex, il ne restera pas les bras croisés...

— Le chantage est un acte criminel. Tout comme faire des photos pornographiques de mineures. Tu dois dénoncer Alex.

— On ne sait pas qui d'autre est au courant. Je ne peux prendre aucun risque ! J'ai peur que ces photos se retrouvent sur le Net si je bouge dans un sens ou dans l'autre...

— Et dans l'attente d'un nouvel événement, comment gères-tu ton angoisse ?

Rebecca avait haussé les épaules. Elle s'était sentie si vide après la visite de Jérôme. Si épuisée après son appel. Après avoir reconnu le numéro de téléphone d'Alex. Comme si son corps l'avait quittée. Ou son esprit.

— J'ai l'impression de me morceler comme autrefois, avait-elle admis. J'ai envie de me couper. J'ai résisté, mais je ne dors plus...

— Il y a longtemps que ça ne t'était pas arrivé, avait dit Anne-Marie Ouellet qui se rappelait les épisodes de dissociation que sa patiente lui avait racontés, ces moments où Rebecca flottait au-dessus d'elle-même, où son esprit s'éloignait de son corps agressé pour se protéger.

Rebecca s'était redressée, s'était levée pour aller jeter un coup d'œil à la fenêtre. Avait-elle tort ou raison de faire confiance à cette psychiatre ? Elle ne lui aurait pas tout dit sans cette peur de perdre la tête alors que sa carrière démarrait, que les entrevues se multipliaient, alors que son gérant s'attendait à ce qu'elle soit parfaitement disponible, concentrée, fraîche comme une rose. Et heureuse de ce qui lui arrivait. Enthousiaste. Elle ne pouvait pas se permettre de dérailler.

Le vent couchait les branches du saule pleureur dans la neige qui tombait en abondance. On ne voyait pas de l'autre côté du boulevard troué par les éclats sporadiques des phares des voitures.

— Ce que je veux, c'est pouvoir dormir ! Il faut que vous me prescriviez d'autres pilules. Il faut que je sois en forme !

Anne-Marie avait posé une main compatissante sur celles de Rebecca, remarquant les ongles rongés à nouveau. Se rappelant les paroles de *Saccages* : « *Les doigts déchirés de n'avoir pu griffer.* » Rebecca résisterait-elle à ce stress encore longtemps ? Sa relation avec Nicolas l'avait beaucoup rassurée sur sa féminité, son intimité reconstruite, mais les derniers événements menaçaient de tout saper, de tout étouffer dans les mensonges. De saborder des mois de thérapie. Rebecca avait évoqué, heureusement, son envie de se mutiler et cette menace de dissociation au lieu de tenter d'enfouir ces troubles, mais sa franchise ne pouvait la libérer de ce désarroi dans lequel l'avait plongée la trahison de son beau-père.

Rebecca était une résiliente. Forte, très forte. Passionnée. Mais l'art ne pouvait pas suffire à la sauver des spectres de son passé. Qui revenaient maintenant la hanter de manière trop tangible.

Anne-Marie Ouellet avait réussi à persuader Rebecca de venir la voir au cours de la semaine. Tous les jours s'il le fallait; elle l'aiderait à gérer cette crise due à ces événements si particuliers, si toxiques. Elles arriveraient à trouver une solution, avait-elle promis à Rebecca, tout en se demandant si elle avait raison d'être aussi affirmative quand trop d'éléments qui ne relevaient pas de ses compétences devaient être pris en considération. Avant que Rebecca quitte son cabinet, Anne-Marie lui avait promis de vérifier, d'un point de vue légal, à quel point son secret serait protégé si elle se décidait à accuser Alex Marceau. Car elle devait s'y résoudre ! Elle devait se confier à Maud Graham. Anne-Marie lui avait rappelé que les photos pouvaient être revendues à quelqu'un d'autre que Jérôme. La psychiatre était mal à l'aise de devoir obliger sa patiente à garder ce péril en tête au lieu de l'évacuer, mais elle devait la persuader de prendre les mesures qui s'imposaient pour contrer Alex Marceau. Avait-elle réussi ? Comme elle aurait aimé pouvoir communiquer avec Maud Graham, ne pas être retenue par le secret médical !

Anne-Marie avait observé Rebecca tandis qu'elle traversait la rue, vacillant, luttant contre les vents violents mais continuant d'avancer. Résiliente. Oui, mais à quel point ? Comment l'aider davantage ?

Rebecca marchait toujours dans la tempête. Elle avait quitté le cabinet de la psychiatre à dix-sept heures et était partie à pied du bassin Louise pour rentrer chez elle au lieu de prendre l'autobus qui empruntait le boulevard Champlain. Depuis une heure, le fleuve, la route et le ciel se confondaient dans une masse blanche mouvante, fantôme géant engloutissant la ville, l'anéantissant. Rebecca s'était imaginé quitter le boulevard, se diriger vers les battures, continuer vers le Saint-Laurent, s'y perdre pour toujours. Elle s'était mise à hurler d'impuissance. C'était facile pour la psychiatre de lui conseiller de dénoncer Alex, mais elle n'était pas à sa place.

Combien de temps avait-elle crié ?

Elle se sentait légèrement plus calme quand elle s'était enfin tue, avait presque souri en s'interrogeant : en quelle tonalité criait-elle ?

Elle s'était efforcée de chanter à tue-tête, de projeter ses notes dans la tempête, d'y dissoudre sa peur.

Ne conserver que la colère. Les gens qui prétendaient que la colère est un sentiment négatif ne connaissaient rien à la survie.

Elle arriva à l'appartement, vit les lumières derrière le voile de la fenêtre panoramique ; Nicolas était rentré. Elle soupira, anxieuse à l'idée de lui mentir encore. Anne-Marie Ouellet avait raison de la mettre en garde contre cette attitude, mais avait-elle une meilleure solution à proposer ? Non.

Elle avait décidé d'appeler David, s'en était étonnée elle-même. Depuis combien de mois le connaissait-elle ? Pourquoi lui faisait-elle à ce point confiance ? Parce qu'il avait tenu ses promesses jusqu'à maintenant. À partir du moment où il s'était intéressé à ce qu'elle faisait, il avait joué cartes sur table, n'avait jamais caché les difficultés qui les attendaient, avait été transparent en ce qui concernait les questions financières. David Soucy lui semblait solide, sûr, sensé. Plus expérimenté que Nicolas, même si celui-ci avait toujours fait preuve de maturité. Elle appréciait les remarques de David quand il parlait de sa femme, de ses enfants. Sain. Il lui paraissait sain. Et déterminé à bâtir sa carrière.

Est-ce que tout s'écroulerait à cause de ces maudites photos ? Elle n'imaginait pas tout raconter à David, mais elle avait besoin de sa présence rassurante. Qu'elle aurait aimé avoir un père tel que lui ! Avoir un père tout court !

Un vertige saisit Rebecca. Elle se laissa tomber dans la neige et songea qu'elle pourrait s'endormir là pour ne plus jamais se réveiller.

Puis elle bougea les bras malgré elle. Elle les agita en cadence et ses jambes imitèrent ses bras. Elle faisait l'ange. Elle revit le visage de Nina qui se penchait sur elle et lui murmurait qu'elle n'était pas un ange, mais la plus adorable des petites sorcières.

Elle se releva. Elle serait désormais une sorcière. Mais certes pas aussi adorable. Alex Marceau le constaterait bientôt. Il avait ruiné son enfance au lieu de la secourir ; elle ne le laisserait pas détruire son avenir.

***

Lundi, 17 décembre, 16 h

— Tu n'as rien appris ?

— On ne peut pas entrer au Starbucks ? On gèle !

— Je ne veux pas que personne nous entende ! Tu as reparlé à Maxime et tu ne sais rien de plus ?

— J'ai posé autant de questions que je le pouvais, se défendit Coralie. Mais comme je te l'ai dit, la mère de Maxime n'a pas le droit d'évoquer le meurtre. Parce que l'enquête n'est pas terminée.

— Pas terminée pour quelle raison ?

— C'est évident. Ils cherchent toujours l'auteur du crime.

Éloïse soupira, insista. Coralie n'avait vraiment pas réussi à obtenir plus de détails ? Maxime vivait avec la policière qui menait l'enquête sur la mort de Jean-Louis Carmichaël et il n'avait pas la moindre idée de ce qui se passait ?

— As-tu réellement essayé d'en savoir plus ?

— Tu es injuste ! Tu étais là samedi avec nous ? J'ai voulu faire parler Maxime, mais ça ne lui tentait pas de discuter du travail de sa mère. Si j'avais continué à lui poser des questions, il se serait douté de quelque chose.

— J'aurais dû demander à Myriam de lui parler, fit Éloïse. Elle a le tour avec les gars. Ils font ce qu'elle veut.

Coralie cessa de respirer : elle avait fait des efforts pour obtenir des informations sur le meurtre de Carmichaël et c'est ainsi qu'Éloïse la remerciait ?

— Tu n'as qu'à interroger Maxime toi-même, protesta-t-elle.

— Pour qu'il se demande pourquoi ?

— Comment veux-tu qu'il devine que ton père a...

— Laisse tomber. Je n'aurais pas dû t'en parler. Personne ne peut m'aider. Ni toi ni Laurent.

Coralie haussa les sourcils ; son jumeau savait tout et n'en avait pas discuté avec elle ?

— Tu as dit à Laurent que ton père avait...

— Non ! Seulement que je connaissais Carmichaël parce qu'il était notre voisin. Que ça m'intriguait. Mais il n'avait rien à m'apprendre. Je ne sais pas de quoi il parle avec Maxime. Il est tellement bizarre, celui-là...

— Maxime ?

— On ne sait jamais ce qu'il pense.

— J'ai froid, insista Coralie, décidée à entrer au café pour boire une boisson chaude.

Si Éloïse n'en avait pas envie, tant pis pour elle, qu'elle reste à geler dehors. Elle voulait bien essayer de l'aider, mais pas à n'importe quelle condition.

— Non, je n'ai plus rien à faire ici. Je comptais sur toi, mais tant pis... Je n'aurais pas dû te parler.

Coralie la dévisagea avant de pousser la porte du café.

— Attends, je suis injuste avec toi, fit Éloïse en suivant Coralie. Oublie ce que j'ai dit.

La chaleur de l'établissement, l'odeur des grains grillés et moulus, les excuses d'Éloïse réconfortèrent Coralie. Elles s'assirent au fond de la salle, loin de la porte d'entrée et, après avoir bu les premières gorgées d'un café viennois, Coralie se sentit le devoir de défendre Maxime.

— Je ne le trouve pas bizarre. Au contraire, il est gentil. Plus gentil que Kevin avec qui je sortais avant. Je n'en reviens pas qu'il se soit fait tirer une balle dans l'épaule !

— Ce n'est pas une invention ?

— J'ai vu sa cicatrice. Ce n'est pas un menteur.

Éloïse observa Coralie. S'était-elle entichée de Maxime ? Dans ce cas, elle finirait bien par glaner des informations sur la mort de Carmichaël. Elle devait continuer à l'encourager dans cette voie.

— En tout cas, concéda-t-elle, il est *cute*.

— Tu trouves ?

— Oui. Et tu lui plais.

— Sérieusement ?

— Oui, j'en suis certaine. Et Laurent, est-ce qu'il t'a reparlé de moi ?

Coralie haussa les épaules avant de boire son café.

— C'est un gars, dit-elle pour éluder la question. On ne jase pas tellement de ces affaires-là ensemble.

Elle ne pouvait tout de même pas lui dire que son frère n'était plus aussi chaud à l'idée de sortir avec elle.

« Elle change constamment d'humeur. Elle est trop imprévisible, trop *weird.* »

— Les gars, c'est compliqué de les comprendre, fit remarquer Éloïse.

Coralie acquiesça et termina son café en silence. Elle aurait voulu rester là, dans le tumulte réconfortant de ce resto, avec ces clients autour d'elles, ces deux vieilles dames qui papotaient à la table voisine. Ne plus en sortir, oublier cette histoire de fous à laquelle elle n'aurait jamais dû se mêler. Elle avait fait des cauchemars où son propre père était arrêté à la place de celui d'Éloïse. Coralie se répétait que son amie n'était pas certaine que son père était le meurtrier de Jean-Louis Carmichaël, mais elle aurait aimé lui apporter la preuve qu'elle se trompait. Pour qu'elles puissent oublier toute cette histoire qui la dépassait totalement. Elle n'aimait pas du tout cette sensation qu'elle avait de se servir de Maxime, mais, d'un autre côté, si elle obtenait des informations rassurantes…

***

Lundi 17 décembre, 21 h

Les courbes des montagnes avaient disparu pour faire place à la ville qui ressemblait, tout en noir, blanc et sépia, à une carte postale ancienne. Rebecca n'était jamais montée au dernier étage de l'hôtel Loews et, dans ce bar qui exécutait une rotation complète sur lui-même, elle réussissait malgré l'angoisse qui la rongeait à admirer Québec vingt étages plus bas. Elle distinguait les calèches, la porte Saint-Louis, s'émerveillait de la vastitude des plaines. Elles semblaient plus étendues du haut du ciel. Il faudrait qu'elle revienne dans ce bar avec Nicolas. Lorsque tout serait réglé. Mais quand ?

— Rebecca ? Tu m'écoutes ? la taquina David Soucy.

— J'étais distraite. C'est vraiment beau ici !

— J'aime bien venir prendre un verre quand je passe par Québec. Es-tu contente de ce que tu as acheté pour la séance de photos ?

Elle hocha la tête, refusant que le mot photo soit pour toujours entaché par la trahison d'Alex, se répétant qu'elle aimerait qu'on capture son image, qu'elle aimerait la voir sur une pochette de CD, sur les affiches dont parlait David à l'instant.

— Tu es certaine ? Tu n'as pas l'air si enthousiaste.

Rebecca protesta : elle était très satisfaite des vêtements qu'elle avait dénichés.

— Ça me ressemble.

— Tant mieux. Ce qui te ressemble moins, ces jours-ci, c'est ton attitude. Tu n'as pas d'énergie.

— Ça va revenir, je te le promets.

— Des problèmes de cœur ?

— Non, je te répète que non.

— Est-ce que ça t'ennuie que Nicolas ait accepté ce contrat pour les trois prochains mois ? insista David. Il sera souvent parti, mais…

— Non ! C'est parfait ! Je partirai moi aussi en tournée de mon côté, bientôt. C'est ce que tu m'as dit ?

— Oui. On fait équipe, Rebecca, je dois avoir confiance en toi.

— J'ai confiance en toi, je t'ai appelé…

— Je peux tout entendre. J'en ai vu des artistes dans ma vie. Avec toutes sortes de problèmes de consommation, d'alcool, de médicaments. On peut en parler.

Elle secoua la main si brusquement qu'elle faillit renverser son Pink Lady.

— Je suis clean, je te le jure !

— Qu'est-ce que tu as, alors ? Je veux t'aider.

Rebecca détourna le regard vers la broderie de lumières qui filait jusqu'à l'île d'Orléans. Elle se rappelait un été avec Nina où elles avaient cueilli des fraises. Alex les avait photographiées ensemble avec leurs paniers remplis de fruits.

Comment avait-il pu la trahir ainsi ?

— C'est un ancien ami, finit-elle par répondre à David Soucy. Il m'a blessée. Je t'en parlerai un jour. C'est trop frais, trop à vif…

— Les peines d'amitié, c'est aussi grave que les peines d'amour.

Rebecca inclina la tête, touchée par la sollicitude de son gérant.

Il fallait que tout se règle avec Alex, sinon ce serait elle, Rebecca, qui trahirait la confiance que David avait en elle. Elle aurait voulu lui dire ce qui la menaçait, le prévenir qu'on parlerait peut-être d'elle dans les médias pour une tout autre raison que son talent.

Lorsqu'il l'avait rejointe au téléphone, alors qu'elle pénétrait dans le hall de l'hôtel, Jérôme Carmichaël avait déclaré qu'il fallait empêcher Alex de continuer à leur nuire, qu'il en était arrivé à la seule conclusion possible : Rebecca devait s'introduire chez lui pour fouiller son appartement et découvrir où il cachait ses maudites photos, ses négatifs.

— On n'a pas de preuves, hormis son ancien numéro de téléphone inscrit sur une photo, avait-il ajouté. Ce ne serait pas assez pour le faire arrêter. Et de toute manière ce n'est pas ce que nous voulons, n'est-ce pas ? On garde la police en dehors de tout ça. Tu te pointeras chez lui avec une bonne bouteille et tu le drogueras. Quand il dormira, tu auras tout le temps de chercher.

— On n'est pas dans un film ! avait objecté Rebecca en regardant autour d'elle : David n'était pas encore arrivé, heureusement.

— As-tu une meilleure idée ?

— On ne se parle quasiment plus. Alex trouvera ça étrange que je débarque chez lui...

— Invente un prétexte. Dis que tu veux fêter ton succès avec lui.

— Il ne me croira pas.

— Dis que tu as de l'argent à lui remettre.

— De l'argent ?

— Raconte qu'une parente de Nina est morte et vous a laissé du fric à tous les deux.

— C'est sûr qu'un joueur a toujours besoin d'argent, avait admis Rebecca. Tu me fourniras ce qu'il me faut pour Alex ?

Elle refusait de prononcer le mot drogue dans le hall du Concorde, même si les gens assis en face d'elle, dans les fauteuils, parlaient en anglais. Cette conversation était surréaliste et dérangeante.

— D'ici quelques jours. Ce n'est pas si évident quand on n'a pas de contacts dans le monde... tandis que dans ton milieu...

— Fais ta part, l'avait coupé Rebecca. Pourquoi ce ne serait pas à toi de rencontrer Alex ?

— Il ne me laissera jamais entrer chez lui ! Je n'ai aucune chance, tandis qu'à toi il ouvrira. Non, non, il faut que tu l'appelles, que tu lui parles d'argent. Tu es certaine que tu ne pourrais pas t'occuper de...

— Fais ta part du contrat, l'avait-elle de nouveau interrompu.

Il n'était pas question qu'elle achète du GHB ou n'importe quelle autre cochonnerie. La dope, c'était bien fini pour elle.

Des rafales effacèrent Québec durant quelques secondes et Rebecca songea qu'elle aurait aimé disparaître elle aussi derrière les vitres panoramiques. Mais ce n'était pas à elle de se dissoudre, de s'oblitérer. Ce n'était pas elle, la coupable. Elle récupérerait les photos, mais il faudrait bien qu'un jour Alex paie pour sa trahison. Comment ? Elle trouverait bien une façon de se venger. Les joueurs qui ont trop de dettes ont parfois des destins malheureux.

Elle s'approcha de la vitre givrée et se tourna vers David.

— On dirait qu'on n'est nulle part.

— Tu voudrais être ailleurs ? Parle-moi, Rebecca. Tu m'as téléphoné parce que tu avais besoin de moi.

— Je sais. Je suis contente que tu sois là. Je te dirai tout d'ici une semaine. D'ici Noël.

Elle espéra que son sourire était convaincant.

***

Mardi, 18 décembre, midi

Michel Joubert déposa sa fourchette à dessert dans l'assiette vide, soupira. Il aurait dû résister au strudel, mais il avait eu envie de le comparer à celui que préparait Grégoire.

— Le sien est aussi bon. Prends-tu du thé ?

— Tu sais bien que non, répondit Graham. Je déteste les thés industriels.

Joubert fit signe à la serveuse de leur apporter un espresso, puis il tapota le calepin de Maud posé à côté de son assiette.

— Tu as relu toutes tes notes. Qu'est-ce qui nous échappe avec Jérôme Carmichaël ? Absolument rien ne nous indique qu'il est mêlé à l'assassinat de son père, mais je suis d'accord avec toi : il nous cache des trucs.

— Il sait que son père avait des penchants pédophiles, assura Maud Graham. J'ai lu son inquiétude quand j'ai parlé des révélations de Jeanne. Je ne l'ai pas nommée, mais il connaît peut-être son nom. Ou celui d'une autre de ses victimes. De Rebecca Delage, par exemple.

— Mais il se taira. Et je suppose que la plupart des gens feraient la même chose à sa place. Personne ne souhaite avoir un père pédophile. Tu es persuadée que c'est une des victimes qui s'est vengée ?

— Nous n'avons pas tellement d'options. Une victime ou un de ses proches, un père, un mari, un frère. Ce que je comprends parfaitement... Si quelqu'un s'en était pris à Maxime...

— Pour Grégoire, c'était plus compliqué.

Michel Joubert faisait allusion à la vie de Grégoire dans la rue, aux années où il s'était prostitué. Grégoire lui avait confié que Maud avait tout essayé pour le protéger, mais qu'il s'était longtemps entêté à vivre dangereusement. Comme s'il devait se punir, alors que c'était lui qui avait subi les assauts de son oncle Bob.

— Je suis tellement soulagée que vous soyez ensemble, confia Graham. Même si je sais que je m'inquiéterai toujours pour lui.

— Tu vas revoir Rebecca Delage ? s'enquit Joubert.

— Je veux qu'elle me confirme que j'ai raison, que Carmichaël a abusé d'elle.

— Elle a un alibi pour la journée du meurtre.

— Oui, mais elle aussi nous cache des choses, déplora Graham. Je n'aime pas être obligée de lui faire revivre son cauchemar, mais nous n'avons aucune autre piste. Il faut qu'on en apprenne plus sur Carmichaël, sa méthode pour approcher ses proies, les circonstances des agressions.

— Dans la liste des anciens voisins de Carmichaël, on a une bonne vingtaine d'enfants de moins de quatorze ans. Même scénario avec la liste de ses locataires. La plupart des gens me laissent le sentiment d'avoir très peu connu Jean-Louis Carmichaël. Personne n'a d'anecdotes à rapporter à son propos. Plusieurs m'ont mentionné l'épluchette de blé d'Inde qu'il organisait. C'est à peu près le seul événement qui a retenu leur attention.

— Jérôme m'en a parlé. Montre-moi de nouveau les photos des épluchettes.

Michel Joubert tira d'un dossier des photos que lui avait remises un des voisins des Carmichaël. Elles avaient été prises au moment où ils vivaient à Charlesbourg.

Graham indiqua un visage, dans le coin supérieur gauche d'un des clichés.

— C'est Rebecca. Et qui se tient derrière elle ? Son prédateur. Note comme elle sourit sur cette photo. Il ne lui a pas encore volé son innocence.

Graham eut un frisson.

— C'est aussi pire de voir les enfants ignorants de ce qui les attend que de les voir ensuite. Pourquoi personne ne se rend jamais compte de rien ?

— Parce que les pédophiles sont très habiles, soupira Joubert. Patients. Telles les araignées qui tissent leur toile.

Graham l'arrêta d'un geste : les araignées étaient utiles, alors que les prédateurs étaient la lie de la société.

— Tu voudrais tendre une toile où ils s'englueraient tous ?

— Exactement ! Tu es bien placé pour savoir que l'oncle Bob a marqué Grégoire pour la vie, même s'il s'en sort aujourd'hui.

Maud Graham reprit la photo pour l'examiner, la glissa entre deux pages de son calepin.

— Je retourne voir Rebecca Delage avec cette photo.

— Tu sais à combien de personnes Grégoire a révélé les agressions de son oncle ? demanda Michel Joubert. Six. Sa mère qui ne l'a pas écouté. Toi. Pierre-Yves, son ancien chum. Alain, quand vous avez commencé à vivre ensemble. Maxime, pour le mettre en garde contre les prédateurs. Et moi. Pourquoi Rebecca se confierait-elle à toi ? Elle n'a rien à gagner à parler. Elle doit plutôt chercher à tout oublier.

— J'imagine que tu as raison et ça me désole autant que toi de la torturer avec cette histoire. Sauf qu'elle a mis le feu chez Carmichaël. Elle devait avoir un motif très sérieux. Quand j'ai appelé Mme Cook pour la remercier de m'avoir envoyé la recette de biscuits, on a évidemment reparlé des Carmichaël et de Rebecca. Elle m'a redit que Jérôme et elle avaient été assez liés, mais qu'il devait s'être produit quelque chose de grave pour qu'ils s'évitent tout à coup. C'est ce que je veux découvrir.

— Mme Cook n'a pas la moindre idée de ce qui a pu se passer ?

— Non. Je lui ai dit de me rappeler si un détail lui revenait en mémoire.

Maud Graham soupira ; elle n'avait pas le choix d'interroger à nouveau Rebecca Delage même si elle le déplorait. Elle regrettait aussi, maintenant, de ne pas avoir résisté au dessert. Elle avait un poids sur l'estomac même si la pâte du strudel était aérienne.

Cette sensation désagréable perdurait quand elle se gara tout près de l'appartement de Rebecca Delage. Elle contempla le fleuve durant de longues minutes avant de se décider à sonner à la porte. La pâleur de Rebecca, les cernes sous ses yeux, son regard traqué étaient révélateurs et accentuèrent le malaise de Maud Graham.

— Je m'excuse de revenir vous tourmenter, assura-t-elle. Mais je crois que vous pourriez m'apprendre ces choses que je dois savoir sur Jean-Louis Carmichaël.

— Je vous ai tout dit, protesta Rebecca. J'allais parfois me baigner dans leur piscine comme les autres enfants du quartier.

— Je pense que vous n'étiez pas comme tous ces enfants aux yeux de Carmichaël. Vous étiez spéciale pour lui.

— Je ne sais pas ce que...

— J'ai vu une photo de vous ensemble.

Rebecca blêmit, vacilla et Maud Graham se précipita vers elle pour la soutenir, l'aidant à atteindre le canapé de la salle de séjour. Que signifait la violence de cette réaction ?

Rebecca resta quelques minutes la tête penchée sur ses genoux, s'efforçant de respirer, de réfléchir : une photo ? Ça ne pouvait pas être celle qu'Alex avait envoyée à Jérôme ; un maître chanteur ne poste pas ses photos à des policiers. Ça n'avait aucun sens. Elle perdait les pédales. Elle avait pris trop de pilules, elle n'aurait pas dû dépasser la dose, mais elle voulait dormir et maintenant elle était confuse. Nicolas s'était inquiété, plus tôt, du temps qu'elle mettait à sortir du lit. Une photo ? Quelle photo ?

— Vous vous sentez mieux ?

— Je ne sais pas ce qui s'est passé.

— L'idée de regarder une photo vous a terrorisée. J'en suis navrée.

Graham tenait pourtant la photo devant elle, attendant que Rebecca se décide à tendre une main tremblante vers le cliché. La jeune femme fronça d'abord les sourcils, changea totalement d'expression, presque soulagée. Puis intriguée.

— Pourquoi me montrez-vous cette photo ?

— Parce que je pense que c'est à cette épluchette que Carmichaël a commencé à s'intéresser à vous. Sa main sur votre épaule est celle d'un prédateur. Et votre réaction, à l'instant, a trahi votre peur. Ce que j'ignore, c'est si vous craignez de remuer le passé ou si votre angoisse est liée à un événement plus récent. À une menace plus précise. Si vous connaissiez, par exemple, celui qui a tué Carmichaël et qu'il vous oblige à garder le silence…

— Non ! Et ça…

Rebecca laissa tomber la photo sur la table devant elle comme si elle était sale, dégoûtante, contaminée.

— Dites-moi que j'ai raison, insista Maud Graham, que Carmichaël était un prédateur sexuel.

— Je ne suis pas une victime, répondit Rebecca. Je ne veux pas être une victime.

— Mais il s'intéressait à vous, répéta Graham.

— Je ne l'ai pas tué, vous avez vérifié mon alibi. Je ne connais pas son assassin non plus. Arrêtez de me harceler ! Vous me stressez, je suis obligée de prendre des pilules pour dormir !

— J'ai besoin de multiplier les témoignages prouvant que Carmichaël était désaxé. Que je cherche dans la bonne direction.

— Et si… s'il était vraiment comme vous le dites ? Qu'est-ce que ça changerait ? Il est mort.

Graham nota que Rebecca se refusait même à prononcer le nom de Carmichaël, mais qu'elle n'avait pas nié qu'il s'était rapproché d'elle.

Elle voulait protéger son secret tout en ayant envie de s'en libérer. Graham se rappela sa conversation avec

Léa, des semaines plus tôt, à propos des femmes qui acceptent ou refusent de témoigner en cas de viol.

— J'ignore ce que je ferais à votre place, avoua Graham. Si on avait abusé de moi, je ne sais pas si j'en parlerais. Et à une inconnue, en plus. J'ai lu beaucoup sur la question, sur les victimes de viol, d'inceste. J'ai longtemps tenté de protéger un garçon qui avait vécu ça. Je pense qu'il aurait partagé votre envie de faire griller son agresseur.

Rebecca dévisagea Maud Graham avant de lui demander ce que Grégoire était devenu.

— Il va bien aujourd'hui. Il a un amoureux, un boulot qu'il aime. Comme vous adorez la musique, j'imagine. J'ai écouté plusieurs fois *Saccages*. On dirait une histoire. Violente. Grave. Ce sont les mots de mon fils. Grave. Maxime adore votre chanson. Lui aussi a eu sa part de problèmes avant que je l'adopte. Un père irresponsable et une mère fantôme. Comme vous qui avez perdu la vôtre trop jeune.

— Vous savez ça aussi ?

— C'est mon boulot de savoir. Mais il me manque encore trop d'éléments sur Carmichaël.

Rebecca poussa un soupir rageur, répéta qu'il était mort.

— Il pourrit six pieds sous terre ! Qu'est-ce que ça vous donne de remuer toute cette cochonnerie ? Celui qui l'a tué a rendu un vrai service à…

— À de prochaines victimes ?

— C'est vous qui avez dit qu'il était pédophile.

La porte s'ouvrit si soudainement qu'elles sursautèrent. Rebecca approcha sa main de la photo, croisa le regard de Graham qui éloigna le cliché hors de sa portée tandis que Nicolas les rejoignait.

— Maud Graham, fit-elle en tendant la main à Nicolas, souhaitant qu'il n'ait pas remarqué son étonnement en découvrant la cicatrice qui traversait son visage sans pourtant l'enlaidir.

— J'enquête sur le meurtre de Jean-Louis Carmichaël, précisa-t-elle.

— Je t'ai déjà dit que c'était notre ancien voisin, souffla tout de suite Rebecca.

— On essaie de rencontrer tous ceux qui pourraient nous parler de lui.

Nicolas échangea un coup d'œil avec Rebecca qui haussa les épaules mais se raidit quand elle vit Graham montrer la photo à son amoureux.

— Reconnaissez-vous quelqu'un ?

Nicolas parut surpris, commença par dire qu'il n'avait jamais rencontré Jean-Louis Carmichaël, mais prit tout de même la photo, par simple curiosité ou par politesse, pour l'examiner. Il sourit en identifiant Rebecca.

— Tu étais tellement mignonne avec tes tresses.

Il approcha davantage la photo de son visage, pointa un visage.

— Tiens, le beau Alex Marceau...

— Ne me parle pas de ce loser, fit Rebecca, je n'ai...

— Eh ! Ce type-là ? l'interrompit Nicolas. Il me semble que je l'ai déjà vu.

Il écarquillait les yeux en désignant Jérôme Carmichaël sur le cliché.

— C'est le type qui est venu ici l'autre jour, non ? Il a grossi mais je le reconnais.

— Quel type ? questionna Maud Graham en se penchant vers Nicolas.

Nicolas désigna Jérôme Carmichaël, debout à côté d'une grande marmite remplie d'épis de maïs.

Tiens donc... Jérôme Carmichaël avait rendu visite à Rebecca Delage ? Pour quel motif ? Graham se tourna à son tour vers la jeune femme qui se rassit sur le canapé avant d'expliquer que Jérôme lui avait téléphoné après l'avoir entendue à la radio.

— Il me parlait comme si j'étais une vedette, inventa Rebecca. Il était excité de me connaître. Puis il m'a dit que son père était mort. Il était bouleversé, je n'ai pas osé refuser de prendre un verre avec lui.

— Vous l'aviez déjà revu avant ?

— Non, c'était étrange, fit Rebecca avec une sincérité qui, elle, n'était pas feinte. Étrange de le revoir après toutes ces années. Je ne savais pas trop quoi lui dire. Heureusement, il n'est pas resté longtemps.

Nicolas était demeuré en retrait et Graham regrettait de ne pouvoir observer ses réactions aux propos de Rebecca.

— Tu es rentré, poursuivit-elle en s'adressant à Nicolas, et Jérôme est parti.

— Vous l'avez revu depuis ?

Rebecca secoua trop vite la tête.

— Nous n'avons pas grand-chose à nous dire.

— C'est vraiment son père qui a été assassiné ? s'enquit Nicolas qui semblait troublé par ces révélations.

Rebecca n'en avait pas parlé avec son amoureux ? Son agresseur avait été assassiné, son fils lui avait rendu visite et elle n'avait rien dit de tout cela à celui qui partageait sa vie ? Elle était étonnamment réservée...

— Je n'avais pas envie de ressasser tout ça. Ces gens sont reliés à mon adolescence merdique. Est-ce qu'on pourrait passer enfin à autre chose ?

— Ça ne dépend pas de moi, répondit Graham en se dirigeant vers la porte d'entrée. Je vous redonne mes coordonnées.

Elle sortit une carte professionnelle d'une poche de sa veste et la tendit à Rebecca, mais c'est Nicolas qui la saisit, qui prit la peine de lire le titre de Maud Graham.

— Vous pouvez m'appeler n'importe quand, ajouta-t-elle en souriant. Je ne suis pas là pour vous embêter mais vous aider.

— Alors oubliez-moi, murmura Rebecca en la fixant de ses grands yeux semblables à des lacs gelés.

Graham esquissa un geste d'impuissance avant de fermer la porte derrière elle. Elle aurait aimé rester pour entendre les explications que donnerait Rebecca à Nicolas. Elle était persuadée qu'il l'interrogerait dès qu'elle aurait poussé la porte de l'immeuble. De son côté, elle reparlerait à McEwen et à Joubert qui avaient rencontré le beau-père de Rebecca. Quand Nicolas avait prononcé son nom, Graham avait eu l'impression que Rebecca aurait pu cracher sur la photo, comme si elle méprisait autant Alex que Jean-Louis Carmichaël.

Et pourquoi Jérôme était-il entré en contact avec elle ? Elle ne l'imaginait pas du tout en fan d'une chanteuse débutante.

Chaque fois qu'elle empruntait le boulevard Champlain et passait devant la côte Gilmore en hiver, Maud Graham se demandait si ça l'ennuyait ou non qu'elle soit fermée d'octobre à avril, si elle préférait couper à travers les plaines pour joindre le poste de police ou si elle se réjouissait de devoir longer le boulevard jusqu'à Québec. Elle ne se lassait pas de contempler le Saint-Laurent, superbement mis en valeur entre Sainte-Foy et le quartier du Vieux-Port. Elle se promettait même d'acheter une bicyclette l'été prochain et d'imiter tous ces gens qui jouissaient d'une des plus belles pistes cyclables de la région, qui s'arrêtaient à mi-chemin pour respirer l'air du fleuve, compter les voiliers qui ressemblaient à des papillons posés sur les flots ardoise. L'hiver, les teintes bistre, brunes, grises et même noires dominaient, mais Graham aimait tout autant ce fleuve moins souriant, plus sauvage. Alain avait reparlé d'acheter une maison à l'île d'Orléans afin d'être face au Saint-Laurent. Elle avait repoussé cette idée pour des raisons pratiques, mais elle y pensait souvent. Quand Maxime quitterait la maison, peut-être ? Quand elle-même prendrait sa retraite ?

Elle sourit en songeant à Rouaix qui avait reporté ses projets de retraite. Ce ne serait pas indéfiniment, bien sûr. Il avait toutes les raisons de partir après trente ans de bons et loyaux services. C'était cinq ans de plus que bien des enquêteurs. Elle jeta un coup d'œil sur le fleuve, refusant de penser au départ de son ami. À sa propre retraite. Elle détestait ce mot.

Pourquoi Jérôme Carmichaël avait-il rendu visite à Rebecca Delage ?

Qui savait quoi ?

Chapitre 11

Mercredi 19 décembre 2012

Maud Graham brancha la bouilloire et versa des brindilles de Oolong dans sa main. Elle avait besoin d'un thé pour se réconforter, chasser l'impression de malaise qu'elle ressentait depuis sa visite à Rebecca. Elle détestait ce sentiment d'impuissance, mais comment pouvait-elle forcer la jeune femme à accepter son aide ? Elle héla McEwen, assise devant son ordinateur.

— Tu veux du thé ? J'aimerais que tu me reparles de votre visite à Alex Marceau.

— Un bel homme qui se fie trop à sa jolie gueule.

— Si beau ?

— Oui. Mais ça ne durera pas toujours.

McEwen déplaça des dossiers sur son bureau, repéra celui où elle avait glissé ses notes sur Alex Marceau et rejoignit Graham dans la salle de conférences.

— Que cherches-tu au juste ?

— Quel est son rapport avec sa belle-fille ?

— Ce n'est pas sa belle-fille au sens légal du mot. Il n'a jamais été marié à Nina, la mère de Rebecca. Il nous a avoué qu'il avait manqué d'empathie envers l'adolescente quand Nina est décédée. Qu'il était lui-même déboussolé. Incompétent. Qu'il se sentait coupable de ne pas avoir compris qu'elle était à ce point perturbée.

— Il n'avait rien remarqué ? s'étonna Graham.

— Si, mais il ne s'imaginait pas qu'elle poserait un tel geste. Elle n'avait jamais parlé de ces voix qu'elle entendait avant l'incendie. Il croit que les drogues qu'elle prenait lui ont fait perdre la tête.

— Mais il sait qu'elle n'a jamais été formellement diagnostiquée schizophrène. D'après le rapport que j'ai lu émanant de l'hôpital où elle avait été placée en observation, les spécialistes avaient des doutes sur ces prétendues voix. On l'a internée parce qu'elle était déséquilibrée et à cause des pilules qu'elle avalait comme des bonbons. Sans compter les autres drogues qu'elle avait pu essayer.

— On a voulu la protéger d'elle-même, conclut McEwen.

— Il me semble que la schizophrénie survient plutôt à la fin de l'adolescence, au début de l'âge adulte, dit Graham. Ce sont surtout des garçons qui en sont victimes. Mais je crois à son désarroi. Je crois qu'elle était dans un état de peur, de tension et de fureur quand elle a incendié la demeure des Carmichaël, mais c'est bien possible qu'elle ait obéi à sa propre morale plutôt qu'à ces voix venues de nulle part. Et pour une première fois, tantôt, elle ne m'a pas contredite quand j'ai émis l'hypothèse d'un abus de Carmichaël.

McEwen esquissa un sourire qu'un mouvement de la tête de Graham effaça aussitôt.

— Ne t'emballe pas. Elle n'a rien confirmé. Mais elle n'a pas nié. Et j'ai appris que Jérôme Carmichaël lui a rendu visite récemment.

— Le fils Carmichaël ?

— Elle prétend qu'il s'est pointé chez elle après l'avoir entendue à la radio. Qu'il voulait la féliciter en personne.

— Je l'imagine mal en fan émerveillé, marmonna McEwen. Il est si froid !

— Qu'est-ce qu'il lui voulait alors ? Nous savons que ni Jérôme ni Rebecca n'ont tué Carmichaël, même s'ils sont évidemment liés à lui. Et ça dérange Rebecca que je sache qu'il est allé à son appartement. Elle était très fébrile, à la fois épuisée et excitée.

— Droguée ?

— Elle a dit qu'elle prenait des pilules pour dormir, qu'elle est archistressée, mais elle tente de le cacher à son amoureux. Je suppose qu'ils ont eu une bonne discussion après mon départ.

Graham versa du thé dans leurs tasses avant de reprendre.

— Je me demande ce qu'Alex Marceau pense de la nouvelle carrière de Rebecca.

— Il serait davantage du type groupie. Non par admiration, mais plutôt pour profiter du succès que pourrait avoir Rebecca. Si cette fille réussit, il se vantera sûrement de l'avoir élevée.

— Alors que, de son propre aveu, il a manqué de clairvoyance et d'empathie.

Tiffany McEwen fit une grimace comme si elle avait croqué une cerise aigre.

— Mais il faut le comprendre, le pauvre chou, il était en deuil.

— Tu ne l'as vraiment pas aimé, conclut Graham.

— C'est un bellâtre qui veut jouer au grand seigneur. Il passait son temps à remonter la manche de son chandail afin que je remarque sa grosse montre Cartier. C'est un loser qui prétend être un artiste. Il partage un loft dans le Vieux-Québec avec deux autres photographes. Je n'ai pas eu l'impression qu'ils l'appréciaient beaucoup. Je peux pousser plus loin les recherches, si tu veux, vérifier ses comptes par exemple. Il porte une Cartier, mais il ne vit pas dans un cadre très huppé.

— On tue les gens pour les mêmes motifs depuis deux mille ans : la passion, l'envie, la jalousie, la peur d'être dénoncé ou l'appât du gain. L'argent mène le monde...

— Qu'aurait rapporté la mort de Carmichaël à Alex Marceau ? demanda Tiffany. Je ne vois aucun lien.

— Moi non plus, admit Maud Graham, je vais trop vite. Mais il était en relation avec Carmichaël et avec Rebecca. Et je crois au lien entre ces deux-là. Marceau doit en savoir plus qu'il ne l'a affirmé.

— Il nous a dit qu'avec Nina, la mère de Rebecca, ils allaient parfois boire un verre au bord de la piscine des Carmichaël avec quelques voisins. Et il y avait l'épluchette annuelle. Mais il soutient qu'ils n'étaient pas intimes.

McEwen consulta de nouveau ses notes, relut à voix haute les propos d'Alex Marceau : « Nous ne vivions pas dans les mêmes univers. Jean-Louis était comptable et, moi, je gravite dans le monde de l'art. » Il a tâté de la musique avant de se découvrir un petit talent pour la photo. D'après ce que j'ai vu, on est loin des expositions dans des galeries et loin de ce que font ses colocataires.

— Ceux du loft dans le Vieux-Québec ?

— Oui, rue Couillard. Autant le travail de Marceau est banal, autant celui d'Émile Vincelette est original. Des chrysalides grossies des millions de fois, sur des motifs un peu japonais. C'est superbe. Et j'adore les papillons. Je songe à en utiliser pour fabriquer mes bijoux.

— Vraiment ? Je collectionnais les insectes, avant l'arrivée d'Alain et Maxime dans ma vie. Je passais des heures penchée sur leurs élytres, leurs carapaces. Il y a des bijoux parmi les coléoptères !

— Maxime avait quoi, onze, douze ans quand tu l'as recueilli ?

— Oui, sourit Graham.

— Tu l'as aimé tout de suite ?

Maud Graham hocha la tête, avoua qu'elle s'en était toujours étonnée. Elle ne croyait pas être capable d'un tel élan envers un enfant.

— Quand je pense qu'il est majeur aujourd'hui. Et peut-être amoureux.

— Amoureux ?

Le visage de Tiffany s'éclaira.

— Je veux tout savoir ! Qui est l'heureuse élue ?

— La jumelle de son ami Laurent. J'espère qu'il ne se blessera pas.

— Pourquoi se blesserait-il ? Tu es trop mère poule !

— Coralie s'intéressait énormément à mon travail quand elle est restée à dîner chez nous. Elle me parlait davantage qu'à Maxime.

— J'ai le même problème quand je rencontre quelqu'un. Les hommes sont soit fascinés, soit intimidés. Rarement naturels.

Maud Graham but une gorgée du Oolong avant de déclarer qu'elle irait à son tour rencontrer Alex Marceau.

— Je veux savoir pourquoi Rebecca le méprise autant.

— Peut-être qu'elle n'a jamais été dupe de ses manèges de séduction, contrairement à sa mère qui lui avait imposé ce beau-père.

— Je me demande ce qu'elle a pensé quand on a décidé de la laisser avec lui.

— Elle serait allée où ? rétorqua McEwen. Rebecca n'avait pas de famille. Et, par la suite, il semble qu'Alex allait régulièrement la voir au centre.

— Elle aurait commencé à le détester après sa sortie du centre ? Pour quel motif ?

Graham soupira. S'éloignait-on de l'enquête en s'intéressant à ce trio ?

— On doit continuer à interroger les anciens voisins. Jeanne Brochu nous a fait un vrai cadeau en nous révélant que Camichaël l'a agressée. Et Rebecca n'a pas nié que Carmichaël était un prédateur. Et les prédateurs ne s'arrêtent jamais. On doit trouver d'autres victimes !

— J'ai relu tous les rapports qui ont été rédigés. Je n'ai pas relevé de détails qui sortent du lot, mais Marcotte a mentionné deux familles, des voisins de Carmichaël où il y a des filles de l'âge de Jeanne quand elle a été violentée. Elle avait douze ans.

— Rebecca avait à peu près cet âge-là aussi. On doit revoir ces voisins.

***

Mercredi 19 décembre 2012

Penchée vers le miroir de la salle de bain, Rebecca scrutait son visage. Les cernes la faisaient paraître plus vieille et ses joues s'étaient creusées. Mais comment pouvait-elle avoir de l'appétit après ce que lui avait appris Jérôme Carmichaël ? Combien de temps tiendrait-elle sans s'effondrer ? Elle avait remis son rendez-vous avec la psychiatre, redoutant de se confier à nouveau même si elle savait que c'était nécessaire. Mais que penserait Anne-Marie Ouellet si elle lui disait qu'elle irait dans quelques heures chez Alex Marceau ?

Jérôme lui avait dit qu'elle devrait fouiller son appartement après avoir drogué Alex et elle le ferait. Si elle ne trouvait pas ce qu'elle cherchait, elle attendrait le réveil d'Alex pour le forcer à lui révéler où étaient cachées les maudites photos. Et à qui il les avait vendues. Elle l'attacherait et le menacerait d'entailler sa belle petite gueule. Son fonds de commerce.

Ses yeux paraissaient plus grands, lui sembla-t-il. À cause des cernes ? Ou de ses cheveux relevés ? Elle ne supportait pas, ces jours-ci, d'avoir la moindre mèche sur son front, la moindre mèche qui l'empêcherait de tout voir parfaitement. Elle devait être un concentré d'attention, une hyperbole d'acuité alors qu'elle avait précisément tant de peine à garder le cap. Elle était de plus en plus distraite ; elle avait perdu ses clés, les avait retrouvées dans une de ses bottes, rangé le lait dans l'armoire, ce que Nicolas avait bien sûr remarqué. Était-ce bien cette fille à l'air égaré qui la regardait dans la glace qui s'apprêtait à droguer Alex ? Elle se brossa les dents en songeant que tout était trop irréel, comme si elle jouait un rôle. Mais elle n'allait pas tourner un film. Elle était dans la vraie vie. Avec un beau-père qui était le pire des salauds. Il fallait qu'elle trouve les photos ! Il fallait que tout ça s'arrête sinon elle deviendrait folle. Pour de bon. Alex parlerait. Elle ne laisserait plus jamais un homme gâcher son existence.

— Quelle heure est-il ? marmonna Nicolas en se redressant à demi dans le lit.

— Huit heures. Je vais aller courir.

— Tu ne devrais pas, tu es crevée. Je sais que tu as mal dormi, je t'ai entendue te lever plusieurs fois. Je te prépare un bon petit-déjeuner.

— Non, non, protesta Rebecca, je boirai seulement un café.

— Non, tu mangeras. Laisse-moi m'occuper de toi.

Rebecca s'approcha du lit, baisa le front de Nicolas en lui disant de cesser de s'inquiéter pour elle.

— Après ce que tu m'as raconté hier soir ? Tu aurais dû me dire que c'était Carmichaël qui avait abusé de toi.

— On en a déjà parlé. Ça n'aurait rien changé. Et il est mort, aujourd'hui.

— Tu es certaine que son fils est venu te voir seulement pour être sûr que ce n'est pas toi qui l'as tué ?

— C'est ce qu'il m'a dit. Jérôme détestait son père. Il a commencé par me jurer qu'il ne me dénoncerait pas si c'était moi qui l'avais assassiné. Il a semblé déçu d'apprendre que j'étais à Montréal au moment du meurtre.

— Déçu ! Il est tordu.

— C'est de famille, soupira Rebecca. On change de sujet maintenant ?

— Mais qui a pu tuer ce type ?

— C'est ce que se demandent les enquêteurs. Ce n'est pas notre boulot. Je suis débarrassée de lui, c'est tout ce qui compte.

— Ça n'a pas l'air de t'avoir tellement soulagée.

— Je digère le choc, dit Rebecca.

Elle enfila son anorak, mit un bonnet, des gants, traversa le boulevard Champlain et gagna le bord du fleuve. Elle devait courir même si elle n'en avait pas envie. Elle aurait préféré se cacher sous un lit et attendre que tout s'arrête. Mais rien ne s'arrêterait si elle ne modifiait pas la situation, si elle ne mettait pas un terme à ce cirque. Elle courrait pour se calmer, être en parfait contrôle d'elle-même lorsqu'elle frapperait à la porte d'Alex. Elle devrait jouer son rôle jusqu'au bout. Elle lui raconterait que, après avoir entendu sa chanson à la radio, elle s'était souvenue qu'il l'avait initiée au jazz et au rock et que, sans lui, Nina l'aurait confinée à la musique classique. Il était assez imbu de sa petite personne pour y croire. Elle prétendrait qu'elle songeait à lui pour des arrangements et que, à l'approche de Noël, elle souhaitait oublier leurs différends. Elle avait mûri, compris qu'elle n'avait pas toujours été une belle-fille facile à vivre. Elle ouvrirait une bouteille de vin, il irait chercher les verres, ils trinqueraient, puis elle sortirait un bocal de foie gras et rappellerait que Nina en achetait toujours pour Noël. Elle demanderait à Alex de faire griller le pain brioché tandis qu'elle apporterait assiettes et couteaux. Elle aurait tout juste le temps de verser la drogue dans son verre pendant qu'il trancherait le pain. Elle espérait ne pas être dans son champ de vision, mais si c'était le cas, elle trouverait bien moyen de s'arranger. Il le fallait.

Jérôme devait lui remettre la drogue avant qu'elle atteigne le Vieux-Port. Il se garerait près des silos.

Elle respira profondément. Ce soir, tout serait terminé.

***

Mercredi 19 décembre, après-midi

Il avait recommencé à neiger quand Rebecca quitta l'appartement d'Alex Marceau et elle y vit un signe encourageant. Elle avait l'impression d'être plus anonyme dans la ville avec ces bourrasques qui opacifiaient tout, qui la fondaient dans un décor incertain. Elle n'était plus qu'une vague silhouette semblable à toutes celles qu'elle croisait en se dirigeant vers l'arrêt du bus où l'attendait Jérôme Carmichaël. Il lui avait proposé de prendre un taxi et de le rejoindre chez lui, mais elle avait insisté pour qu'il la cueille à sa sortie de l'appartement d'Alex Marceau. Ils détruiraient ensemble les photos et se diraient ensuite adieu. La page serait tournée.

Quand on klaxonna derrière elle, Rebecca sursauta, faillit trébucher et s'étaler sur le trottoir. Elle devait se calmer, le pire était fait. Elle avait certes posé un geste illégal en assommant Alex, mais quand il se réveillerait, il n'irait sûrement pas raconter qu'elle était allée chez lui pour fouiller son appartement. Elle lui avait laissé un message très clair. Il comprendrait qu'il n'était pas dans son intérêt de lui demander des comptes. Il aurait peur qu'elle le dénonce à la police même si elle l'avait frappé. À plusieurs reprises. Comme au club de boxe. Elle n'avait pas pu contenir sa rage lorsqu'il lui avait dit, après avoir bu une gorgée de Côtes de Gascogne, qu'en écoutant *Saccages* il avait reconnu son propre style dans sa musique.

— Ton style ? s'était-elle exclamée.

— Je composais quand tu étais petite. Tu as intégré mon travail inconsciemment, mais...

— Pardon ?

— Tu as assimilé mes créations et...

— Tu te prends pour qui ?

— Tu m'as dit toi-même en arrivant ici que j'avais compté pour toi. Tu m'as parlé d'arrangements...

— Je mentais.

— Qu'est-ce que tu fais ici alors avec ta bouteille et ton foie gras ? Tu me fais le grand jeu des retrouvailles. Je ne te comprends pas...

— Tu ne m'as jamais comprise ! Tu ne t'es jamais rendu compte que je voyais clair dans ton jeu avec maman.

— Quel jeu ?

— Tu faisais semblant de t'occuper de moi quand elle partait en voyage d'affaires. Quand elle gagnait notre vie à tous les trois parce que tu étais un artiste raté. Tu es peut-être légèrement meilleur en photo qu'en musique, mais...

— Tu n'as pas le droit de dire ça ! Nina...

— Laisse ma mère tranquille !

— Tu ne t'es jamais demandé pourquoi ta mère était toujours prête à partir au bout du monde ? Peut-être qu'elle aussi trouvait que ce n'était pas facile de t'élever !

Rebecca avait blêmi, se disant qu'elle détestait encore plus Alex Marceau qu'elle ne l'imaginait : était-ce possible ? Elle lui cracherait la vérité !

— Je suis venue chercher les photos !

— Qu... quelles photos ? avait-il balbutié.

— Les originaux des photos que tu as envoyées aux Carmichaël. Les copies, clés USB, CD, DVD... Je veux tout ! Sinon je te dénonce à la police. Ils seront contents de savoir que tu arrondis tes fins de mois en te recyclant dans la porno.

— Je n'ai pas...

Elle lui avait balancé un coup de poing à la figure. Il avait hurlé, l'avait regardée avec stupéfaction.

— Es-tu folle ? Tu es...

— Oui, je suis folle ! Encore plus folle qu'avant. Ça ne t'a pas dérangée qu'on me foute au centre ! Tu étais bien débarrassé de moi, tu avais la maison pour toi tout seul. Tu pouvais jouer au propriétaire...

Alex Marceau s'était essuyé le nez, avait gémi qu'elle l'avait cassé.

— Dommage, j'ai abîmé ton fonds de commerce. Tu raconteras à tes conquêtes que ce sont les gars à qui tu dois de l'argent qui t'ont arrangé le portrait.

— Tu dis n'importe quoi...

— Tu as mis du temps à m'ouvrir la porte. Je vois bien où tu vis... Tu continues à jouer et à perdre. Tu ne gagnes pas assez avec tes photos de petites filles.

— Ce n'est pas de tes affaires !

— Sauf si tu veux gagner de l'argent sur mon dos. C'est fini, Alex !

— Tu es une crisse de folle, avait-il répété.

— Plus que tu le penses !

Elle l'avait frappé de nouveau. Elle se rappellerait longtemps à quel point la sensation était différente à mains nues. Il s'était rué sur elle, mais elle l'avait paré d'une torsion du corps pour lui donner un coup de pied dans l'entrejambe. Elle s'était ensuite acharnée sur lui jusqu'à ce qu'il s'immobilise.

Combien de temps était-elle restée à côté de lui ? Elle avait cru un instant qu'elle l'avait tué, mais il avait bougé une main, émis quelques plaintes. Elle s'était retenue de cracher sur lui en se relevant pour se mettre à la recherche des photos. Elle avait ouvert des tiroirs, une armoire, le congélateur, regardé sous le lit, entre le sommier et le matelas. Où avait-il planqué les photos ? Que devait-elle chercher au juste ? Un gros ou un petit paquet ? Une enveloppe ? Des négatifs ? Une clé USB, un CD, un DVD ? Un disque dur ? Elle emporterait tout ce qu'elle trouverait, fouillerait son ordinateur quand elle serait de retour chez elle.

Elle avait renversé les meubles, arraché les cadres des murs pour les lancer au sol et c'est à ce moment-là qu'elle avait vu une enveloppe collée derrière une des photos laminées d'Alex. Rebecca l'avait arrachée, vérifié son contenu. Elle apparaissait sur cinq clichés parmi une centaine d'images de filles au regard trouble. Elle avait trié les photos en se jurant que c'était la dernière fois de sa vie qu'elle les regardait. Elle avait attrapé son fourre-tout, s'était approchée d'Alex, qui était toujours étendu mais s'était recroquevillé sur lui-même. Son nez ne saignait plus. Elle avait jeté un coup d'œil à l'appartement vandalisé, puis elle avait déposé la photo laminée à côté d'Alex ; il comprendrait qu'il avait perdu tout espoir de chantage. Même s'il y avait encore des doubles quelque part, même si elle n'avait peut-être pas tout découvert, il n'oserait plus s'en servir. Il aurait trop peur qu'elle le dénonce à la police.

Le vent soufflait de plus en plus fort et Rebecca fut soulagée de reconnaître la voiture de Jérôme derrière un bus. Elle ouvrit la portière et, avant même qu'elle soit assise, il s'informa du succès de l'opération.

— Alors ?

— Je les ai trouvées. Alex va devoir faire un bon ménage.

— Il s'est endormi rapidement ?

Rebecca acquiesça ; il avait perdu conscience assez vite.

Jérôme Carmichaël roula pour gagner le boulevard Charest. Il avait repéré un endroit discret, près de l'ancien mail, où ils pourraient brûler les photos. Il n'était pas question d'aller chez Rebecca ou chez lui, c'était trop risqué de tomber nez à nez avec cette enquêtrice qui avait tendance à les visiter un peu trop souvent. Ils descendirent de la voiture et Rebecca sortit l'enveloppe qu'elle avait glissée dans son anorak. Elle la tendit à Jérôme Carmichaël qui l'ouvrit, écarquilla les yeux en évaluant le nombre de photos. Celles de Rebecca étaient sur le dessus de la pile. Cinq clichés. Le chantage d'Alex Moreau, s'il n'avait pu s'y soustraire, lui aurait coûté dix mille dollars.

— Arrête de regarder les photos ! Brûle-les !

Il sortit un briquet, Rebecca se rapprocha de lui pour empêcher le vent d'éteindre la flamme. Les clichés s'embrasèrent, les cendres volèrent, se dispersèrent en tourbillonnant avec les flocons.

— On peut l'oublier, maintenant. Tu vois que ce n'était pas si compliqué. Alex t'a ouvert sans hésiter, non ?

— Oui, mais…

— Mais quoi ?

— La drogue que tu m'as fournie…

— Quoi ?

— Ça ne peut pas le tuer ?

— Non, bien sûr que non. Qu'est-ce qu'il y a encore ?

— Rien. J'ai laissé mes empreintes sur le verre, sur la poignée de la porte. Je n'avais pas remis mes gants quand je suis sortie. J'étais trop énervée...

— Et après ? Que veux-tu qu'il fasse quand il reprendra ses esprits ? Appeler la police pour se plaindre que tu lui as volé des photos qui servaient à me faire chanter ? Ça s'arrête là. Plus de magouilles pour ton beau-père. De toute façon, il ne se souviendra pas de tout. As-tu bien refermé la porte ?

— Mais oui, pourquoi me demandes-tu ça ?

— Ce n'est pas la peine qu'un voisin vienne tout de suite fouiner chez lui. C'est sûr que tu n'as pas pu verrouiller de l'extérieur, mais bon...

— J'ai fermé la porte, répéta Rebecca. Et si quelqu'un entre chez lui, il va être déçu, il n'y a rien à voler.

Elle faillit ajouter qu'elle avait emporté le seul objet de valeur, mais ne dit pas un mot à propos de l'ordinateur, craignant que Jérôme propose aussitôt d'ouvrir les fichiers. Elle n'avait pas envie de traîner plus longtemps avec Jérôme ; sa fébrilité accentuait sa propre anxiété. Elle n'aimait pas non plus sa manière de se placer trop près d'elle. Elle avait oublié qu'il pouvait être aussi envahissant.

— Où est-ce que je t'emmène ? s'enquit Jérôme Carmichaël.

— Nulle part. C'est mieux qu'on ne nous voie pas ensemble.

— Tu as raison, on se parlera plus tard. Je pars dans le Sud, de toute façon.

— Dans le Sud ?

— J'ai envie de changer d'air. Besoin de soleil, de plages. Je te ferai signe à mon retour. Juste pour le plaisir. Maintenant que tout est O.K.

— Pour le plaisir ?

Elle n'avait pu dissimuler sa surprise, mais en voyant Jérôme se pincer les lèvres, elle réagit.

— Je ne suis pas certaine que le mot plaisir convienne à notre situation. Nous n'avons pas de très bons souvenirs…

— Ceux d'avant ! Quand on était jeunes.

— Peut-être, mais ça fait longtemps. Ce n'est peut-être pas une bonne idée de remuer le passé avec ce qui vient d'arriver…

Elle n'avait aucune envie que Jérôme la rappelle ! Tout est O.K., avait-il dit. O.K. pour avoir la paix !

— On ne se reverra pas tout de suite, c'est sûr, commença Jérôme.

— C'est ce que je voulais dire, affirma Rebecca en s'efforçant de lui sourire.

Elle se figea lorsqu'il s'approcha d'elle encore davantege, comprit qu'il voulait lui faire la bise et tendit aussitôt sa joue droite avant de reculer. Elle lui adressa ensuite un petit signe de la main, vaguement amical, avant de repartir vers la rue Saint-Joseph en songeant qu'elle ferait changer son numéro de téléphone. Et que c'était dommage qu'il soit trop tôt pour boire un verre. Elle se serait volontiers arrêtée au Versa pour se calmer. L'adrénaline continuait à frémir dans son sang. Peut-être que l'air froid l'aiderait à se ressaisir ; elle avait eu l'impression de se dissocier lorsqu'elle frappait Alex. Et maintenant, elle était vidée, trop épuisée pour se réjouir d'avoir réglé son compte à Alex Marceau. Pourquoi n'était-elle pas plus satisfaite ? Il avait une vie minable, peur de ses créanciers, que pouvait-elle souhaiter de plus ?

Pourrait-elle un jour être totalement heureuse ?

En remontant la fermeture éclair de son manteau, elle se rappela qu'elle avait glissé son iPhone dans la poche avant. Elle retira l'appareil pour vérifier si sa conversation avec Jérôme Carmichaël avait été bien enregistrée, si elle était audible.

***

Mercredi 19 décembre, 16 h

Tiffany McEwen tendit un contenant de plastique à Maud Graham ; voulait-elle grignoter des noix ?

— Non, je vais engraisser. Je ne peux pas tout me permettre comme toi. Je t'envie d'être jeune et mince !

— Tu es obsédée !

— Non, je fais des choix. Je veux profiter de mon souper... Je vais donc me contenter d'un fruit. As-tu du nouveau ?

— Alex Marceau n'a même pas trois cents dollars dans son compte en banque.

— Mais ça ne veut pas dire qu'il n'a pas d'argent. Il ne dépose pas nécessairement l'argent qu'il gagne aux tables de poker.

— Et pour payer Hydro ? Internet ? J'ai parlé avec les photographes qui partagent le loft du Vieux-Québec, Émile Vincelette et Marc-André Hill. Alex Marceau a gagné récemment un peu d'argent au poker, mais il a des dettes. Ils songent même à trouver un autre colocataire, plus régulier pour payer le loyer. Et moins nerveux. J'ai cru comprendre qu'il a aussi des problèmes de consommation. Cependant, je ne vois toujours pas de lien entre Alex Marceau et notre enquête sur Carmichaël.

— Allons jaser avec lui, fit Graham, peut-être que je serai inspirée en le voyant ?

— D'après mes notes, il travaille au loft les vendredis, il devrait y être.

— Et ça te permettra aussi de revoir le travail de cet artiste… Émile ?

Tiffany rougit, ce qui fit sourire Maud Graham.

— J'avais raison, il te plaît !

— Tais-toi ! chuchota Tiffany en jetant des coups d'œil à ses collègues masculins.

Elles oublièrent le béguin de Tiffany McEwen quand elles apprirent par Émile Vincelette et Marc-André Hill qu'un homme s'était présenté au loft pour rencontrer Alex Marceau et avait semblé furieux de ne pas le trouver là.

— Le genre de type que nous n'avons pas envie d'avoir comme client, précisa Vincelette. Pas rassurant du tout. Je savais qu'Alex perdait au jeu, mais je crois qu'il s'est attiré des ennuis plus graves qu'on ne l'imaginait. Je n'ai pas envie qu'on ait des problèmes à cause de lui. Qu'on vienne tout démolir ici, par exemple ! J'ai une expo dans quinze jours !

— Aviez-vous déjà vu cet homme ? demanda Graham.

— Jamais.

— Vous pourriez nous le décrire ?

— J'ai une meilleure idée, dit Émile en désignant une caméra près de la porte d'entrée.

— Ce système était déjà installé lorsque nous sommes arrivés. C'est Alex qui a trouvé ce loft. C'est pour ça qu'on est plutôt cool avec lui. Mais, franchement, ce n'est pas stimulant de l'avoir avec nous. Et si maintenant ses problèmes rejaillissent sur…

— Justement, nous voulions parler avec Alex Marceau, l'interrompit Tiffany McEwen.

— Il n'est pas encore passé, aujourd'hui. Et il n'a pas téléphoné. J'ai essayé de le joindre sur son portable. Pas de réponse.

— Il habite bien dans un appartement rue Desmeules à Limoilou ? s'enquit McEwen.

Émile hocha la tête et raccompagna les policières jusqu'à l'entrée du loft. Dans un grand plat de céramique, il saisit deux cartons d'invitation et les leur tendit.

— C'est pour mon vernissage, si ça vous tente...

Graham sourit en glissant l'invitation dans son manteau, mais ne se permit aucune réflexion avant d'avoir ouvert la portière de sa voiture.

— Ne t'inquiète pas, je ne t'accompagnerai pas.

— Non ! Il faut que tu viennes, sinon je vais avoir l'air de...

— T'intéresser à lui ? Parce que...

La radio grésilla, une voix familière lança un code, Graham réagit aussitôt.

— Nous y allons, on est dans le coin. Quelle est l'adresse ? Quoi ? Oui. On sera là dans cinq minutes.

Elle se tourna vers McEwen, stupéfaite.

— Quoi ?

— Alex Marceau ! On vient de le trouver chez lui, rue Desmeules. Mort.

Ce fut au tour de Tiffany McEwen d'être sidérée tandis que retentissait la sirène et que Graham grillait les feux rouges.

Chapitre 12

Jeudi 20 décembre, 7 h 30

L'aube si flatteuse pour les paysages était moins généreuse avec les hommes et les femmes qui avaient travaillé toute la soirée et toute la nuit à relever des empreintes, à prendre des photos, à interroger les voisins d'Alex Marceau. Les policiers étaient blafards dans ce matin gris. Ils avaient bu trop de café mais en ingurgiteraient encore plusieurs tasses avant midi.

L'appartement était sens dessus dessous : les tiroirs restés ouverts, les meubles renversés et les cadres jetés au sol indiquaient qu'il y avait eu de la bagarre ou que l'agresseur avait fouillé les lieux avec une rage frénétique.

— Ça me surprend tout de même qu'il ait été battu à mort, fit Maud Graham. Si c'était un avertissement, on aurait dû lui casser un bras ou une jambe.

— Ce n'était peut-être pas le premier avertissement, avança McEwen.

— Ou tout a mal tourné, dit Marcotte qui venait d'arriver sur les lieux du crime.

— Je ressens de la colère dans ce désordre, fit Graham. Ça ne colle pas avec un recouvreur de créances, un professionnel. Tout a été retourné, comme si l'agresseur cherchait quelque chose.

— Quoi ?

— C'est ce que je me demande. Si ce n'était pas seulement pour récupérer l'argent des dettes de Marceau ?

— Des dettes ? questionna Marcotte.

— Des dettes de jeu, précisa McEwen, d'après les photographes avec qui il partage un loft dans le Vieux-Québec. Un type est passé là-bas, cherchant Marceau. Mais s'il avait l'intention de le massacrer, je ne pense pas qu'il serait allé s'informer de ses allées et venues auprès de ses collègues. Graham a raison, l'agresseur voulait tout détruire. Je me demande si cette batte de baseball appartenait à Alex Marceau.

— En hiver, avec un manteau long, c'est facile de se promener avec une arme sans qu'on la voie, marmonna Graham.

— Si cette batte est à Alex Marceau, reprit Marcotte, c'est peut-être qu'il s'attendait à ce genre de visite.

— Gagez-vous qu'on ne relèvera pas une seule empreinte sur l'arme du crime ? dit Tiffany McEwen.

Personne ne répondit et, durant quelques secondes, on n'entendit que le bruit feutré des techniciens en scène de crime. Le rugissement soudain d'un camion dans la ruelle derrière l'immeuble où habitait Marceau les fit réagir.

— Bon, on n'ira pas se coucher tout de suite, dit Graham. Vous continuez l'enquête de proximité. J'irai prévenir Rebecca Delage du décès. Il faut vérifier s'il a de la famille. Il faut aussi faire le tour des endroits où on joue. Trouver ses partenaires de poker. Vérifier l'étendue de ses dettes. Je rêve peut-être en couleurs…

— J'ai un gars qui pourra probablement nous renseigner, dit Marcotte en lissant sa moustache. Il m'en doit une…

Maud Graham lui sourit. Elle n'aurait pas aimé qu'Alain porte une moustache, mais elle n'imaginait pas Marcotte sans cette fine ligne noire qu'il entretenait soigneusement et qui distrayait judicieusement le regard de son menton fuyant.

En regagnant sa voiture, elle espéra que l'informateur de Marcotte puisse lui fournir des détails sur le monde clandestin où avait évolué Marceau.

Elle traversa le quartier du Vieux-Port, si joliment décoré pour les fêtes de Noël. Elle devrait y revenir pour acheter les cadeaux d'Alain, Maxime, Grégoire et Nancy. Et Joubert. Il faisait partie de la famille, maintenant. Que penserait-il de l'assassinat d'Alex Marceau ? Quand il l'avait rencontré une première fois avec McEwen, l'avait-il senti à ce point aux abois ? McEwen avait décrit un homme fébrile qui avait pourtant essayé de jouer de son charme avec elle. Mais était-il anxieux parce qu'il s'entretenait avec des policiers ? Comme le sont la plupart des gens qu'ils interrogeaient ? Ou parce qu'il craignait qu'ils en apprennent trop sur lui ?

Et qu'en penserait Rebecca Delage ?

Maud Graham vit Nicolas sortir de l'immeuble où habitait Rebecca et où il semblait vivre la plupart du temps. Il sursauta quand il entendit s'ouvrir la portière de la voiture, fronça les sourcils en reconnaissant Maud Graham. Un coup de klaxon couvrit sa voix tandis qu'il la questionnait.

— Qu'est-ce qui vous amène si tôt ici ?

— Il faut que je parle d'Alex Marceau à Rebecca.

Nicolas parut étonné. Rebecca ne voyait plus Alex depuis longtemps.

— Ils doivent se téléphoner deux fois par année au grand maximum.

Un autre coup de klaxon fit tourner la tête de Nicolas vers le collègue qui venait le chercher pour l'emmener aux studios de TVA. De la main, il lui demanda de patienter quelques secondes.

— Qu'est-ce qui se passe avec Alex ?

Graham aurait dû annoncer à Nicolas la mort d'Alex Marceau, mais elle était persuadée qu'il aurait grimpé quatre à quatre les marches de l'escalier menant au deuxième étage de l'immeuble pour prévenir Rebecca. Elle ne souhaitait pas qu'il assiste à leur entretien. Elle voulait observer la jeune femme sans être dérangée quand elle lui apprendrait la nouvelle.

— On vérifie certaines choses.

— C'est un loser.

— On a appris qu'il jouait gros.

— Ce n'est pas un scoop. Je ne vois pas ce que Rebecca pourra vous raconter de plus sur lui.

Il finit par se diriger vers la voiture, y monta au moment où Graham pénétrait dans l'immeuble. Rebecca lui ouvrit rapidement, croyant que Nicolas avait oublié ses clés. Elle s'immobilisa en la reconnaissant.

— Encore vous.

— Oui, désolée de vous déranger.

— Que voulez-vous encore savoir ? Je vous ai tout dit.

— C'est moi qui ai une information pour vous. Alex Marceau est mort.

Rebecca serra la poignée de la porte en s'y appuyant, ferma les yeux, les rouvrit. Nageait-elle en plein cauchemar ?

Maud Graham la dévisageait.

— Ce n'est pas possible ! finit par articuler Rebecca.

— C'est la vérité.

— Mais Alex…

— Oui ?

Maud Graham n'avait pas quitté Rebecca des yeux. Elle ne feignait pas la surprise, elle était visiblement choquée. Mais surtout terrifiée. De quoi avait-elle peur ?

— Il a été battu à mort.

— Je… je ne l'ai pas tué ! cria Rebecca. Je le haïssais, mais ce n'est pas moi qui…

— On ne vous accuse de rien, fit Maud Graham en cachant son étonnement devant cette réaction inattendue. Mais je dois prendre vos empreintes pour les comparer avec celles qu'on trouvera peut-être sur le bâton de baseball.

— Le bâ… bâton ? bégaya Rebecca. Je n'ai pas de batte de…

— L'objet qui lui a probablement défoncé le crâne. On doit attendre l'autopsie, mais d'après les premières constatations il a été battu à mort avec ce genre d'arme contondante.

Graham laissa quelques secondes s'écouler, observant une curieuse expression de soulagement traverser le joli visage de Rebecca pour s'évanouir aussitôt, remplacée par un effroi encore plus grand que celui qu'elle avait lu jusqu'à maintenant. Elle la vit se recroqueviller sur elle-même pour échapper à son regard, puis se redresser d'un geste mécanique.

— Qu'est-ce qui s'est passé ?

— On l'ignore encore. Il avait des dettes de jeu. Ses créanciers doivent s'être impatientés.

— Impatientés ?

Rebecca respirait à petits coups, faisant des efforts pour se ressaisir qui ne pouvaient échapper à Maud Graham.

— S'il ne payait pas. Il a peut-être reçu des avertissements. A-t-il déjà été menacé, blessé quand vous viviez ensemble ? Ou plus tard ?

— Non… Je ne sais pas.

— C'est seulement une piste parmi tant d'autres. Nous sommes au tout début de l'enquête. Lui avez-vous parlé récemment ?

Rebecca serra ses bras contre elle dans une vaine tentative de réconfort. Elle ferma les yeux, se rappelant tout ce qu'elle avait touché chez Alex. La bouteille de vin restée sur la table. La drogue dans le verre. Alex n'avait bu qu'une gorgée, mais on trouverait sûrement des traces du somnifère dans son sang. Ou dans le verre…

Elle déglutit avant de se lancer :

— Je suis allée chez lui hier. Pour luncher.

— Hier ? s'étonna Graham. Pour luncher ?

— C'est bientôt Noël. Je voulais faire la paix avec lui.

— La paix ? Vous m'avez dit plus d'une fois que vous le méprisiez. Et Nicolas semble partager votre avis.

— C'est Noël, s'entêta la jeune femme.

— Vous avez célébré les fêtes avec lui, l'an dernier ?

Elle haussa les épaules.

— Et celles d'avant ?

— Je voulais lui faire entendre ma chanson.

— C'est une bien meilleure raison. Lui montrer que vous êtes capable de réussir.

Rebecca repoussa une mèche de cheveux d'un geste souple, moins saccadé que les précédents.

— C'est vrai, j'avais envie de lui prouver qu'il avait eu tort de me décourager de tenter ma chance.

— C'est pour ce seul motif que vous le détestiez ?

Rebecca émit un rire rauque. C'était suffisant, non ? Il ne l'avait jamais aidée.

— Est-ce que vous avez des indices ?

— Un individu a cherché à le rencontrer peu de temps avant sa mort. Il s'est présenté au studio du Vieux-Québec. Que pensez-vous de son travail ?

— Son travail ?

— Ses photos. Moi, je n'y connais rien.

Pourquoi Rebecca serrait-elle de nouveau ses avant-bras contre elle ?

— Moi non plus.

— Mais vous avez vu ce qu'il a fait ? Il devait bien vous prendre en photo quand vous habitiez ensemble ?

Maud Graham voyait la paupière gauche de Rebecca tressauter : en quoi ses questions sur les photos pouvaient-elles à ce point la perturber ?

— On ne vivait pas vraiment ensemble. J'étais au centre.

— Mais avant, avec votre mère ? insista Graham.

— Je ne me rappelle pas.

— Était-il responsable, d'une manière ou d'une autre, de votre séjour là-bas ?

— C'est de l'histoire ancienne. Il est mort maintenant.

— Avez-vous fait la paix avec lui, hier ?

— Je devrais vous répondre oui. C'est non. Nous nous sommes disputés.

— À quel propos ?

— Il a dit que j'avais copié son style pour composer *Saccages*. C'est un mensonge ! Il aurait voulu sa petite part de gloire.

— Et ensuite ?

— Je suis repartie.

Rebecca fit une pause avant d'ajouter qu'elle lui avait laissé une bouteille de vin.

— On venait juste de se verser un verre qu'on se chicanait déjà. J'ai failli lui lancer mon verre en pleine face.

— Mais vous ne l'avez pas fait ? Il y a pourtant du vin renversé dans la pièce.

— Je ne lui ai pas lancé mon verre, affirma Rebecca.

— À quelle heure étiez-vous chez lui ?

— Autour de midi.

— Vous n'avez rien remarqué de bizarre ?

Elle secoua la tête.

— Croisé quelqu'un ?

— Dans l'escalier, une mère avec sa petite fille. C'est tout.

— Et à l'extérieur ?

Maud Graham tira une photocopie de l'image captée par la caméra de surveillance.

— Vous avez vu cet homme ?

Rebecca hésita à saisir la chance d'orienter l'enquêtrice sur une mauvaise piste. Elle examina la photo durant quelques secondes en tentant de peser le pour et le contre, mais elle n'était plus capable de réfléchir, elle avait mis toutes ses énergies à ne pas s'incriminer. Elle n'avait pas le choix de révéler sa présence sur les lieux du crime. Graham finirait par remonter jusqu'à elle.

Elle rendit le cliché. Elle ne se rappelait pas avoir vu cet individu. Elle ne pouvait s'enferrer dans un nouveau mensonge, il y en avait déjà trop dont elle devait se rappeler. Avec cette enquêtrice. Avec Nicolas. Avec David. Et même avec Jérôme : elle lui avait dit qu'elle avait endormi Alex.

Et il l'avait crue.

Rebecca sentit soudain la pièce bouger autour d'elle, eut l'impression que les meubles se rapprochaient, que le plancher se soulevait.

— Eh ! Rebecca ?

Maud Graham s'était agenouillée pour l'empêcher de tomber sur le sol.

— Qu'est-ce que vous avez ? Qu'est-ce que vous savez ?

Elle lisait une telle angoisse dans les yeux de Rebecca qu'elle prit avec infiniment de douceur son visage entre ses mains, la forçant à la regarder.

— Je suis là pour vous aider.

Rebecca fut tentée de s'abandonner et de tout raconter à cette femme qui semblait vraiment s'inquiéter pour elle, mais elle se raidit, recula pour se dégager.

— Qu'est-ce qui va se passer maintenant ?

— On mène notre enquête. On vérifie les allées et venues chez Marceau, son emploi du temps. La routine. D'après un des artistes qui partage le studio avec lui, Alex était un séducteur. C'est vrai ?

Des couleurs revinrent aux joues de Rebecca quand elle précisa qu'Alex n'avait pas attendu trois mois pour flirter après la mort de sa mère.

— Il croyait que je ne m'en rendais pas compte. C'était un minable, un joueur, un drogué.

— Vraiment ? Il était accro ? Personne ne nous en a parlé...

— Pas accro, mais il aimait essayer toutes sortes de choses, répondit Rebecca en espérant que cette information expliquerait la présence d'un produit suspect dans le sang d'Alex.

Elle frémit, sentit monter une nausée, déglutit. Comment pouvait-elle penser à l'autopsie d'Alex ?

— Qui draguait-il ? demanda Graham.

— Toutes les femmes qui pouvaient lui offrir des cadeaux.

— Il était donc différent de Jean-Louis Carmichaël.

Rebecca écarquilla les yeux et Graham songea qu'elle ressemblait à cette biche qu'Alain avait failli heurter en revenant de la pêche le premier été où ils étaient partis tous ensemble au chalet. La stupeur effarée d'une victime prise au piège. Ne sachant où fuir pour éviter le danger.

— Carmichaël ne s'intéressait pas aux femmes, d'après ce qu'on m'a raconté, insita Maud Graham. C'est surprenant que ces deux hommes qui ont été voisins soient assassinés à quelques semaines d'intervalle, non ? Est-ce qu'Alex était aussi attiré par les enfants ?

— Alex ? Non, sûrement pas. Il aime les femmes avec des bonnes fesses, des poitrines imposantes. Tout le contraire de moi. Je n'ai pas hérité des seins de ma mère…

Il y avait une légère note de regret dans la voix de Rebecca.

— Je ne connais pas beaucoup de femmes qui sont contentes de leur poitrine, dit Graham.

Elle fit une pause avant de faire remarquer à Rebecca qu'il était étonnant que deux personnes qu'elle détestait soient mortes en si peu de temps.

— Je ne les ai pas tués ! Vous le savez bien !

— Mais qui alors ? Avez-vous une idée ?

Rebecca détourna les yeux vers la fenêtre. Une sensation d'éparpillement la gagnait comme si la pression avait pulvérisé tout son être. Elle devait se concentrer sur le fleuve, l'imaginer si paisible, se dire qu'elle pourrait aller courir le long du Saint-Laurent dès que Maud Graham repartirait.

Celle-ci avait-elle lu dans ses pensées ? Elle sortit de son fourre-tout le trousseau pour relever les empreintes, l'ouvrit, expliqua à Rebecca comment elle procéderait.

— Ça nous permettra d'éliminer vos empreintes de celles qu'on a relevées sur la scène de crime.

Maud Graham se leva, regarda Rebecca avant de lui répéter qu'elle devait lui faire confiance.

— Je sais que vous me cachez quelque chose. Il faut me croire, je peux vous aider.

Elle lui remit une nouvelle carte.

— Appelez-moi. À n'importe quelle heure. Je serai là pour vous.

***

Jeudi 20 décembre, 8 h 45

Jérôme Carmichaël déposa le quotidien sur la table de la cuisine. Il n'avait pas dormi de la nuit et s'était rendu au dépanneur dès son ouverture pour acheter le journal. Il avait aussi pris du lait, des oeufs et du café pour que l'employé ne s'imagine pas qu'il n'y avait que le journal qui l'intéressait. Qu'il ne voulait que des nouvelles de l'enquête sur le meurtre d'Alex Marceau.

Il était paranoïaque : comment l'employé du dépanneur aurait-il pu savoir qu'il avait tué Marceau ? Il avait pourtant attendu d'être chez lui pour lire l'article en page 3. Il dut s'y reprendre à deux fois pour comprendre ce qui était écrit tellement il était fébrile. Il finit par respirer un peu plus calmement. Les enquêteurs étaient à la recherche d'éventuels témoins. Personne ne l'avait vu distinctement.

Et même si… Les témoins parleraient d'un homme avec un manteau sombre, une tuque, des lunettes, des gants. Ça pouvait être n'importe qui. Monsieur Tout-le-monde. Il récapitula : il avait aperçu un vieil homme au coin de la rue et des jeunes qui jouaient au hockey dans la ruelle, mais ils lui tournaient le dos quand il était entré dans l'immeuble où habitait Alex Marceau. Quand il avait redescendu l'escalier, il avait croisé deux hommes qui portaient des caisses de bière et qui ne l'avaient même pas regardé. Il n'avait pas à s'inquiéter.

Au pire, ce serait Rebecca qui serait accusée. Elle avait ôté ses gants et laissé ses empreintes chez Alex Marceau. Tant pis pour elle ! Elle n'avait qu'à se montrer plus chaleureuse avec lui. Il ressentait encore la dureté de son regard quand il avait proposé qu'ils se revoient à son retour de voyage. Il avait perçu son mouvement de recul. Alors qu'il l'avait aidée ! Au lieu de se réjouir qu'il puisse de nouveau lui tenir lieu de grand frère, elle s'était retournée contre lui. Au fond, elle l'avait rejeté bien plus tôt. Elle l'avait trahi comme son père et il n'avait pas voulu le reconnaître.

Avait-il inconsciemment décidé de tuer Alex Marceau quand il avait proposé à Rebecca d'aller chez lui pour le droguer et fouiller son appartement ou l'idée avait-elle germé lorsqu'ils brûlaient les photos ? Il avait repensé aux deux mille dollars qu'il avait donnés à Marceau. Deux mille dollars à un trou du cul. Qui avait voulu l'arnaquer ! Un trou du cul qui pourrait essayer de le manipuler d'une autre manière. Qui pourrait trop parler. Que Rebecca ait récupéré des photos ne lui garantissait pas qu'ils n'auraient plus jamais de nouvelles de Marceau. Sauf s'il mourait. Jérôme n'avait pas réussi à protéger les secrets de sa famille durant tout ce temps pour qu'un crétin vienne tout gâcher maintenant. Alors qu'il était enfin libéré de son père, qu'il avait droit à la paix.

Qui pleurerait Alex Marceau, de toute façon ? C'était un raté et un pervers. Parce qu'il fallait l'être pour avoir photographié Rebecca avec son père. Pour avoir imaginé ce chantage.

Il avait failli renoncer à tuer Alex Marceau quand il avait ouvert doucement la porte de son appartement. Il n'était pas endormi comme il en était persuadé, mais allongé sur le vieux sofa du studio. Marceau avait sursauté en l'entendant entrer, il l'avait regardé d'un air ahuri, puis affolé, il s'était levé d'un bond, pour glisser ensuite sur le sol afin d'attraper le bâton de baseball qui avait roulé sous la table. Jérôme s'était rué sur lui au moment où il le saisissait, l'avait pris par l'autre bout, mais avait dû renoncer même s'il portait des gants de cuir. Il avait vite compris qu'il n'avait pas assez de poigne sur le bâton et l'avait relâché d'un seul coup, déstabilisant Alex Marceau qui avait vacillé, basculé contre le sofa et lâché le bâton. Jérôme Carmichaël s'était précipité pour le rattraper. Et il avait frappé. Il ne savait plus combien de coups il avait pu lui assener, mais Alex ne respirait plus quand il s'était penché vers lui. Il l'avait regardé sans rien ressentir. Comme s'il avait écrasé un insecte nuisible. En y repensant, s'il n'avait rien éprouvé, c'était justement parce que Marceau était un être nuisible.

Lorsqu'il s'était relevé, Jérôme avait eu un léger vertige et s'était immobilisé pour reprendre ses esprits. Il avait imaginé qu'il étoufferait Marceau avec un oreiller puisqu'il devait dormir ; pourquoi la drogue n'avait-elle pas fait effet plus longtemps ? Rebecca avait pourtant affirmé qu'il était inconscient quand elle avait quitté l'appartement.

Il avait inspiré profondément. Il réfléchirait plus tard à cette anomalie. Il devait vérifier qu'il ne laissait aucune trace derrière lui. Il avait examiné ses vêtements, repéré quelques taches de sang, les avait essuyées avec des papiers-mouchoirs qu'il avait glissés dans la poche de son manteau noir. On ne pourrait déceler les taches et il laverait soigneusement le parka quand il rentrerait chez lui. Ou il s'en débarrasserait. Oui, il valait mieux s'en débarrasser.

Il avait jeté son manteau dans la poubelle du centre commercial Place Fleur de Lys, dans un quartier éloigné du sien. Il avait ensuite roulé durant un bon moment avant de rentrer chez lui.

Jérôme Carmichaël ne put s'empêcher de relire le reportage même s'il craignait d'y découvrir subitement un nouveau détail. Sa main tremblait lorsqu'il repoussa le quotidien, alors qu'il avait conservé son sang-froid lorsqu'il avait battu Marceau.

Avait-il vraiment tué un homme ? Cela lui paraissait incroyable. Il regardait les premiers rayons de soleil faire briller la couche de glace sur le bord de la fenêtre de la cuisine en s'étonnant que la vie lui semble la même aujourd'hui. Le soleil se levait. Des gens iraient travailler. Certains liraient le journal dans l'autobus. Et tous ignoreraient que c'était lui qui avait assassiné Alex Marceau. Quelle sensation de savoir une chose que tous ignoraient ! Il avait certes vécu, à cause des gestes de son père, avec cette culture du secret durant des années, mais la sensation était différente aujourd'hui ! Étrangement enivrante !

Comment pouvait-il être à la fois euphorique et angoissé ? Il avait eu raison de se débarrasser de Marceau. Il méritait de goûter un peu de tranquillité, de sérénité. De ne plus jamais entendre parler de son père. De ces photos. Du passé. S'il ne s'était pas nouvellement associé à Pratt & Samson, il aurait quitté Québec et refait sa vie ailleurs.

***

Jeudi 20 décembre, vers 17 h

Les feuilles de Gyokuro Shuin se déposaient lentement au fond de la théière en verre que Michel Joubert avait offerte à Maud Graham lorsqu'il était allé souper chez elle pour la première fois avec Grégoire. Elle les regardait descendre, flocons verts paresseux qui exhalaient un parfum très légèrement sucré. Elle savourait la première gorgée de thé en pensant à ce que Maxime lui avait annoncé la veille. Il voulait se rendre à Toronto pour donner sa moelle à sa demi-sœur. Elle était à la fois fière de ce geste altruiste et inquiète : quelles seraient les conséquences sur la vie de Maxime ? Sa mère lui témoignerait sans doute sa gratitude. Confondrait-il ce sentiment avec de l'amour ? Cet amour qu'elle ne lui avait jamais offert, mais qu'il avait certainement toujours espéré. Graham ne se leurrait pas ; Maxime l'aimait réellement, mais les liens du sang demeuraient malgré toutes ces années de déception, elle ne pouvait le nier. Elle s'était toutefois demandé si Maxime avait pris cette décision en toute connaissance de cause quand elle avait appris que Laurent et Coralie allaient passer une fin de semaine à Toronto et qu'il les verrait là-bas après les tests à l'hôpital : sa mère avait offert de payer ses déplacements et même l'hôtel, il serait fou de ne pas en profiter, non ?

Graham s'était contentée de lui dire qu'il était généreux tout en songeant qu'il se demanderait peut-être, quand on lui enfoncerait une seringue dans le corps, pourquoi sa mère lui préférait sa demi-sœur. Pourquoi remuait-elle ciel et terre pour sauver sa fille, alors qu'elle s'était montrée si peu intéressée par l'existence de son fils ?

Si Coralie et Laurent n'avaient pas programmé ce séjour à Toronto, Maxime aurait-il pris la même décision ? Était-il vraiment amoureux de Coralie ? Qu'est-ce qu'être vraiment amoureux ? Y a-t-il un âge pour ça ?

Léa disait qu'il fallait prendre au sérieux les sentiments des jeunes qui pouvaient faire des choses insensées par passion. Des trucs fous pour impressionner l'autre. Ou un suicide pour disparaître après une rupture.

Elle avait envie de mieux connaître Coralie. Pouvait-elle dire à Maxime de l'inviter à souper ? Avec Laurent ? Ou aurait-elle l'air de se mêler de ses affaires ? Elle s'apprêtait à téléphoner à Léa pour lui demander conseil lorsqu'elle entendit la poignée de la porte de côté grincer en s'ouvrant, puis claquer violemment. Était-ce le vent ou Maxime était-il en colère ? Contre qui, contre quoi ?

Est-ce qu'elle cesserait un jour de vouloir tout savoir à propos de son fils adoptif? Comment étaient les autres mères ? Aurait-elle été la même si elle avait recueilli Maxime bébé ? Elle craignait toujours de ne pas être à la hauteur.

Les pas de Maxime étaient lourds, pesants. Elle entendit son sac à dos glisser sur le sol, probablement lancé par Maxime qui pénétra dans la cuisine sans la regarder. Il se dirigea vers le réfrigérateur, saisit un litre de jus d'orange et but à même le contenant, alors qu'elle était à côté de lui et qu'il savait parfaitement qu'il devait se servir d'un verre. Elle devina qu'il cherchait la confrontation, un bouc émissaire pour essuyer sa fureur. Pourquoi était-il dans cet état? Il n'avait même pas ôté son anorak. Elle le regarda poser le litre de jus sur le comptoir, ouvrir une armoire pour attraper un sac de biscuits qu'il déchira si brusquement que son contenu se répandit sur le plancher.

— *Fuck* !

Graham hésita, mais se pencha pour aider Maxime à ramasser les biscuits, puis l'empêcher de les remettre dans le sac éventré.

— Ils ne sont même pas sales ! Tu vas les jeter ? C'est du gaspillage.

— Ta journée n'a pas été meilleure que la mienne, dit-elle en se relevant.

— Ce n'est pas de tes affaires.

Maud jeta les biscuits dans la poubelle sans répliquer et retourna s'asseoir, but une gorgée de thé en feignant de se désintéresser de Maxime. Il fouilla dans les poches de son anorak pour chercher son iPhone, y jeta un coup d'œil avant de quitter la cuisine.

Graham se retint de le questionner, se répétant qu'il avait dix-huit ans. S'il voulait lui parler, il savait où la trouver. Elle perçut des tintements de métal dans le garde-robe, Maxime avait enlevé son manteau et l'avait même suspendu au cintre.

Il revint vers la cuisine, demanda ce qu'il y aurait au menu du souper, s'interrompit en sentant vibrer son iPhone. Il se tourna légèrement pour ne pas faire face à Maud en lisant le texto, mais elle devina, à la subite détente de tout son corps, que le message lui importait. Et le soulageait. De quoi ? Comme il était ardu de ne pas l'interroger !

Maxime ouvrit à nouveau le réfrigérateur pour se donner une contenance, le referma en disant qu'il sortirait après le souper.

— Je vais chez Laurent.

— Je l'aime bien, répondit-elle. Et Coralie aussi. C'est une fille intelligente. Elle deviendra sûrement une bonne journaliste. Elle a de la chance de savoir ce qu'elle souhaite pour l'avenir.

— Comparé à moi qui ne sais pas ce que je veux ?

— Ce n'est pas un reproche, Max. Je trouve simplement que c'est plus facile pour ton amie. Elle a une idée de la route à suivre pour se réaliser.

— En tout cas, elle est curieuse.

— Autant que moi ?

Maxime esquissa un demi-sourire.

— Oh oui ! Elle voudrait bien savoir ce que tu penses du meurtre de Limoilou. Pourquoi es-tu aussi sur cette affaire-là ?

— Parce qu'on était dans le quartier, McEwen et moi. C'est tombé sur nous.

— C'est vrai que ce n'était pas beau à voir ?

— Ce n'est jamais beau à voir, Max.

— Tu ne veux rien me dire.

— Tu connais les règles. Pas de détails.

— Est-ce qu'il y a un lien entre ce crime-là et celui du mois dernier ?

— Pas à première vue.

— Mais ça peut changer.

— Tout peut changer.

Maxime maugréa ; il détestait quand Maud lui fournissait des réponses aussi vagues.

— On en parlera plus tard, quand l'affaire sera résolue.

— Et pour le dossier Carmichaël ? Vous avancez ?

— On avance. Jamais aussi vite que je le souhaiterais, évidemment. Mais on avance.

— Il n'a pas été tué par hasard, c'est évident. Il n'était pas à la mauvaise place au mauvais moment. On ne se fait pas assassiner chez soi sans raison.

— Ça pourrait être un voleur qui a été surpris, suggéra Maud, curieuse d'entendre le raisonnement de Maxime.

— Il se serait contenté de le battre, de l'assommer. Alain a dit que Carmichaël avait reçu sept coups de couteau. Ça commence à compter.

— Oui.

— Donc quelqu'un le détestait à mort !

— C'est ce que nous croyons, admit Graham. Tu t'intéresses sérieusement à cette affaire ?

Maxime haussa les épaules. Oui. Non.

— C'est juste que, pour Coralie et moi, c'est illogique. D'après les journaux, ses voisins le trouvaient correct. Mais il ne devait pas l'être tant que ça puisqu'on l'a poignardé.

— Probablement pas, concéda Graham en songeant que Coralie se passionnait toujours pour son enquête. Je décongèle une quiche pour le souper, ça te convient ?

Il hocha la tête tout en sortant de nouveau son iPhone de la poche de son jeans pour relire le message de Coralie.

je m'excuse, je suis nulle mais je ne veux pas que tu sois fâché contre moi parce que je tiens à toi. Si tu veux on se voit tantôt. Juste nous 2. svp. xxxx

Quatre x. Elle s'était excusée. Il avait envie d'attendre pour lui répondre, qu'elle ne devine pas à quel point il avait espéré ce message. D'un autre côté, il devait savoir à quelle heure et où il la retrouverait. Elle s'était excusée ; cela signifiait qu'elle admettait qu'elle avait voulu l'utiliser. Quand elle lui avait reparlé du meurtre de Carmichaël pour la dixième fois, il s'était impatienté : cette affaire semblait l'obséder. Il l'avait accusée de s'être approchée de lui pour avoir des informations. Elle avait protesté, mais elle manquait de conviction ; ce n'était pas ce qu'il s'imaginait. Il n'imaginait rien du tout : elle le harcelait avec cette enquête, elle lui parlait de Maud constamment. Il se trompait sur ses intentions, soutenait-elle. Vraiment ?

Elle avait fini par dire qu'il ne pouvait pas comprendre.

Et en plus, elle croyait qu'il n'était pas assez intelligent ?

Elle s'était excusée. Quatre x. Juste tous les deux.

Il attendit quinze longues minutes avant de lui répondre.

***

Jeudi 20 décembre, 19 h

Des flocons tombaient sur le visage de Rebecca, fondaient sur ses paupières, sa lèvre supérieure, mais elle refusait de les balayer, elle avait besoin de refroidir son cerveau. Elle avait l'impression que des milliers d'images et d'idées grésillaient en même temps, s'alliaient pour la rendre folle alors qu'elle devait réfléchir. RÉFLÉCHIR.

Est-ce qu'Alex avait été tué à cause de ses dettes de jeu ou parce qu'il avait fait chanter Jérôme Carmichaël ?

Maud Graham lui avait bien montré la photo de l'homme qui recherchait Alex, mais elle avait semblé croire que c'était inhabituel qu'on assassine un mauvais payeur sans avertissement. Peut-être qu'Alex en avait reçu, qu'on l'avait déjà battu et qu'elle n'en avait rien su. Peut-être qu'il avait envoyé cette photo et fait chanter Jérôme pour payer ses dettes de jeu ? Sûrement. Il manquait toujours d'argent.

Comment Nina avait-elle pu s'éprendre de ce pantin qui n'avait pour lui que sa beauté ? Comment avait-elle pu s'en contenter ?

Rebecca repoussa la rage qu'elle ressentait contre sa mère. Elle ne voulait pas, elle ne devait pas être en colère contre Nina. Sa fureur ne pouvait être dirigée que vers Alex et Jean-Louis Carmichaël.

Et Jérôme ? Avait-il profité de son passage chez Alex pour ensuite s'introduire chez lui et le tuer ? On relèverait ses empreintes, bien évidemment, et c'est elle qui aurait des ennuis, même si elle avait raconté à Maud Graham qu'elle était passée chez Alex. Jérôme, lui, n'avait certainement pas laissé les siennes. Il était toujours en parfait contrôle. Est-ce que l'enregistrement de leur conversation prouverait que Jérôme avait aussi un lien avec Alex ? Devait-elle le faire entendre maintenant à l'enquêtrice ?

Elle ferma les yeux, revit son passage chez Alex. Non, elle n'avait pas touché à la batte de baseball. Elle en était certaine. Elle l'avait vue dans un coin de la pièce, mais elle n'y avait pas touché. Non.

Et Maud Graham avait dit plusieurs fois qu'elle voulait l'aider. Elle ne la croyait donc pas coupable.

Ou alors, elle la manipulait.

Elle marchait vers son appartement quand son iPhone sonna.

— As-tu le goût d'aller jammer avec Antoine Gratton ? lui demanda David Soucy. Il joue avec un groupe à l'Espace bleu.

— Quand ? s'écria Rebecca.

— Dans trois jours. Il faut que tu arrives avant pour répéter.

— J'ai une radio à Sainte-Foy demain soir.

— Je sais. Soit tu prends le dernier bus, soit tu montes dans le train de 8 h 10 samedi matin. Je te réserve une chambre à l'hôtel. Es-tu contente ?

— C'est sûr. C'est cool.

— Ils trippent sur ta voix et...

Le passage d'un camion rempli de neige couvrit les dernières paroles de David Soucy.

— Quoi ?

— Où es-tu ?

— Dehors, je courais. Je vais rentrer, je commence à avoir froid.

— Tu n'es pas assez prudente ! Ce n'est pas le temps d'attraper la grippe, parce que...

— Oui, papa poule, répondit Rebecca.

— Papa poule te dit d'être sage, de bien dormir et d'être en forme demain pour la radio. Tu m'appelles quand tu quittes Québec.

Rebecca souriait en glissant l'appareil dans la poche de son survêtement. Enfin une bonne nouvelle. Mais tout allait si vite ! Elle avait la sensation d'être perpétuellement dans une de ces voitures qui filent sur les montagnes russes, de vivre le pire et le meilleur à un rythme incontrôlé.

Parce qu'elle ne contrôlait plus grand-chose ?

Elle secoua la tête. Elle allait chanter avec Antoine Gratton ! Il aimait sa voix ! C'était tout ce qui comptait pour le moment. Rester concentrée sur elle, sur sa musique. Entièrement elle. Ne pas s'éparpiller. Oublier Jérôme. Alex, le Grand Voleur. Tout oublier. Sauf la musique.

Elle avait réussi à se calmer lorsqu'elle poussa la porte de l'appartement, perçut une odeur alléchante, constata qu'elle avait faim.

— Qu'est-ce que tu as fait ?

— Soupe à l'oignon, annonça Nicolas. Tu as l'air de bonne humeur.

— Je viens de parler à David. Je chante samedi soir. Avec Antoine Gratton !

Nicolas laissa tomber la cuillère de bois dans la marmite.

— C'est *hot* ! Quand ? Où ?

Rebecca sourit. La joie de Nicolas était tellement rafraîchissante. Il était si heureux pour elle. Elle avait raison d'avoir confiance en lui. D'ici peu de temps, elle lui raconterait tout. Elle détestait avoir à lui mentir. Elle voulait retrouver sa vie d'avant le meurtre du Grand Voleur et de l'irruption de Jérôme dans son existence. Elle tenta de se persuader que Jérôme n'avait pas tué Alex. Ils avaient récupéré les photos, à quoi bon l'assassiner puisqu'il ne pouvait plus le faire chanter ? C'était une coïncidence. Elle avait eu raison de relater sa visite chez Alex à Maud Graham, sinon l'enquêtrice lui aurait demandé pourquoi elle ne l'avait pas avertie qu'elle était allée chez son ex-beau-père et elle aurait ensuite mis toutes ses paroles en doute. Comme Graham ne retrouverait pas ses empreintes sur la batte de baseball, elle n'avait pas à craindre d'être soupçonnée du meurtre.

Comment pouvait-elle être au cœur de deux crimes en si peu de temps ? C'était tellement absurde ! Et injuste !

Elle aurait dû ne penser qu'à la musique, mais ces morts violentes venaient saboter son bonheur.

— Tu veux une bière? s'enquit Nicolas.

Elle accepta et buvait une première gorgée lorsque la sonnerie de son iPhone retentit à nouveau. La bière lui parut beaucoup plus amère lorsqu'elle reconnut la voix de Jérôme Carmichaël. Elle s'efforça de sourire car Nicolas la regardait, mais elle se tourna légèrement pour échapper à son regard scrutateur.

— Je pars demain dans le Sud, commença Jérôme Carmichaël.

— Oui, tu me l'as dit, le coupa Rebecca.

— J'ai trouvé une autre photo dans la maison de mon père.

— Ah?

— Tu n'es pas seule?

— Non.

— Tu es avec Nicolas? Tu ne lui as rien raconté?

— Non.

— Écoute, je pourrais aller te la porter demain matin avant de me rendre à l'aéroport. Je peux la détruire si tu préfères, mais je pense que c'est mieux que je te la remette et que tu la brûles toi-même. Pour que tu sois sûre qu'elle n'existe plus. Qu'il ne reste vraiment plus rien de toute cette affaire. J'ai fouillé la maison de fond en comble, on devrait pouvoir enfin respirer à notre aise. Je pourrais être chez toi à 7 h. Je sais que c'est tôt, mais mon avion...

— Non. Ailleurs.

— En haut de la côte de Sillery? proposa Jérôme. Le premier café au coin du chemin Saint-Louis. Ce n'est pas trop loin de chez vous et je prendrai ensuite Henri-IV pour me rendre à L'Ancienne-Lorette.

— C'est bon.

Elle raccrocha et but une autre gorgée avant de prétendre qu'elle avait reparlé à David.

— Que voulait-il ?

— Il avait oublié des détails.

Elle but une autre gorgée de bière en tentant de se rassurer ; elle avait réussi à éviter que Jérôme revienne chez elle et croise Nicolas. Elle rencontrerait Jérôme dans un lieu public. S'il avait proposé un endroit retiré, elle aurait évidemment refusé. Elle n'était pas assez naïve pour le rejoindre dans un lieu désert quand elle ignorait s'il avait ou non tué Alex. Elle ignorait tout, finalement, de ce type qui avait été son voisin. Mais pourquoi aurait-il tué Alex alors qu'ils avaient récupéré les photos ? Ça ne tenait pas debout. Alex était un joueur, un mauvais joueur. Qui perdait souvent. Il devait avoir misé une fois de trop. Emprunté aux mauvaises personnes. Graham lui avait bien montré une photo d'un type qui le recherchait ! Il n'était pas allé au loft du Vieux-Québec sans raison.

Rebecca vida sa bière d'un trait. Elle ne voulait plus penser à cette histoire. Elle aurait dû se terminer quand Jérôme et elle avaient brûlé les photos. Mais il y en avait encore une qui traînait…

Et s'il y en avait d'autres ? Si Jérôme prenait prétexte de ces photos pour la revoir ? Elle avait trouvé son regard étrange avant qu'ils se séparent. Intense. Très intense. Mais non, il avait toujours eu ces yeux ronds, semblables à ceux d'un hibou, un peu trop fixes.

— On mange ? fit-elle avec un entrain exagéré en glissant une main dans le dos de Nicolas.

— Ce sera prêt dans cinq minutes. On ouvre une bouteille ?

— *Of course.*

***

Jeudi, en soirée

Grégoire avait déposé un mot pour Maxime sur la table de la cuisine. Il travaillait toute la soirée au restaurant et Michel ne rentrerait pas avant 22 h. Il y avait de la bière dans le réfrigérateur.

— Cool, dit Maxime à Coralie. Mon frère est vraiment cool. Installe-toi. Je vais chercher à boire.

Coralie s'avança vers le salon. Les couleurs chaudes, le parquet de bois blond, le mur de pierre et le profond canapé noir, ses coussins ornés de dessins d'animaux lui plurent. Grégoire avait du goût. Elle enleva son chandail de laine en s'approchant d'un bahut ancien sur lequel reposaient des photographies. Maxime était sur plusieurs d'entre elles, certaines avec un homme plutôt jeune qui devait être Grégoire. D'autres avec Maud et Alain, probablement. Et un autre homme qui était sûrement l'amoureux de Grégoire. Elle souleva un cadre au moment où Maxime déposait deux bières et un verre sur la table du salon.

— Tu étais *cute* quand tu étais petit.

— Ah oui ?

— Maintenant aussi. Je ne voulais pas dire que…

Coralie soupira ; elle était maladroite.

— Est-ce que ça t'est déjà arrivé de te mêler d'une histoire pour rendre service à quelqu'un, mais risquer de faire de la peine à un ami en même temps ?

Maxime versa la bière dans le verre de Coralie avant de saisir l'autre bouteille et de boire une gorgée au goulot.

— Qu'est-ce que tu veux dire ?

— Je… je ne sais pas quoi faire.

— Avec qui ?

— Avec toi. Tu m'as dit tantôt que tu en avais assez que je t'utilise, que je te parle encore de ta mère, de son enquête, mais je ne le fais pas pour moi.

— Pour qui ?

— Je ne peux pas tout te raconter. J'ai promis de garder le secret.

— Tu ne veux donc pas avoir des renseignements sur le meurtre de Carmichaël pour écrire un article.

— Non.

— C'est pour Edmond Boileau ?

Coralie dévisagea Maxime. Edmond Boileau ? C'est à peine si elle le connaissait.

— Il est toujours autour de toi. Il t'a proposé d'aller au cinéma.

— Et j'ai dit non, rétorqua-t-elle en souriant ; Maxime était-il jaloux ?

— Pour qui alors ? insista-t-il.

— J'ai donné ma parole.

— Tu crois que je vais me contenter de ça ? Tu prétendais que tu ne te servais pas de moi, mais tu viens d'admettre le contraire. Et moi, je ne peux même pas savoir ce qu'il y a derrière tout ça ? Je ne suis pas une marionnette, Coralie…

Elle posa la main sur son avant-bras, le regarda droit dans les yeux.

— Je tiens à toi, Maxime. Sinon, je ne serais pas ici. Je ne veux pas qu'on se dispute, mais j'ai fait une promesse.

— Tu as dit à quelqu'un que tu te renseignerais sur le meurtre de Carmichaël. Parce que ça rend service à cette personne ?

Coralie battit des paupières sans répondre, mais c'était déjà une réponse.

— Parce que cette personne a quelque chose à voir avec cette histoire ?

— Pas elle. Quelqu'un qu'elle connaît.

— Elle, c'est une fille.

Coralie hésita une fraction de seconde avant de rappeler qu'elle avait parlé d'une personne.

— Arrête avec tes questions, Max, je ne veux pas me trahir. Et je veux que tu sois conscient que je suis capable de garder des secrets. Si tu me racontes un jour quelque chose de personnel, tu sauras que je ne le répéterai pas à tout le monde.

— Même à Laurent ?

— Même à Laurent.

Maxime dévisagea Coralie, puis fixa sa main droite sur son bras, hésitant à poser la sienne par-dessus, s'y décidant en sentant une légère pression.

— Toi, tu me confierais un secret ? demanda Maxime.

— Oui, assura Coralie. J'ai confiance en toi.

— Pourquoi ?

— Parce que tu ne parles pas pour ne rien dire. C'est ça que j'aime le plus chez toi.

Maxime eut certainement l'air éberlué car Coralie éclata de rire.

— C'est une qualité bizarre, non ? dit-il. D'autant plus que tu me reproches de ne rien t'apprendre sur l'enquête.

— Je sais. Mais moi, je parle trop. Les contraires s'attirent…

Il prit délicatement la main gauche de Coralie pour la porter à ses lèvres en disant qu'il était bien d'accord avec elle.

La seconde suivante, il glissait ses mains dans les cheveux de la jeune femme, rapprochait son visage du sien pour l'embrasser. Il avait déjà embrassé des filles, bien sûr, il avait même cru aimer Fanny, mais avec Coralie, tout était tellement différent, tellement intense. Il ouvrit les yeux, se détacha d'elle pour la regarder.

— Qu'est-ce qu'il y a ?

— Je te trouve belle.

— Tu n'es plus fâché contre moi ?

— Non…

— Tu n'as pas l'air certain de…

— Mets-toi à ma place… Tu veux avoir des informations sur le meurtre de Carmichaël parce que tu connais quelqu'un qui connaît quelqu'un qui veut en savoir plus. C'est *weird*. Je me demande dans quoi tu t'es embarquée.

— Je sais que ça peut paraître bizarre.

— *C'est* bizarre. Je ne peux pas m'empêcher de me demander pourquoi cette personne s'intéresse tant à…

Il s'interrompit en voyant Coralie hausser les épaules dans un signe d'impuissance.

— Parlons d'autre chose, suggéra-t-il.

— De Toronto ? C'est sûr que tu viens avec nous ?

— Ça devrait fonctionner.

— Tu n'es pas certain ? Je pensais que…

— Ça dépend un peu de l'hôpital.

— L'hôpital ? s'étonna Coralie.

— J'ai des tests à faire là-bas.

Coralie dévisageait Maxime qui lut avec plaisir de l'inquiétude dans ses grands yeux verts : de quels tests s'agissait-il ?

— Il faut que je donne de la moelle à ma demi-sœur. Elle vit là-bas.

— Tu ne m'en as jamais parlé. Quel âge a-t-elle ?

— Je ne sais pas trop. C'est une petite fille.

— Tu ne sais pas ?

— Je ne l'ai jamais rencontrée. C'est compliqué.

Coralie se blottit contre Maxime, dessina un cœur sur sa main en lui disant que tout ce qu'il vivait l'intéressait.

— J'aimerais ça rencontrer Grégoire.

— C'est vrai ?

Maxime avait envie que Grégoire connaisse Coralie, mais comment réagirait-elle en apprenant que son amoureux était un collègue de Maud ? Voudrait-elle lui poser des questions sur le meurtre de Carmichaël ? Est-ce que ça compliquerait tout ?

— Le problème, c'est qu'il travaille toujours les fins de semaine. On le verra plus tard.

Et plus tard, il se demanderait qui voulait absolument ces informations sur cette enquête. Mais là, il souhaitait se perdre dans la chevelure fauve, dans le cou de Coralie, respirer son parfum fruité.

Chapitre 13

Vendredi matin, 21 décembre

L'odeur du café que buvaient Rouaix, Joubert, Nguyen et Marcotte agressa Maud Graham quand elle pénétra dans la salle de réunion. Elle n'avait pas réussi à se rendormir après s'être réveillée en sueur, le cœur battant. Elle avait rêvé de Maxime, il était à Toronto, dans un hôpital, et on lui avait prélevé le cœur au lieu de lui faire une ponction de moelle osseuse. Il lui parlait, même si on lui avait volé cet organe vital, mais sa voix s'amenuisait, redevenait celle du petit Maxime qu'elle avait connu. Maud avait tenté de se raisonner, mais elle avait fini par repousser les couvertures pour aller vérifier si Maxime dormait bien dans son lit.

Combien de temps était-elle restée là à le regarder ? À voir ses mèches hirsutes se découper sur l'oreiller ? Quand il était entré, il y avait une telle lumière sur son visage qu'elle avait été confortée dans son intuition : il était vraiment amoureux de Coralie. Il s'était approché d'elle, avait jeté un coup d'œil aux dossiers étalés sur la table de la cuisine.

— L'affaire Carmichaël ou l'affaire Marceau ?

— Un peu des deux.

— Ce n'est pas mêlant ?
— Oui, c'est un casse-tête.
— Pourquoi ?
— On a trop de morceaux dans un des puzzles. Et pas assez dans l'autre.
— Trop de suspects pour Carmichaël ? Mais pas assez pour Marceau ?
— Tu me tires les vers du nez, Max. Tu feras un bon enquêteur… plus tard.

Il lui avait souri sans oser lui révéler qu'il songeait de plus en plus à choisir ce métier. Il attendait d'être persuadé de son choix avant d'en parler à Maud, de peur de la décevoir s'il changeait d'idée. Coralie, en lui posant des questions sur l'affaire Carmichaël, l'avait agacé mais aussi poussé à s'y intéresser davantage. Et il était rentré à la maison en réfléchissant à cette personne inconnue qui avait demandé à Coralie de s'informer sur l'affaire Carmichaël. Il n'avait pas été long à deviner qu'il s'agissait d'Éloïse : elle était là quand il avait évoqué le métier de Maud à la pizzeria et, surtout, elle avait eu Carmichaël comme voisin.

Quel était le lien entre Éloïse et Carmichaël ?

Il avait pianoté de la main gauche sur les rapports empilés devant Maud Graham.

— Ce sont les gens que vous avez interrogés à propos de Carmichaël ? Il y en a un bon paquet !
— Oui, et je les relirai tous encore une fois avant de me coucher.
— Pourquoi ?
— Parce que Joubert et Marcotte ont revu des témoins. Je veux comparer leurs versions entre la première visite des enquêteurs et la dernière. Voir si on a ajouté quelque chose.
— Bonne chance, avait dit Maxime avant de rejoindre sa chambre.

Elle avait continué à lire les rapports, mais avait fini par les refermer, persuadée qu'un détail lui échappait. Perdait-elle la main ? Manquait-elle de concentration ? Est-ce qu'un enquêteur est meilleur en vieillissant ou est-ce l'inverse ? Est-ce que l'esprit s'use au même rythme que le corps ? Elle s'était étirée, avait ressenti des douleurs au bas du dos.

Va te coucher, s'était-elle intimé. Tu y verras plus clair demain.

Elle avait gagné sa chambre, s'était allongée du côté droit, mais s'était tournée vers la gauche comme si Alain était là, prêt à l'écouter. Elle avait tendu la main vers la place vide, songé à Léo qui venait autrefois la rejoindre quand il ne dormait pas avec Maxime et s'était demandé si elle pourrait aimer un jour un autre chat autant qu'elle avait aimé Léo.

Comme elle ne dormait toujours pas au bout de quarante minutes, elle s'était relevée pour boire du lait chaud en espérant que ce remède de bonne femme la réconforterait. C'est alors qu'elle avait vu Maxime, penché sur la pile de rapports qu'elle avait refermés et classés après les avoir relus, mais qu'elle ne s'était pas donné la peine de glisser dans son fourre-tout.

— Qu'est-ce que tu fais là ?

— Je... rien... c'est juste que...

— Tu n'es pas censé regarder...

Il avait haussé les épaules.

— C'est tout ce que tu trouves à me répondre ?

— Ce n'est pas la fin du monde ! Tu devrais être contente que je m'intéresse à tes enquêtes, que j'aie envie de faire la même chose que toi !

— Quoi ?

Elle s'était approchée, aussi émue qu'interloquée.

— Répète-moi ça.

— Ça te surprend ?

— Oui, un peu. Depuis quand y penses-tu ?

— Je ne sais pas. Depuis que je suis au cégep.

— Et encore plus depuis que Coralie s'intéresse à l'affaire Carmichaël ?

Avait-il rougi avant de protester ?

Maxime avait désigné les rapports, s'était excusé d'avoir fait preuve d'une curiosité déplacée. Graham avait rangé les rapports dans son fourre-tout avant de lui proposer un verre de lait chaud aromatisé à la fleur d'oranger.

— Non, merci, je vais me recoucher.

Était-il plus contrarié qu'embarrassé d'avoir été surpris alors qu'il la croyait endormie ?

Mais s'il avait bu ce verre de lait avec elle, que lui aurait-elle demandé ? Ce qu'il avait lu dans ces rapports ? Ce qu'il y cherchait ? Un détail à rapporter à Coralie pour se faire valoir à ses yeux ?

Graham s'était recouchée en songeant à ce détail.

Puis elle avait fait ce cauchemar. Et maintenant, dans la salle de réunion, l'odeur du café lui soulevait le cœur. Elle huma le parfum de son thé vert pour contrebalancer les effluves des espressos. Pourquoi buvaient-ils tous du café à part elle et McEwen ?

Elle s'assit au bout de la grande table, sortit son calepin de notes, les rapports qu'avait voulu voir Maxime.

— Vous me faites un résumé ? demanda Rouaix assis au bout de la grande table.

— Ma source trouve ça vraiment étrange qu'on ait tué Marceau pour sept mille dollars, dit Marcotte. C'est la somme qu'il devait, paraît-il. Et il n'a jamais reçu d'avertissement avant. Seulement des amendes de plus en plus élevées. Je sais que des gens sont assassinés pour bien moins que sept mille dollars, mais…

— Les motards n'ont pas intérêt à ajouter à leur tableau un meurtre qui ne leur rapporte rien, compléta Joubert.

— Selon ma source, reprit Marcotte, Marceau avait de gros problèmes, mais on l'utilisait autrement pour qu'il règle ses dettes. On l'a laissé jouer, on lui a prêté du fric parce qu'on avait une bonne raison : il fait des photos.

— Les motards se fabriquent un scrapbook ? persifla Nguyen.

— Des photos de quoi ? De qui ? questionna McEwen.

— Il paraît qu'il approchait des filles, celles qui fuguent, qui traînent au centre commercial, pour leur proposer de leur monter un book. Puis leur promettre une carrière de mannequin ou d'actrice. Vous devinez le reste…

— Le gars qui est passé au loft du Vieux-Québec n'avait donc pas de contrat sur Marceau ? déclara Graham.

— Pas d'après ma source. Qui est assez fiable.

— Les résultats du labo ? s'informa Graham.

— La batte de baseball a été très bien essuyée, expliqua Joubert, mais on a effectivement les empreintes de Rebecca Delage sur les verres, la bouteille, la porte d'entrée, la table du salon. Et beaucoup d'autres non identifiées.

— Le rapport toxicologique devrait nous parvenir bientôt, promit Nguyen.

— Et pour le dossier Carmichaël, ça avance ? fit Rouaix.

— Si c'est une victime de son agresseur, dit Joubert, celle-ci peut avoir la trentaine aujourd'hui. Ça dépend à quel moment elle a eu Jean-Louis Carmichaël pour voisin. Jeanne Brochu l'a connu il y a plus de quinze ans…

— Et les enfants et les adolescentes qu'on a rencontrés n'ont certainement pas poignardé Carmichaël, dit Marcotte. C'est un boulot d'adulte.

— De parent, laissa tomber Graham en même temps que Marcotte.

— Oui, de parent qui protège son petit, approuva Rouaix.

— On a revu deux pères qui ont des filles qui auraient pu intéresser Carmichaël, dit Marcotte.

— Qui auraient pu se venger, dit Rouaix. On en revient toujours à ça.

— Sans avoir de preuves, dit Joubert. J'ai parlé aux adolescentes, ou plutôt j'ai essayé. Elles me répondaient par monosyllabes. Trop timides, peut-être.

— Ou trop adolescentes, fit Marcotte qui était père de deux filles. Je ne reçois pas beaucoup de confidences des miennes. Elles me répondent par « oui » ou « non » ou « je ne sais pas », mais elles sont capables de jaser durant des heures au téléphone avec leurs copines. Je suis certain que les garçons ne passent pas autant de temps au téléphone.

— Non, admit Maud. Ce sera peut-être différent si Maxime a une blonde...

Elle eut subitement envie de dire à ses collègues qu'il voulait suivre ses traces, mais elle se retint; Maxime avait le temps de changer plusieurs fois d'idée. Et peut-être qu'il avait inventé tout ça pour se justifier d'avoir fureté dans ses dossiers. Pour impressionner Coralie. Et probablement Laurent et Michaël et Myriam et cette fille mannequin, Éloïse machin-truc.

Elle ramena brusquement vers elle les dossiers que Maxime avait regardés la veille. Elle avait débusqué le détail qui l'agaçait depuis si longtemps. Il fallait qu'elle retrouve ce nom, qu'elle ait raison !

— Vous vous rappelez d'une fille de dix-huit ans, une certaine Éloïse ? Son nom de famille m'échappe.

— Prudhomme, dit Marcotte. C'est l'aînée d'un des deux hommes qu'on a revus. Une beauté ! Elle ressemble à Penelope Cruz.

— Elle ne nous a quasiment rien dit, fit Joubert. Mais son père était un voisin de Carmichaël et il a fait du bénévolat avec lui.

— J'ai voulu lui reparler, dit Marcotte, mais il n'y avait personne chez eux quand j'y suis retourné hier.

Graham avait retracé le dossier, le parcourait rapidement.

— Quel effet vous a fait cette famille ?

— Ils étaient tendus à chacune de nos visites, dit Joubert. La plus jeune de leurs filles est tellement maigre... Elle doit être anorexique. La mère et la sœur semblent très protectrices.

— Prudhomme a répondu à nos questions, mais il n'a pas aimé qu'on tente de discuter avec ses filles, compléta Marcotte. C'était le même genre d'ambiance dans l'autre famille où il y a une ado. Le père la tenait par l'épaule tout au long de notre entretien. Mais l'emploi du temps de cette famille a été confirmé, tandis que chez les Prudhomme, c'est plus flou.

— Je vous rappelle que cet individu ne nous a pas dit qu'il avait travaillé à la Fête d'hiver avec Carmichaël.

— Et sa femme ?

— Elle ne quittait pas ses filles des yeux.

— Que faisait-elle au moment du meurtre de Carmichaël ? Et Éric Prudhomme ?

— Elle était à la maison, en fauteuil roulant. Lui était parti courir, s'entraîner.

— En plein jour ? nota Rouaix. C'est un travailleur autonome ?

— Non, un militaire. Il était en congé.

— Et où est-il allé pour courir ? s'enquit Graham.

— Sur les Plaines.

— Avec qui ?

— Pourquoi t'intéresses-tu subitement aux Prudhomme ? demanda Joubert.

— Parce que Maxime connaît Éloïse. C'est l'amie d'une amie. Il m'a dit qu'elle a payé sa voiture avec ses gains comme mannequin.

— Je vous le répète, fit Marcotte, c'est une beauté !

Graham hésitait à évoquer l'intérêt particulier de Maxime pour leur enquête : que savait-elle réellement ? Elle se décida pourtant à leur confier qu'elle avait surpris son fils à lire un de ses rapports.

— Ça ne prouve strictement rien, mais…

— Éloïse Prudhomme lui aurait parlé de nos visites chez eux ? demanda Joubert.

— Maxime ne m'a rien dit à ce sujet. Ni à propos de Jean-Louis Carmichaël, remarqua Graham. Alors que cette fille devait bien avoir quelque chose à raconter sur leur voisin. Elle a dû être surprise, choquée par le meurtre de Carmichaël. Ça n'arrive pas tous les jours. C'est un truc dont on doit avoir envie de parler au cégep pour vivre sa petite heure de gloire, mais Maxime ne m'a rien dit à ce propos.

— Elle est mannequin, elle jouit déjà d'une certaine popularité, tenta Joubert.

— Oui, approuva Graham. Mais sa copine Coralie, en revanche, m'a posé beaucoup de questions sur notre métier et cette enquête. Elle veut devenir journaliste et se passionne pour les affaires criminelles. Elle rêve d'être la nouvelle Isabelle Richer. Dans ce cas, comment se fait-il qu'elle n'ait pas su qu'Éloïse était la voisine de Carmichaël ? Ou, si elle le sait, qu'elle n'en ait pas parlé à Maxime ?

— De notre côté, je vous rappelle qu'on n'a pas pu vérifier où était Prudhomme à l'heure du crime. Un joggeur parmi tant d'autres sur les Plaines. Avec un bonnet et des lunettes solaires, probablement.

— Retournez chez lui, ordonna Rouaix. Et à son travail.

— À la base militaire ? On n'entre pas là comme dans un moulin.

— Il a deux filles, pas d'alibi. Il a omis de vous parler de son bénévolat à la Fête d'hiver. Son aînée ne dit pas un mot sur le meurtre à ses amis. C'est assez pour moi.

— Vous surveillerez sa voiture quand il quittera son travail s'il n'est pas chez lui actuellement, dit Graham. Moi, je retourne chez Jérôme Carmichaël.

— Qu'est-ce que tu lui veux, au juste ? s'informa Marcotte.

— Je ne le sais pas, reconnut Graham. Son alibi a été confirmé, mais je sens qu'il en sait plus sur Alex Marceau qu'il ne le prétend. Et il ne nous a jamais reparlé du tableau volé, par exemple, n'a jamais voulu savoir où on en était dans notre enquête à ce propos. Ni en ce qui concerne son père.

Les enquêteurs quittèrent la salle de réunion. Graham saisit son manteau, fut tentée de piquer quelques biscuits dans le bol qui traînait en permanence sur le bureau de McEwen, mais résista à la tentation. Elle avait beau s'entraîner deux ou trois fois par semaine, avec l'âge le moindre écart s'inscrivait sur la balance. Elle se rendait à sa voiture en se félicitant de sa volonté quand elle sentit vibrer son portable.

— Graham, j'écoute.

— C'est Nicolas ! Le chum de Rebecca ! Elle est à l'hôpital.

— Quoi ?

— Elle a été agressée en bas de la côte de Sillery, continua Nicolas d'une voix mal assurée.

— Dans quel état est-elle ?

— Les médecins sont en train de l'opérer, c'est tout ce que j'ai réussi à savoir. J'ai parlé à un policier, mais il n'a rien voulu me dire. C'est pour ça que je vous appelle ! Je ne suis pas de la famille, je ne suis pas marié avec elle, alors personne ne répond à mes questions.

— Quand est-ce que ça…

— Ce matin, elle est partie courir. Il faisait encore noir. Comme elle ne revenait pas, je me suis inquiété. Je suis sorti en voiture pour la retrouver. En bas de la côte, il y avait une ambulance. Elle était sur la civière, la tête bandée, immobilisée. Je les ai suivis à l'hôpital, mais…

— J'arrive, promit Graham. À quel hôpital ?

— L'Enfant-Jésus.

Maud Graham baissa aussitôt la vitre de la voiture pour poser le gyrophare sur le toit, actionna la sirène et fonça à l'hôpital. L'état de Rebecca devait être alarmant pour qu'on l'opère dès son arrivée à l'Enfant-Jésus. Qui l'avait agressée et pourquoi ? Avait-elle l'habitude de sortir si tôt le matin pour courir ? Si oui, qui le savait ?

Graham ignorait les circonstances de l'agression, mais elle était persuadée que Rebecca n'avait pas été le jouet d'une malheureuse coïncidence.

Elle se présenta à l'urgence où l'attendait Nicolas, mais elle avait pris le temps d'appeler Michel Joubert pour lui demander de s'informer sur les circonstances de l'agression. Qui l'avait signalée ? Où exactement avait-on trouvé Rebecca ? Qui avait été dépêché sur les lieux ?

Nicolas se précipita vers elle quand il la reconnut. Il était si pâle que Maud Graham craignit un instant qu'il n'ait reçu de mauvaises nouvelles. Elle retint son souffle tandis qu'il protestait : personne n'acceptait de le renseigner sur l'état de Rebecca.

— C'est ma blonde !

— Venez vous asseoir, dit Graham. Racontez-moi tout.

— Tout quoi ? Je ne sais rien ! Je suis arrivé en bas de la côte et j'ai vu Rebecca sur une civière. Elle était inconsciente. J'ai seulement pu dire aux ambulanciers que Rebecca était allergique aux sulfamides.

— Attendez-moi ici. Je reviens avec des informations.

Elle se mit à la recherche de l'infirmière en chef et fut soulagée en reconnaissant Marie-Josée Roy.

— Je suis là pour Rebecca Delage.

— La pauvre petite fille ! En ce moment, elle est sur la table d'opération.

— Qu'est-ce qui s'est passé ?

— On l'ignore. Elle n'a rien pu nous dire, elle était inconsciente. On l'a intubée pour éviter un arrêt respiratoire. On lui a fait un TACO cérébral, des radiographies. Elle a une plaie ouverte derrière la tête, la clavicule gauche fracturée. Elle doit avoir été agressée par-derrière, avoir reçu un coup sur l'omoplate et sur le crâne. Ensuite, elle a dû tomber sur le sol et, là, l'agresseur l'a bourrée de coups de pied.

— Votre intuition sur sa récupération ?

— C'est difficile à dire… On peut avoir de bonnes comme de mauvaises surprises. Les enquêteurs sont dans la salle du fond.

Maud Graham se dirigea vers eux, constata qu'elle ne les avait jamais rencontrés. Des jeunes. À leurs débuts. Comme ses premières enquêtes lui semblaient loin ! Elle se présenta en expliquant sa présence sur les lieux.

— J'imagine que vous êtes du poste de la rue de l'Église ?

— Oui, à cette heure-là, il n'y a pas de trafic. On est arrivés très vite après avoir reçu l'appel. Et vous ?

— Le conjoint de la victime, Nicolas Fortier, le type qui a une cicatrice au visage, m'a appelée parce que j'ai interrogé Rebecca Delage il y a quelques jours, leur confia Graham.

— Quelques jours ? s'étonna Pascal Bouthillier.

— À quel propos ? fit Marc-Olivier Dubé après avoir serré la main que lui tendait Graham.

— Rebecca Delage a été la voisine de Jean-Louis Carmichaël.

— Celui qui s'est fait poignarder voilà un mois ?

— Oui.

— Il y a un rapport ?

— Je n'en ai aucune idée. Ce que je peux vous assurer, c'est que Rebecca Delage a un alibi en béton en ce qui concerne ce meurtre. Nous avons rencontré tous les voisins de M. Carmichaël, actuels ou passés, afin de trouver un motif à son assassinat. Ce qu'on sait aussi, c'est qu'elle a incendié leur maison.

— Ils n'étaient donc pas vraiment amis.

— Leurs voisins, les Cook, nous ont pourtant dit que Jérôme se comportait comme un grand frère avec Rebecca, mais tout a changé à l'adolescence.

— Et son alibi est sûr.

— Oui. Ce n'est pas elle.

— Qui alors ?

Graham avoua que son équipe cherchait toujours le coupable.

— Beaucoup de personnes interrogées, mais bien peu de pistes, fit-elle avec un ton d'humilité destiné à rassurer les policiers ; elle n'était pas là pour jouer les conseillères, ni pavoiser avec sa longue expérience. Que pouvez-vous me dire sur l'agression ?

— Un joggeur descendait la côte quand il a vu un homme s'acharner sur la victime qui était sur le sol. Il a crié, l'homme s'est enfui. Il a couru derrière, mais le type est monté dans sa voiture et a démarré aussitôt. Notre témoin n'a pas pu lire le numéro de la plaque, il faisait trop sombre à cette heure-là. Il a appelé des secours. Elle était inconsciente quand nous sommes arrivés. Son ami nous a rejoints au moment où les ambulanciers finissaient de l'installer sur la civière. Il était complètement paniqué. On s'est demandé au début si c'était lui que le joggeur avait aperçu, mais notre témoin est certain que l'agresseur est beaucoup plus grand que l'ami de la victime.

— Et Nicolas Fortier n'avait pas une goutte de sang sur ses vêtements.

— Le témoin a-t-il pu décrire la voiture ? questionna Graham.

— Une voiture grise, maugréa Dubé. Il y a combien de voitures grises à Québec ?

— J'ai l'impression que le nom de la victime m'est familier, avança Bouthillier. Rebecca ? Ce nom me trotte dans la tête depuis que Nicolas Fortier l'a identifiée. Elle n'avait pas de papiers sur elle quand on l'a trouvée. Rebecca…

— C'est une jeune chanteuse, l'informa Graham. On entend beaucoup *Saccages* à la radio.

— C'est ça ! s'exclama Bouthillier. Ma blonde l'a téléchargée, elle me l'a fait entendre. C'est elle ?

— Oui. Que vous a dit Nicolas ?

— J'ai cru qu'il allait tomber dans les pommes quand il a vu la victime sur la civière. Il s'est rué sur elle, on l'a retenu, on a essayé de le calmer. Il nous a donné son nom, parlé de ses allergies, dit qu'il fallait faire attention à ses mains.

— Il y a une équipe en bas de la côte de Sillery qui cherche des indices, fit Dubé. Nous, on reste ici en espérant qu'elle se réveillera bientôt.

— Si elle se réveille, murmura Bouthillier. Il y avait pas mal de sang sur la neige.

— Les blessures à la tête saignent souvent beaucoup, dit Graham pour tenter de les rassurer et se convaincre elle-même que Rebecca Delage s'en sortirait.

Le serpent de la culpabilité s'était glissé dans son esprit, s'agitant pour lui reprocher de ne pas avoir insisté davantage pour percer le secret de la jeune femme. Que lui avait-elle caché ? Était-ce en lien avec l'agression ?

Que savait Nicolas ?

— Il ne nous reste plus qu'à attendre, se résigna Dubé. L'infirmière en chef nous a dit que Rebecca est sur la table d'opération.

— Je vais boire du thé, fit Graham qui avait l'intention d'entraîner Nicolas à la cafétéria. Je reviendrai plus tard. Vous en saurez peut-être plus à ce moment-là.

Et entre-temps elle aurait discuté avec son équipe. Les noms de Rebecca Delage, d'Alex Marceau, de Jérôme et Jean-Louis Carmichaël se bousculaient dans son esprit. Deux meurtres plus une tentative d'assassinat en un mois n'étaient certainement pas dus au hasard.

***

Maxime fixait la longue natte de Coralie qui dansait dans son dos sans se décider à la rattraper. Il devait pourtant lui parler ! Avant que tout dégénère !

Sinon, il la perdrait.

— Coralie ? lança-t-il en courant vers elle.

Elle se tourna vers lui, surprise de le voir.

— Tu es là ? Je pensais que tu avais un cours de maths.

— Je le manque. Il faut que je te dise quelque chose.

La gravité du ton de Maxime alarma Coralie qui s'immobilisa.

— Qu'est-ce qui se passe ?

— J'ai fait une gaffe. J'ai peur que Maud devine tout.

— Quoi ?

Maxime avoua qu'il avait fouillé dans les rapports d'enquête et que Maud l'avait surpris. Il croyait s'en être tiré en lui parlant de sa curiosité pour son métier, en la flattant, mais plus il repensait à cet incident, moins il était convaincu d'avoir persuadé Maud.

— Elle a sûrement cherché ce matin ce qui pouvait m'intéresser dans ses dossiers. Elle fera le lien avec Éloïse…

— Pourquoi me parles-tu d'Éloïse ? balbutia Coralie.

— C'est évident que c'est elle qui est mêlée à ça. Je voulais t'aider, je voulais vous aider, plaida Maxime.

Coralie dévisagea Maxime, incapable de réagir. Elle était à la fois paniquée et soulagée : le secret était trop lourd à porter. Elle aurait dû savoir qu'il devinerait tout. Il n'était pas fautif.

— Je te crois, fit-elle en passant une main sur sa joue. Mais si ta mère découvre que…

— J'ai déjà parlé d'Éloïse devant elle, le soir du show au Colisée. Parce que c'est Éloïse qui m'a ramené à la maison. Sinon, j'aurais appelé Maud pour qu'elle vienne me chercher. Je l'avais appelée pour lui dire que tout était O.K. Elle s'est informée d'Éloïse, depuis quand elle avait son permis, à qui était l'auto. Elle est fatigante, Maud, il faut toujours qu'elle pose des questions sur tout. En tout cas, elle a déjà entendu le nom d'Éloïse… Quand elle le repérera dans ses dossiers, elle va m'interroger, c'est sûr.

— Qu'est-ce que tu lui répondras ?

Maxime haussa les épaules dans un geste d'ignorance.

— Je tenais à ce que tu saches que je ne lui ai pas répété tes confidences. Si elle se rend chez les Prudhomme, c'est parce qu'elle m'a surpris à fouiller. Je te jure, j'étais certain qu'elle dormait ! J'ai attendu quasiment une heure avant de me relever pour lire ses maudits rapports !

— Tu n'as pas été chanceux.

La douceur du regard de Coralie rassura Maxime. Elle n'était pas fâchée contre lui. Son sourire crispé, néanmoins, indiquait son désarroi. Que devaient-ils faire ?

— Est-ce qu'on doit prévenir Éloïse ? chuchota Maxime.

— Es-tu fou ?

Coralie se mordit les lèvres avant d'ajouter qu'elle les détesterait tout autant s'ils ne lui disaient rien.

— En plus, c'est à cause d'elle, c'est parce qu'elle m'a demandé de te poser des questions sur l'enquête...

— On n'aurait jamais dû s'en mêler. Qu'est-ce qu'elle t'a raconté ? Ce n'est plus le moment d'avoir des secrets...

— Sa famille connaissait les Carmichaël, son père a fait du bénévolat avec lui à une fête d'hiver. Elle n'est pas vraiment sûre...

— Tu veux que ce soit Éloïse qui m'en parle ? comprit Maxime. Penses-tu vraiment que c'est une bonne idée ?

Coralie secoua la tête, désemparée, songeant que son amie refuserait certainement de tout raconter à Maxime, car elle serait persuadée qu'il répéterait tout à Graham. Qui irait aussitôt interroger M. Prudhomme. L'arrêter. À quelques jours de Noël ! Elle avait mal au ventre, subitement. Cette histoire la dépassait. Depuis le début. Elle ne pouvait imaginer que le père d'Éloïse si gentil, si souriant, ait tué quelqu'un. Il fallait que son amie se trompe ! Que la mère de Maxime trouve un autre coupable. C'était trop injuste !

***

Michel Joubert était sorti de la voiture pour s'étirer et faire quelques pas. Marcotte et lui s'étaient présentés au domicile des Prudhomme au milieu de la matinée et Mme Prudhomme, en les reconnaissant, avait serré les mains sur les roues de son fauteuil. Elle s'était efforcée de leur sourire, mais ne les avait pas invités à entrer dans la maison.

— Votre mari est là ? avait demandé Marcotte.

— Il est au camp, à Valcartier.

— À quelle heure doit-il rentrer ?

— Pour souper, comme chaque jour. Qu'est-ce qui se passe ?

— On fait d'autres vérifications pour l'affaire Carmichaël.

— Des vérifications ?

— La maudite routine, s'était plaint Marcotte. Il faut qu'on rencontre à nouveau tous les voisins de Carmichaël pour être certains qu'ils n'ont pas oublié de nous fournir un détail. Et vous, est-ce que quelque chose vous est revenu à l'esprit ?

Caroline Prudhomme avait remonté le châle sur ses épaules même si Joubert et Marcotte avaient fermé la porte derrière eux, bien qu'elle ne leur ait toujours pas fait signe d'avancer. Non, elle ne s'était rien rappelé. Elle était douloureusement honnête : elle avait su trop tard que Carmichaël s'était approché de sa cadette. Si elle avait accompagné Éric et les filles à l'aréna, ce jour-là, elle aurait sûrement compris ce qui se tramait. Mais elle avait cette traduction à finir et, l'aréna étant mal équipé pour les personnes à mobilité réduite, elle avait refusé de partir avec sa famille. Éric était là, certes, mais il n'avait rien vu. Il s'était racheté par la suite, il avait fait ce qu'il avait à faire en tuant le porc qui avait posé ses mains sur leur Sybelle.

— Non, rien, avait-elle répété.

— Et vos filles ? Éloïse et Sybelle ? Elles ont reparlé de l'assassinat de M. Carmichaël ?

— Non.

— C'est surprenant, avait noté Joubert. Leur voisin est assassiné et elles n'ont pas commenté l'événement.

— Mes filles en auraient parlé à tout le monde, avait renchéri Marcotte.

— Elles en ont discuté bien sûr, s'était reprise Caroline Prudhomme, mais rien d'autre que les banalités habituelles. Vous savez, on le connaissait très peu. Je ne vois pas ce qu'Éric vous raconterait de plus.

— Les autres voisins disent la même chose, avait confié Joubert. Mais on doit parler avec votre mari, parce qu'il a fait du bénévolat avec la victime. On aimerait clore ce dossier avant Noël.

Ils s'étaient excusés de l'avoir dérangée et s'étaient éloignés pour gagner leur véhicule. Ils avaient roulé jusqu'à la rue voisine où ils avaient échangé l'Impala grise pour une Mazda 3 bleue et ils étaient retournés se garer à quelques mètres du domicile des Prudhomme. Si Caroline Prudhomme les avait surveillés, elle avait dû être soulagée de les voir monter dans leur voiture et démarrer. Ils étaient persuadés, l'un comme l'autre, qu'elle avait téléphoné à son mari pour lui rapporter leur visite.

— Je me demande comment il réagira, fit Marcotte.

— Sa femme l'a sans doute appelé. Il va se poser des questions. On est venus l'interroger plusieurs fois…

— Il doit se dire que si on avait des preuves formelles, on serait revenu l'arrêter bien avant.

— Il aurait raison, soupira Joubert. On n'a pas de preuves.

— Le cheveu qu'on a trouvé et analysé n'est pas dans les banques de données, mais c'est normal si Prudhomme n'a jamais été arrêté. Il faut obtenir son ADN pour établir des comparaisons.

— Éloïse doit lui avoir raconté que Graham enquête sur l'affaire Carmichaël. Ça m'ennuie que Maxime soit mêlé à ça. Il a déjà eu sa part d'ennuis.

— Tu penses qu'il en sait plus qu'il ne l'a dit à Graham ? s'enquit Marcotte.

— Les enfants cachent bien des choses à leurs parents.

— J'aime mieux ne pas le savoir, maugréa Marcotte. Je me tracasse assez pour mes filles. Elles disent que je suis pire que leur mère, que je les couve trop, mais elles ne savent rien de la vie. Rien…

— Si Graham a raison, reprit Joubert, ça peut vouloir dire que Sybelle ou Éloïse ont été les victimes de Carmichaël…

— Si c'est ça, si Prudhomme les a vengées, je peux le comprendre, même si je ne dois pas l'accepter. On ne peut pas commencer à régler nos comptes, installer le chaos… Il aurait dû parler à la police !

Une neige fine se mit à tomber et Joubert la compara à du sucre glace, saliva en songeant au dessert aux noisettes saupoudré de sucre qu'avait fait Grégoire, l'avant-veille. Il en aurait apporté une part avec lui s'il avait su qu'il effectuerait une surveillance ce jour-là.

— Je me demande ce que savent ses filles, dit Marcotte. S'il a tué Carmichaël…

Il soupira. Il plaignait les Prudhomme, sincèrement, d'avoir croisé le chemin de Carmichaël.

Chapitre 14

21 décembre, vers 15 h

Les bandages autour de la tête de Rebecca masquaient entièrement ses cheveux noirs et la faisaient paraître encore plus pâle.

— On dirait un heaume de neige glacée, murmura Nicolas en s'approchant du lit.

Tandis qu'il soulevait délicatement la main valide de la jeune femme, Maud Graham espérait qu'elle reprenne enfin conscience et qu'elle n'ait pas de séquelles graves de l'agression. Pour elle. Et pour son amoureux. Nicolas avait parlé de Rebecca avec une réelle ferveur, passant de l'admiration la plus vive au plus profond désarroi lorsque surgissait le spectre d'une complication médicale, lorsqu'il imaginait le pire. Puis souriant à nouveau en évoquant sa patience pour la conquérir.

— Je n'intéressais pas Rebecca, dit-il à Maud Graham en continuant à caresser les mains de la blessée. On a commencé par être amis quand elle vivait avec Arnaud, son colocataire.

— Elle était amoureuse d'Arnaud ?

— Non, il est gay. C'est notre meilleur ami. Il faut… il faudrait que je l'appelle pour…

— Attendez encore un peu. Parlez-moi de Rebecca.

— Rebecca était orientée uniquement vers la musique. Elle ne pensait qu'à ça lorsque nous nous sommes rencontrés. Rien d'autre ne la captivait. J'aime la musique depuis toujours, mais sa passion était… dévorante.

— C'est ce qui l'a sauvée, sûrement.

— Sauvée ?

— Je connais son passé, avoua Maud Graham. Son adolescence difficile.

Maud Graham faillit mentionner l'incendie, mais elle ignorait ce que Rebecca avait confié à Nicolas sur elle-même. Que savait-il de l'abus ?

— Difficile, c'est le moins qu'on puisse dire, commenta Nicolas avec une vague de rage dans la voix. Comment un homme peut-il s'en prendre à une fille de douze ans ? Orpheline en plus ! Elle venait de perdre sa mère ! Son voisin était un vrai salaud !

— Vous êtes au courant pour Jean-Louis Carmichaël ?

— Pas depuis longtemps. Je savais que Rebecca avait été victime d'agression sexuelle, mais j'ai appris tout récemment qu'il s'agissait de son voisin. Elle a changé de comportement depuis le meurtre de Carmichaël… Elle a fini par me le dire. De toute façon, j'aurais peut-être deviné avec son fils qui s'est pointé à l'appartement alors qu'elle ne l'a pas vu depuis des années, puis vous qui débarquez chez nous pour poser des questions. Une fois, deux fois. Je suis sûr que vous avez vérifié où était Rebecca quand Carmichaël a été tué. Heureusement que j'étais avec elle, j'ai aussi un bon alibi…

Il s'interrompit, écarquilla les yeux si subitement que Maud Graham se retint de le questionner de peur de dissiper par son intervention le détail qui venait de jaillir à l'esprit de Nicolas.

— Hier ! Hier soir ! Pendant que je préparais le souper, elle a reçu un appel. Elle a dit que c'était David qui la rappelait. Je vais lui téléphoner pour vérifier si… Non, ça ira plus vite si j'interroge son iPhone. J'aurais dû l'apporter avec moi !

— Elle ne l'avait pas avec elle quand elle est sortie de la maison ? s'était étonnée Maud Graham.

— Ça m'a surpris moi aussi. Je me suis dit qu'elle était vraiment distraite. Ces jours-ci, elle n'a pas toute sa tête. Elle a perdu ses clés, rangé le lait dans l'armoire.

— Elle était perturbée. Ou trop pressée. Allez chercher son téléphone au plus vite !

— Si elle se réveille ?

— Je ne bouge pas d'ici.

— Pourquoi restez-vous ?

— J'aime bien Rebecca. J'ai écouté plusieurs fois *Saccages*. C'est une fille qui s'est battue contre ses démons, qui se bat encore, qui se battra peut-être toute sa vie, mais elle s'efforce d'apprivoiser sa partie sombre. D'en tirer le meilleur. Ça m'impressionne réellement. Je demande à un des policiers de vous emmener chemin du Foulon. Je vous téléphone si elle se réveille. Promis !

Nicolas hésita, mais se décida à aller récupérer l'appareil après avoir effleuré d'un baiser les joues pâles de Rebecca.

En son absence, Maud reparla à Bouthillier ; des techniciens avaient relevé des empreintes de pas, de pneus sur les lieux de l'agression.

— Pour l'instant, on n'a pas d'autres témoins, dit le jeune policier. À cette heure-là, il fait encore sombre. Je jogge, moi aussi, mais à la clarté, pour voir où je mets les pieds. Surtout l'hiver avec la glace noire, les mottes de sable, le calcium durci, on peut déraper, se fouler une cheville.

— Nicolas Fortier m'a appris que Rebecca court chaque matin, précisa Graham. Beau temps, mauvais temps.

— Peut-être que le type qui l'a agressée connaissait sa routine ? Ou qu'il lui avait donné rendez-vous, avança Bouthillier.

Graham hocha la tête, ce qui amena un demi-sourire sur le visage ingrat du policier.

— J'espère que le cellulaire de la victime nous sera utile, avoua-t-elle. Je pense que Jérôme Carmichaël peut être l'auteur de cette agression.

Elle évoqua la visite de Jérôme chez Rebecca. Ni elle ni Tiffany McEwen ne voyaient Jérôme en fan éperdu. Et le malaise de ce dernier était palpable lorsqu'elle lui avait parlé de Rebecca. Peut-être n'était-il pour rien dans l'incident, mais il faisait un suspect plausible : il avait un lien avec deux personnes assassinées et la troisième qui gisait sur un lit d'hôpital.

— C'est beaucoup pour un seul homme, admit Bouthillier.

— Carmichaël est bizarre, ajouta Graham. Il n'a pas l'air intéressé à ce qu'on trouve le meurtrier de son père. Il s'est amené chez Rebecca qu'il n'avait pas vue depuis dix, douze ans et il nous a de surcroît parlé d'un tableau qui aurait soi-disant disparu mais que personne n'a jamais vu. Je ne le sens pas… J'allais l'interroger à nouveau quand j'ai reçu l'appel de Nicolas. J'ai demandé tantôt à mon collègue Nguyen de se rendre à son bureau, mais la réceptionniste lui a appris que Jérôme Carmichaël partait en vacances aujourd'hui. Nguyen est allé à son appartement du Georges-IV, il n'y était pas. Ni au domicile de son père.

— Il doit être déjà parti.

— C'est ce que je crains, soupira Graham. Nguyen est en route pour l'aéroport, il devrait me rappeler bientôt.

À ce moment, Dubé rappela Bouthillier. Nicolas avait récupéré le téléphone cellulaire de la victime. Ils les rejoindraient dans quelques minutes.

— Je vous le passe.

Maud Graham saisit l'appareil que lui tendait Bouthillier.

— Nicolas ?

— Ce n'est pas David qui la rappelait, comme elle me l'a dit hier. Son numéro n'apparaît qu'une fois dans la liste des appels reçus. J'ai le dernier numéro enregistré. Vous trouverez à quoi il correspond ?

— Je le note, fit Graham. On vous attend ici.

Nicolas donna le numéro à Maud Graham qui le relaya aussitôt aux services de la police. On l'informerait rapidement des résultats.

Maud Graham rendait le cellulaire à Bouthillier quand Marie-Josée Roy vint vers eux.

— Rebecca Delage vient d'ouvrir les yeux. Elle est encore confuse. Elle sait qui elle est, où elle est, mais elle ne se souvient pas de tout. Ce n'est pas inhabituel après un tel choc ou un accident. Les gens se rappellent ce qui s'est passé avant l'événement mais pas l'événement lui-même.

— On peut la voir ? s'enquit Graham.

— Une personne à la fois. Pas plus de cinq minutes. Elle est très anxieuse. Elle a besoin d'être rassurée, calmée. J'ai dû lui expliquer à quelques reprises ce qu'elle faisait à l'hôpital.

Malgré son désir de parler à Rebecca, Maud Graham offrit à Bouthillier, par respect pour lui puisqu'il s'était chargé de la jeune femme, de se rendre auprès d'elle en premier. Il lui sourit, mais la poussa à accompagner l'infirmière.

— Non, allez-y. Vous aurez peut-être plus de chances d'obtenir des informations puisque la victime vous connaît déjà. Je vais attendre son conjoint.

Maud Graham sourit à son tour avant de s'éloigner vers la chambre où se reposait Rebecca Delage.

— Cinq minutes, répéta Marie-Josée Roy. Pas une de plus !

Graham s'approcha de la blessée.

— Rebecca, m'entendez-vous ? C'est Maud Graham.

Elle vit les paupières frémir, les lèvres desséchées se tendre comme si Rebecca hésitait à lui répondre. Celle-ci finit par entrouvrir les yeux en soupirant.

— Nicolas sera ici dans quelques minutes, dit Graham. C'est lui qui m'a prévenue. Je suis là pour vous aider. Qui vous a fait ça ?

— Je ne sais pas. Je n'ai rien vu.

La voix de Rebecca était encore plus grave qu'à l'habitude.

— Vous avez couru ce matin. À l'aube. Pourquoi si tôt ?

Rebecca referma les yeux ; pour se reposer ou se concentrer ? Elle semblait si fragile, si épuisée.

— Vous souvenez-vous d'avoir parlé hier soir avec Jérôme Carmichaël ?

Rebecca hocha la tête.

— Vous souvenez-vous d'un événement particulier ?

— Je pense que Jérôme a tué Alex. Après ma visite.

— Il savait donc que vous alliez chez Alex ?

— Mon iPhone. Il y a un enregistrement.

— Alex a fait des photos de vous ?

Rebecca battit des paupières, murmura qu'il l'avait photographiée avec Jean-Louis Carmichaël.

— Il ne faut pas qu'on apprenne, jamais, ce qui m'est arrivé.

Elle ferma les yeux, sentit la main de Maud Graham sur la sienne, l'entendit lui promettre qu'elle protégerait cette révélation. Qu'elle pouvait se reposer, qu'elle n'avait plus rien à craindre.

Alex avait donc pris des photos de Rebecca avec son abuseur. Le genre de clichés qu'un fils souhaiterait voir détruits ? Ou qu'il avait appréciés ? Jérôme était-il aussi pervers que son père ? Profitait-il aussi des services d'Alex ? Maud Graham quitta la chambre en espérant que Nguyen et son équipe avaient retrouvé sa trace et que Nicolas revienne rapidement avec le iPhone et ce qu'avait enregistré Rebecca.

Bouthillier l'attendait pour un compte rendu de ce premier entretien avec la victime.

— Elle semble s'en sortir. Elle ne se rappelle pas précisément l'agression, mais se souvient des événements qui se sont passés cette semaine. Elle croit que Jérôme Carmichaël est dangereux. Il faut qu'on le retrouve… s'il ne s'est pas envolé vers le Sud.

La vibration de son téléphone fit taire Graham : Joubert l'informait qu'Éric Prudhomme venait de rentrer à la maison. Marcotte et lui étaient garés devant son domicile. Une voiture banalisée était postée derrière la maison.

— C'est préférable que tu ne sois pas présente, dit Michel Joubert.

— À cause de Maxime ? Tu as raison, admit Graham. De toute manière, je suis sur le dossier Jérôme Carmichaël. Il est plus que problable qu'il ait tenté de tuer Rebecca Delage, ce matin. Selon elle, c'est lui qui a assassiné Alex. Tout nous arrive en même temps ! Mais tâche dans la mesure du possible de ne pas mêler Maxime à ça.

— Maxime n'a pas tenté de lire les rapports sans avoir un but précis, reprit Joubert. Et je ne vois pas quel rôle il pourrait avoir tenu dans cette galère.

— Je ne voudrais pas qu'Éloïse accuse Maxime de l'avoir trahie, confia Graham. Si c'est vraiment Prudhomme le coupable, il faut faire le maximum pour préserver ses filles des journalistes.

— On fera tout ce qui est possible pour les protéger.

— Sois prudent.

— Tu dis toujours ça.

Joubert coupa la communication avant elle, se tourna vers Marcotte, désigna d'un signe de tête la maison des Prudhomme.

Marcotte poussa un long soupir avant d'ouvrir la portière. Il ne s'avança pas en direction du domicile des Prudhomme avant que Joubert le rejoigne. Les enquêteurs n'eurent pas à sonner à la porte. On leur ouvrit au moment où ils gravissaient la dernière marche du perron.

— C'est moi, dit simplement Éric Prudhomme. Je vous suis.

L'homme portait un sac à dos qu'il remit à Joubert.

— Je suppose que vous devez vérifier si je suis armé.

Il se dirigea vers la voiture, ouvrit lui-même la portière à l'arrière, s'assit en regardant droit devant lui. Marcotte s'installa à ses côtés, lui lut ses droits avant que Joubert insère la clé de contact. Au moment où il démarrait, Éric Prudhomme dit qu'il avait discuté avec son avocat.

— D'après lui, si je plaide coupable, il y aura représentation sur sentence.

— Nous ne pouvons pas en discuter avec vous, dit Joubert d'une voix sèche.

— On veut que tout se passe à huis clos, que les médias soient contrôlés, dit Prudhomme.

— Il n'y aura pas de fuites de notre côté, promit Marcotte en songeant à ses propres filles.

— Si je n'ai rien dit avant, c'était pour protéger Sybelle, son anonymat. Qu'on ne la désigne pas comme la victime de Carmichaël. Qu'elle ne soit pas étiquetée. Même si c'est avec compassion. Elle décidera plus tard, elle-même, de ce qu'elle voudra ou non révéler de toute cette… boue.

— Nous sommes pour la discrétion, monsieur Prudhomme, répéta Marcotte.

Prudhomme poursuivit :

— Jusqu'à ce que je le tue, j'avais l'impression que mon sang avait cessé de circuler. Que j'étais figé, congelé. Un bloc de glace. Quand je regardais mes mains bouger, elles paraissaient appartenir à quelqu'un d'autre. Comme si j'étais spectateur de moi-même, dédoublé, que…

— Vous raconterez ça à votre avocat, l'interrompit Michel Joubert.

— Il m'attend déjà à votre quartier général. Je voulais juste embrasser ma famille avant de vous suivre.

Éric Prudhomme se cala contre la vitre et ferma les yeux. Sa respiration régulière était celle d'un homme apaisé, soulagé. Joubert et Marcotte gardèrent le silence jusqu'à leur arrivée à la centrale du parc Victoria. Michel Joubert poussa la grande porte d'entrée tandis que Marcotte informait le prévenu du déroulement des prochaines heures.

***

Aucun des employés de l'aéroport n'avait vu Jérôme Carmichaël. Il ne s'était pas présenté au comptoir d'embarquement. On avait cependant pu vérifier qu'il avait bien acheté un billet pour Cancún, mais l'avion avait décollé sans lui.

— S'il n'est ni chez lui, ni au bureau, ni à la maison paternelle, où est-il ?

— Et pourquoi a-t-il renoncé à un voyage au soleil ? demanda Bouthillier. Tout le monde rêve de plages.

— Il est pourtant resté à Québec.

— Vous êtes certaine qu'il n'est pas retourné chez lui ?

— Non, il y a des policiers en faction devant l'immeuble où il habite. J'aurais été avertie s'il était revenu chez lui.

Elle ferma les yeux pour mieux se concentrer et les rouvrit au moment où son portable sonnait.

— Graham, j'écoute.

— C'est Louise Cook…

— Madame Cook ! J'allais vous appeler !

La voix tendue de son interlocutrice confirmait ses craintes. Jérôme Carmichaël était retourné sur les lieux de son adolescence.

— C'est Jérôme, dit Louise Cook. Il est venu ici. Il était bizarre.

— Qu'est-ce qu'il voulait ?

— Je n'ai rien compris. Il a dit qu'il a fait le tour de leur maison. Que Rebecca ne l'avait jamais aimé. Franchement, j'ai hésité à vous déranger, mais je me demande ce qu'il a dans la tête. Il m'a demandé des biscuits et un verre de lait, puis il est ressorti. J'ai dû courir derrière lui pour lui donner ses gants.

— On arrive, madame Cook. S'il revient, ne lui ouvrez pas.

Graham et Bouthillier gagnèrent rapidement le boulevard Wilfrid-Hamel, empruntèrent l'autoroute 40, puis le boulevard Henri-Bourassa et enfin le boulevard Louis-XIV. Il y avait déjà deux voitures de police envoyées par Graham quand ils arrivèrent rue de Valence. Toutes les lumières étaient allumées chez les Cook.

— Je suis devant chez vous, leur annonça Graham par téléphone.

— On vous attend.

Mme Cook entrebâillait déjà sa porte pour laisser entrer Maud Graham.

— Par où est-il parti ?

— Vers le Patro. Il y allait souvent quand il était jeune. Qu'est-ce qui se passe ?

— On vous le dira quand nous aurons parlé à Jérôme, promit Maud Graham qui doutait que les Cook aient vraiment envie de connaître la fin de cette triste histoire qui avait débuté en face de chez eux. Vous a-t-il dit autre chose ?

— Non. Il n'est pas resté bien longtemps.

Une voiture resta garée sur place mais, avec les patrouilleurs du second véhicule, Graham et Bouthillier se dirigèrent vers le Patro. Il était recouvert de neige et la silhouette noire de Jérôme Carmichaël se détachait nettement des gradins. Il lançait des balles de neige vers un receveur fantôme et ne s'arrêta qu'après avoir entendu crier son nom. Il se retourna, parut satisfait de reconnaître Maud Graham, lui indiqua les gradins.

— Mon père était assis là quand il est venu me voir jouer.

— Vous deviez être content qu'il soit là, dit Graham en restant à distance, tentant de deviner si l'homme pouvait dissimuler une arme dans les poches de son manteau. Elle nota que les pans se soulevaient également lorsque Carmichaël tendait son bras droit vers l'arrière pour lancer ses balles.

— Mon père est venu seulement deux fois, cet été-là.

De quel été s'agissait-il ? Celui où Jean-Louis Carmichaël avait abusé de Rebecca ? Le poids du secret avait-il écrasé Jérôme, détruit son équilibre mental ? Ses yeux fous disaient aujourd'hui le prix qu'il payait encore pour les péchés de son père, pour les secrets qui avaient rongé son esprit.

Il désigna le sol.

— On jouait ici avec Rebecca. On se battait dans la neige, on faisait l'ange, la première année, quand Nina et elle se sont installées en face de chez nous. C'était ma petite sœur… Puis elle s'est mise à me détester parce que j'ai sauvé mon père de l'incendie.

Il eut un rire rauque avant de commenter : Rebecca avait raison, il aurait dû laisser brûler son père.

— Avec la maison. Tout serait parti en fumée. On l'aurait sentie jusqu'au Château Frontenac. On aurait été débarrassés de lui pour toujours.

Mais ils ne l'auraient pas oublié, se garda de dire Maud Graham avant d'esquisser un geste vers les agents qui l'accompagnaient. Jérôme regarda les menottes durant un moment avant d'éclater d'un rire dément et de répéter qu'il aurait dû mettre le feu lui-même. Rebecca aurait su qu'il pouvait la protéger.

***

Maxime et Alain écoutaient le récit de Maud en buvant une tisane. Elle était rentrée tard, mais ni l'un ni l'autre ne se serait couché avant de l'avoir entendue.

— Il sera examiné par des psychiatres ? demanda Maxime.

— Oui.

— Et le père d'Éloïse ?

— Son cas est différent.

— Il ira en prison ?

— Oui. Ça ne peut pas se passer autrement.

— Jérôme Carmichaël sera déclaré inapte à subir un procès, même s'il a tué Alex Marceau, martela Maxime. Mais le père d'Éloïse, lui, sera condamné alors qu'il a voulu défendre Sybelle ! Il aurait dû simuler la folie. C'est plus payant !

— Ce n'est pas le genre d'homme à faire ça, déclara Maud. Comment va Éloïse ?

— Comme une fille dont le père a été arrêté.

— Je n'y suis pour rien, dit Graham.

Il y eut un silence, puis Maxime livra le fond de sa pensée : c'était parce que Maud l'avait surpris à lire un rapport qu'elle avait fait le lien avec Éloïse Prudhomme.

— C'est ma faute, Biscuit, s'il est en cellule à cette heure-ci.

— Non, mentit Graham. Marcotte avait décidé de l'interroger de nouveau. Marcotte a deux filles. Il a trouvé qu'Éloïse et sa sœur avaient l'air paniquées quand il les a rencontrées au cours de l'enquête de proximité. Ça le travaillait. Il a donc revu les Prudhomme. Il a appris que le père avait fait du bénévolat avec Carmichaël. Pourquoi nous avait-il dit alors qu'il le connaissait à peine ? Éric Prudhomme aurait été arrêté, de toute manière. Mais on protégera sa famille. Du public. Des journalistes. Tout se passera en privé. À huis clos. Tu n'as pas changé le cours des choses.

Maxime parut à moitié convaincu, mais tout de même soulagé.

— Ça me fera du bien de me changer les idées à Toronto, déclara-t-il.

— Tu es vraiment décidé ? C'est une intervention importante.

— On en a déjà discuté. Ce n'est pas la fin du monde. J'ai déjà été blessé. Je devrais être capable d'endurer ça.

— Oui, mais j'aimerais mieux que… commença Maud.

— Je me sentirais trop *cheap* si je refusais, la coupa Maxime.

— Et Coralie sera là, ajouta Alain pour faire comprendre à son amoureuse qu'il était inutile d'insister auprès de Maxime pour l'accompagner.

Si par malheur il y avait des complications, ils sauteraient dans le premier avion : Toronto n'était pas Tombouctou.

— Je lui ai raconté, pour Judith. Si ce n'est pas cool avec elle, je ne serai pas tout seul.

Maud Graham avait noté, encore une fois, que Maxime nommait sa mère biologique par son prénom. Judith. Il n'avait jamais employé un mot plus intime.

Il ne l'appellerait jamais Biscuit comme il venait de le faire. Elle fut tentée de lui lisser les cheveux, se retint, mais se demanda si Coralie le ferait pour rassurer Maxime. Si elle allait être auprès de lui dès la fin de l'intervention. Si elle mesurait le courage de Maxime qui acceptait que cette aiguille perce ses os pour rendre service à celle que l'Autre avait choisi d'aimer. Maud sentit les larmes lui monter aux yeux, but une gorgée de sa tisane.

— Ça va ? s'inquiéta Alain.

— Oui. Ça va très bien. Mais je n'aimerai jamais les tisanes.

Maxime se leva aussitôt, vida sa tasse dans l'évier, ouvrit le réfrigérateur et sortit une bouteille de Montlouis.

— Il est minuit ! protesta Maud.

— Et alors, Biscuit ? On n'ira pas se coucher dans cinq minutes. Arrête d'être aussi sage !

— Il faut bien que je te donne le bon exemple.

— Je suis majeur !

Elle le regarda remplir les trois coupes en se rappelant le verre de lait au chocolat qu'elle lui avait servi quand ils avaient soupé chez elle pour la première fois. Elle se souvenait que Léo s'était blotti contre lui. Était-ce déjà si loin ?

SUIVEZ **MAUD GRAHAM**

La chasse est ouverte

Un célèbre homme d'affaires est assassiné. Beaucoup d'indices, trop de pistes : il avait tellement d'ennemis... Maud Graham comprend peu à peu que ce drame prend ses racines loin dans le temps.

Double disparition

Tamara, sept ans, a disparu. Au même moment, Trevor apprend au chevet de sa mère agonisante qu'il n'est pas son fils biologique. Bouleversé, il part à la recherche de sa mère naturelle. Deux enquêtes, quinze ans d'intervalle. Un défi pour Maud Graham.

Sous surveillance

Alexandre Mercier est obsédé par Gabrielle. Comme une araignée, il tisse sa toile. Il la possédera, qu'elle le veuille ou non. Il ne tolérera aucun obstacle. Il tuera, s'il le faut.

C'est pour mieux t'aimer, mon enfant

Un enfant est retrouvé mort. Près du cadavre, un homme se réveille, amnésique. Est-il coupable du crime ? Une enquête troublante pour Maud Graham. On ne s'habitue jamais à la mort d'un enfant...

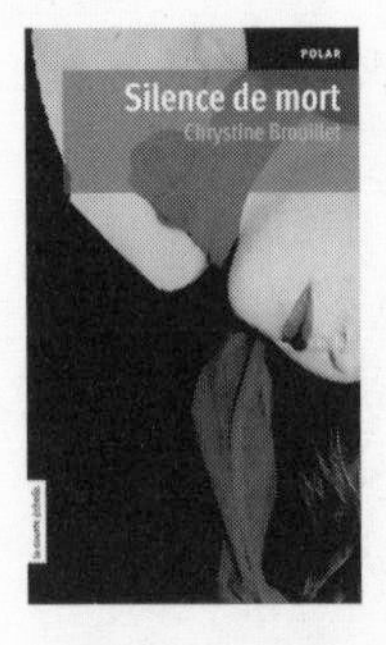

Silence de mort

Un homme et sa conjointe sont assassinés. On soupçonne que l'homme était lié au crime organisé et au trafic de drogue, et on conclut vite à un règlement de comptes. Pourtant, Maud Graham a des doutes...

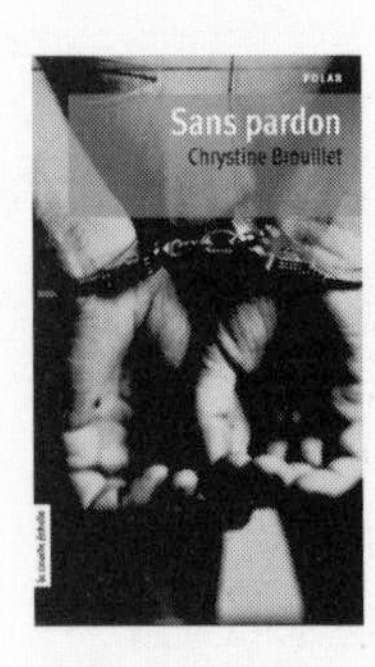

Sans pardon

Pour venger la mort de sa sœur, assassinée par un détenu en liberté conditionnelle, Thomas Lapointe se transforme en justicier. Maud Graham interviendra-t-elle à temps ?

DANS SES ENQUÊTES

Promesses d'éternité

Un mort, un détective inconscient après avoir été battu, une femme et sa petite-fille disparues, un être inquiétant obsédé par le feu... L'automne s'annonce chargé pour Maud Graham.

Soins intensifs

Denise Poissant a conduit son fils Kevin, deux ans, dans tous les hôpitaux de Québec, mais aucun médecin n'arrive à trouver de quelle maladie il souffre. Le personnel hospitalier commence à se poser des questions...

Les fiancées de l'enfer

Pour découvrir qui se cache derrière le Violeur à la croix, Maud Graham doit pénétrer sa pensée, se noyer dans son âme. Un voyage au cœur du Mal l'attend.

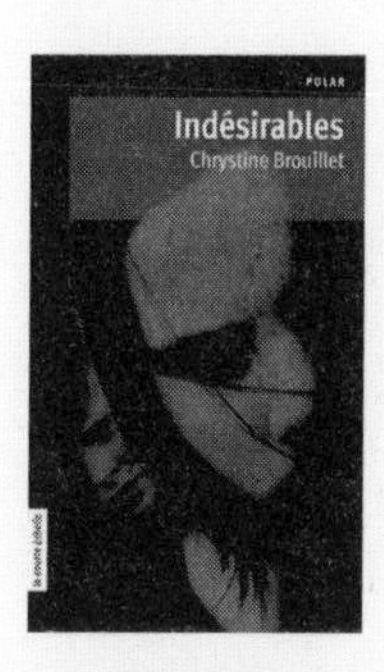

Indésirables

Un policier, collègue de Maud Graham, veut se débarrasser de sa femme. Il tente de convaincre une adolescente de l'éliminer à sa place. Mais la jeune fille est aussi une grande manipulatrice...

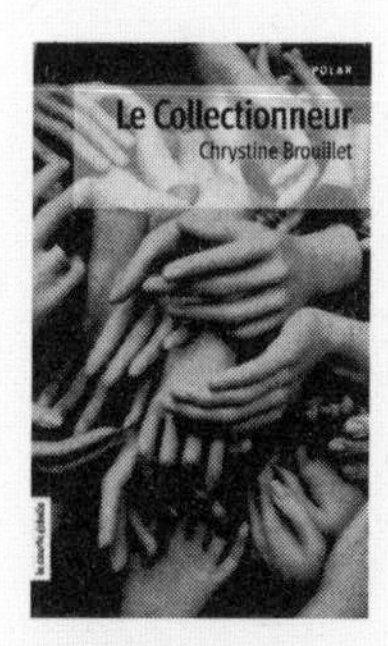

Le Collectionneur

Un meurtrier rôde dans Québec. Il ne commet jamais la moindre erreur et semble tuer au hasard. Mais est-ce bien le hasard qui le guide ? Maud Graham questionne et cherche à comprendre.

Préférez-vous les icebergs ?

Dans le milieu théâtral de Québec, de jeunes comédiennes sont sauvagement assassinées. Découvrez la toute première enquête de Maud Graham.

Achevé d'imprimer au Canada
sur les presses de Imprimerie Lebonfon Inc.